Juste quelqu'un de bien

ANGÉLA MORELLI

JUSTE QUELQU'UN DE BIEN

ROMAN

HARPERCOLLINS FRANCE
83-85, boulevard Vincent-Auriol, 75646 PARIS CEDEX 13.

www.harlequin.fr

ISBN 978-2-2803-7752-2 — ISSN 2271-0256

À mes enfants, Constance et Charles, qui supportent depuis des années les phases d'abattement et d'exaltation de leur mère, qui a toujours un manuscrit sur le feu : les enfants, votre patience a payé, votre nom figure en exergue de ce roman !

« Tant que le cœur conserve des souvenirs, l'esprit garde des illusions. »

CHATEAUBRIAND

« Il la rencontrerait dans la rue, il ne la reconnaîtrait pas. »

ARAGON, *AURÉLIEN*

Il y a des histoires qui commencent au crépuscule et d'autres à l'aube.

Il y a des chagrins que l'on ne peut enfouir et des bonheurs que l'on apprend à ne pas cacher.

Il y a des hommes que l'on croise, que l'on heurte, que l'on rate, et d'autres que l'on aime pour toujours.

Il y a des amours adolescentes qui ne s'oublient jamais.

Il y a des hommes que l'on met dix-sept ans à retrouver.

Il y a des comètes qui laissent derrière elles des cendres et d'autres de la poussière d'étoiles.

Prologue

Paris, 1999

La première fois que Bérénice vit Aurélien, elle le trouva franchement beau.

Et à en croire la nuée féminine qui lui tournait autour, elle n'était pas la seule. Il était le centre d'un cercle serré, prisonnier d'une myriade de filles qui essayaient d'attirer son attention. Et vas-y que je me colle contre toi, que je roucoule, que je glousse, que je te caresse le bras… Bérénice contemplait la scène de loin, à moitié amusée, à moitié atterrée par le comportement de ses semblables. Mais pour être tout à fait honnête, elle devait bien avouer qu'une partie d'elle aurait bien aimé se mêler à la nuée et se couler contre lui. Il était tellement beau avec ses cheveux savamment décoiffés, ses yeux bleus et son éternel sourire en coin, comme s'il riait d'une blague connue de lui seul. Elle était sûre qu'en plus il sentait bon. Et qu'il avait une super voix. Et que jamais de la vie il ne s'intéresserait à une fille comme elle.

Elle soupira et plongea le nez dans son verre. Inutile de se faire du mal. Elle ferait mieux d'arrêter tout de suite de fantasmer et de renvoyer ce garçon au néant d'où il avait surgi quelques minutes auparavant. Mais son regard était sans cesse attiré malgré elle par le magnétisme de ce grand brun.

— Ben alors, tu danses pas ? demanda soudain une voix tout près d'elle.

Bérénice tourna la tête. Juliette, celle qui l'avait arrachée à une soirée pyjama/série télé, et accessoirement sa meilleure amie, se tenait à ses côtés, un gobelet en plastique en main et le regard brillant.

— Tu sais très bien que je n'aime pas danser, répondit Bérénice.

— Comment tu le sais puisque tu ne sors jamais ?

Un point pour elle. Malgré ses dix-sept ans, Bérénice ne fréquentait effectivement aucune fête. D'un naturel solitaire, elle ne voyait guère l'intérêt de se frotter aux autres en buvant de l'alcool et en fumant des joints. Pour elle, une soirée réussie comprenait comme ingrédients un bon livre (si possible de la fantasy ou de la romance) et sa couette. Si elle avait accepté de sortir ce soir, c'était plus pour se débarrasser de Juliette, qui lui rebattait les oreilles avec cette soirée depuis des semaines, que par réelle envie de se mélanger aux autres. Les autres, ce n'était pas son point fort. Résoudre des équations compliquées, expliquer des théorèmes obscurs, disséquer des théories philosophiques… tout ça c'était très facile pour elle, éternelle première de la classe. En revanche, décrypter les comportements de ses camarades, comprendre les sous-entendus des conversations des autres filles, deviner si un garçon s'intéressait à elle... tout ça c'était du moldave médiéval non sous-titré. La solitude n'était pour elle ni un choix ni un châtiment, mais plutôt un état de fait, une constituante de son caractère avec laquelle elle vivait et qu'elle avait fini par apprendre à aimer. Elle vivait seule avec sa mère, une femme dont l'agitation et les constants bavardages l'avaient poussée depuis longtemps à rechercher le silence de sa propre compagnie. Sa présence à cette fête ce soir était donc pour le moins inhabituelle, ce que les autres filles de sa classe de terminale ne s'étaient pas privées de lui faire remarquer. Bérénice, déjà gênée de se retrouver en terrain inconnu, avait donc dû justifier sa présence à plusieurs reprises, ce qui n'avait fait qu'accroître son embarras. Heureusement pour elle, les autres filles s'étaient vite désintéressées de son sort, l'abandonnant au verre plein d'un breuvage non identifiable et de couleur étrange qu'elle tenait à la main. Malgré la foule qui se pressait dans ce grand appartement parisien et la musique qu'elle ne reconnaissait pas mais qu'elle aimait bien, elle s'était bientôt sentie plus seule que dans sa petite chambre — chambre dans laquelle elle aurait tout donné pour pouvoir se téléporter et quitter ainsi cette horrible soirée. Et puis son regard était tombé sur ce garçon tellement beau qu'elle n'avait jamais vu au lycée.

La conversation de deux filles à côté d'elle qui l'avaient repéré aussi et le mataient sans vergogne lui avait appris qu'il s'appelait Aurélien. Il avait l'air de bien s'amuser. Mieux que ça même. Il avait l'air *à sa place*. Bérénice était en train de se demander quel effet cela faisait de savoir exactement quoi faire et comment le faire en société lorsque Juliette avait fait son apparition et lui avait demandé pourquoi elle ne dansait pas.

— Je le sais c'est tout, répliqua Bérénice. Pas besoin de passer mes week-ends à me trémousser pour savoir que je n'aime pas danser.

Juliette ouvrit la bouche pour répliquer mais Bérénice ne lui en laissa pas l'occasion.

— Alors ? Tu en es où avec Julien ?

La manœuvre grossière eut l'effet escompté. Juliette oublia tout de suite ce qu'elle s'apprêtait à dire.

— Nulle part, soupira-t-elle. Il ne m'a pas calculée de la soirée.

Bérénice jeta un regard à sa montre.

— Ça ne fait que quarante-deux minutes qu'on est là. La soirée est loin d'être terminée.

Hélas. Même si elle n'accordait que peu d'importance aux codes sociaux, elle avait un sens aigu de la loyauté : pas question d'abandonner Juliette. À deux elles étaient parties, à deux elles rentreraient.

— Oui, répondit Juliette, mais je crois quand même que c'est mort. Il a l'air fasciné par Sarah.

— Sarah ? Sarah Legrand ? Comment on peut être fasciné par cette fille ? Elle a le QI d'une huître chaude.

Juliette lui lança un regard incrédule.

— Quand je te parle de Sarah, le premier truc qui te vient à l'esprit, c'est son QI ?

— Ben oui. Je devrais penser à quoi ?

— Son décolleté. Cette fille a les plus gros seins du lycée.

— Et ?

— Et les mecs ne voient que ça, enfin ! s'exclama Juliette en faisant un geste brusque de la main.

Son gobelet vacilla dangereusement, son contenu menaçant l'intégrité du plancher. Elle le redressa in extremis.

— Merde ! Si on salope l'appart de ses parents, Max ne voudra plus jamais faire de fête.

— Ce ne serait pas un drame, répliqua Bérénice en tentant pour la troisième fois d'identifier le mélange qu'elle était tant bien que mal en train de terminer.

Ça avait un goût d'alcool et de fruits. Peut-être de la fraise. Ou de l'orange. Ou les deux. Ce n'était pas vraiment bon, mais ça se laissait boire.

Juliette ne répliqua pas : sourcils froncés, elle était trop occupée à dévorer du regard Julien, qui semblait effectivement en grande conversation avec les seins de Sarah. Les deux filles ne pouvaient pas entendre ce qu'ils se disaient mais la distance entre eux ne cessait de rétrécir.

— Arrête de te faire du mal, conseilla Bérénice. Soit tu laisses tomber, soit tu fonces.

Juliette s'arracha à grand-peine à la vision déprimante de Julien et de Sarah et tourna la tête vers son amie.

— Comment ça, je fonce ?

— Tu es amoureuse de Julien depuis le siècle dernier, non ? Tu ne me parles que de lui depuis la rentrée, tu as noirci des pages et des pages avec son nom entouré de cœurs, tu t'es arrangée pour travailler en binôme avec lui en physique alors qu'il est nul et tu attendais cette fête comme la sortie du prochain album des Spice Girls. J'ai raison ou j'ai raison ?

— Je te hais quand tu as raison.

— Et il me semble bien que tu m'as traînée avec toi pour te servir de soutien moral, non ?

— Oui.

— Donc en tant que soutien moral et meilleure amie qui en a ras le bol de t'entendre parler de ce mec nuit et jour, je t'ordonne de prendre une décision maintenant : soit tu lâches l'affaire, soit tu fonces et tu vas montrer à Sarah-je-pensais-que-la-mononucléose-était-une-ancienne-région-de-l'URSS que tes seins valent bien les siens.

Juliette la regarda un instant sans répondre puis se redressa, menton en avant.

— Tu as raison. Je n'ai pas mis des chaussures

dans lesquelles mes pieds sont en train de se suicider pour me laisser coiffer au poteau par cette connasse décolorée. Je fonce.

— Girl power ! s'exclama Bérénice en brandissant le poing.

— Girl power ! répéta Juliette avant de tourner les talons et de se diriger vers Julien d'un pas décidé.

Bérénice la vit se glisser avec aplomb entre la poitrine généreusement dénudée et Julien à qui elle chuchota quelque chose à l'oreille. *Well done.* Si seulement elle pouvait s'appliquer à elle-même les conseils qu'elle distribuait avec facilité aux autres... elle pourrait s'approcher d'Aurélien.

Elle tourna la tête vers le coin de la pièce où il se trouvait un peu plus tôt. Il avait disparu. Elle laissa son regard errer dans le salon bondé mais ne reconnut sa silhouette nulle part. Elle ne put s'empêcher de ressentir une pointe de déception. Mâtinée d'autre chose. Un sentiment qu'elle n'avait jamais éprouvé auparavant. De la jalousie. Il ne faisait aucun doute dans son esprit qu'il s'était faufilé ailleurs avec une de ces filles qui le collaient en permanence. Elle jeta un coup d'œil à sa montre puis à Juliette, dont les négociations avec Julien semblaient bien engagées à en juger par la façon dont elle se frottait contre lui. Elle aurait donné n'importe quoi pour échapper au bruit, à la fumée et à la promiscuité, mais elle ne voulait pas rentrer chez elle tant qu'elle ne serait pas certaine que Juliette n'avait plus besoin d'elle. Elle décida de quitter le salon pour tenter de se réfugier dans un endroit plus calme.

Sauf que le reste de l'appartement s'avéra à l'avenant : bondé et bruyant. Elle se faufila entre des gens qu'elle ne connaissait pas — comment Max pouvait-il avoir autant d'amis ? —, contourna des meubles, évita de justesse qu'on lui renverse un verre dessus et finit par échouer dans la seule pièce où elle était sûre d'être tranquille : la salle de bains.

Elle poussa le verrou et s'adossa à la porte en soupirant de soulagement, les yeux fermés. Pour une première sortie, c'était un peu rude.

— Toi aussi, tu cherches le calme ? demanda une voix masculine.

Elle rouvrit les yeux, surprise.

Aurélien était assis sur la cuvette des toilettes, tranquillement occupé à se rouler un joint.

— Euh, je...

Bérénice sentit le rouge lui monter aux joues à la vitesse de l'éclair. Voilà que celui qui avait retenu toute son attention durant la dernière demi-heure se tenait à deux mètres d'elle et qu'ils étaient seuls dans une pièce fermée à clé.

— À moins que t'aies juste une envie pressante, poursuivit-il en souriant.

Il avait un sourire vraiment renversant, une façon très personnelle de relever davantage le coin droit que le coin gauche de la bouche. Son sourire dévoilait une rangée de dents pas tout à fait droites, ce qui lui donnait un air espiègle. Bérénice était désemparée. Elle n'aurait jamais cru que les dents d'un garçon pouvaient être un sujet de réflexion et d'étonnement. C'était donc de ça que discutaient ses copines pendant leurs interminables conversations qui la faisaient bâiller d'ennui ?

Aurélien acheva de tasser l'herbe dans le papier et il fit rouler le joint avec dextérité entre ses doigts avant de lécher le papier.

Bérénice trouva le geste si troublant qu'elle en oublia un instant de respirer et manqua s'étouffer. Elle se mit à tousser, ce qui lui valut un regard amusé d'Aurélien. Il alluma le joint, en tira une bouffée et se leva pour le lui tendre. Bérénice hésita. Une partie d'elle savait très bien, pour avoir lu des tonnes d'articles à ce sujet et avoir parfaitement compris le cours de SVT sur la façon dont la drogue agissait sur les synapses, qu'elle ferait mieux de refuser. Mais une autre partie se disait aussi que tous ses amis fumaient régulièrement et que ce n'était pas une simple taffe qui allait la tuer. Sans compter que c'était Aurélien qui lui proposait de partager son joint. Aurélien avec qui elle était seule dans la salle de bains.

Elle s'empara du joint. Elle imita le geste d'Aurélien et tira dessus sans avaler la fumée en priant pour ne pas tousser. Le goût était à la hauteur de l'odeur : pas désagréable, un peu douceâtre. Elle exhala la fumée avec ce qui, elle l'espérait, ressemblait à de la nonchalance, puis elle le lui rendit, toujours sans rien dire.

— T'es pas très bavarde. T'es une copine de Max ?

Elle se contenta d'opiner. Comment pouvait-elle exhorter Juliette à passer à l'action avec Julien et ne même pas être fichue d'aligner deux mots en présence d'Aurélien qu'elle voyait pour la première fois ? Où était son « Girl power » à elle ? Elle se serait donné des gifles.

— Moi, je suis son cousin. Aurélien.

— Bérénice, parvint-elle à articuler.

Il tira de nouveau sur le joint avant de le lui tendre. Elle le prit machinalement. Elle n'avait pas envie de fumer mais elle ne voulait pas que la conversation se termine, même si Aurélien seul en faisait les frais pour le moment.

— C'est un joli prénom. Un joli prénom pour une jolie fille.

Bérénice rougit jusqu'à la racine des cheveux. C'était la première fois qu'un garçon lui faisait un compliment — et quel garçon en plus ! Il était beau comme un dieu, plus âgé, et toutes les filles de la soirée lui couraient après. Et il était si près d'elle qu'elle pouvait constater que son intuition première était la bonne : il sentait super bon.

Elle chercha désespérément une manière de surmonter le trouble qui l'habitait. Elle ne voulait pas qu'il la prenne pour une ingénue rougissante incapable d'articuler deux mots.

— Tu fais quoi comme études ? demanda-t-elle.

Ce n'était pas la question la plus sexy du siècle,

mais elle avait au moins réussi à ne pas bafouiller. Et puis elle voulait vraiment en savoir plus sur lui.

— Sciences-Po. Je vise une école de journalisme ensuite. Et toi ? Tu comptes faire quoi après le bac ?

— Une prépa scientifique. J'aimerais bien intégrer Centrale ou les Mines.

Elle aurait préféré avoir un plan de carrière plus glamour, comme Juliette à qui ses parents payaient une école de mode, mais Aurélien n'eut pas l'air de trouver ça inintéressant. Elle se demanda même s'il avait écouté sa réponse : il s'était encore rapproché d'elle et son regard errait sur ses lèvres.

— T'as une bouche superbe, dit-il à mi-voix.

Bérénice sentit sa respiration s'accélérer. Elle ne pouvait détourner le regard des lèvres d'Aurélien, qui se rapprochaient dangereusement de son visage.

— Comme tes cheveux, murmura-t-il encore plus près. C'est la première fois que je vois une couleur pareille.

Il tendit la main pour s'emparer de la mèche que Bérénice avait coincée derrière son oreille. Elle tressaillit.

— En anglais, on appelle ça *strawberry blond*, poursuivit-il dans un murmure. Viens là, petite fraise.

Et il posa ses lèvres sur les siennes. Bérénice eut l'impression d'avoir reçu une décharge électrique. Elle sentit tout son corps s'embraser d'un coup, comme si la bouche d'Aurélien avait allumé un brasier au creux de son ventre, un incendie dont les flammes se répandaient dans les moindres parcelles de son être à la vitesse de la lumière. La sensation fut si fulgurante qu'elle dut se cramponner au T-shirt d'Aurélien pour éviter de vaciller. Ce dernier prit son geste pour une invitation et l'attira étroitement à lui, forçant le barrage de ses lèvres de la langue. Bérénice l'imita. Il avait un goût d'herbe et d'alcool et il sentait divinement bon. Ses lèvres étaient fermes et assurées, et Bérénice sentit naître en elle un sentiment indéfinissable et fugace, une sensation mystérieuse et inconnue qui s'ajouta aux papillons qui voletaient au creux de son estomac.

Elle n'eut pas le temps de chercher à comprendre ce qu'elle ressentait. Des coups sourds retentirent derrière elle : quelqu'un frappait à la porte contre laquelle elle était adossée. Aurélien rompit le baiser et recula, laissant Bérénice à bout de souffle.

— Sors de là, merde, criait une voix féminine. Ça fait trois heures que je poireaute.

Elle devina que la fille toquait à la porte depuis un moment et se demanda pourquoi elle ne l'avait pas entendue plus tôt.

— On va être obligés de sortir, dit Aurélien avec un sourire en coin. Il y a l'air d'avoir urgence.

Bérénice acquiesça en silence. Elle ne voulait rien dire qui puisse rompre le charme de ce qui venait de se passer. Elle s'éloigna un peu de la porte. Aurélien la déverrouilla et l'ouvrit, et Sarah Legrand s'encadra dans le rectangle lumineux.

— C'est pas trop tôt ! fulmina cette dernière en

pénétrant dans la pièce comme une furie, avant de se planter devant le miroir au-dessus du lavabo. Il faut absolument que je remette du rouge !

Bérénice la contempla un instant, sidérée, puis reporta son attention sur Aurélien... qui avait disparu. Elle sortit à son tour de la salle de bains et regagna avec difficulté le salon, toujours aussi bondé et bruyant. Elle chercha des yeux Juliette et finit par l'apercevoir en train de danser avec Julien dans un coin de la pièce. Aurélien n'était nulle part en vue. Une fois qu'elle eut retrouvé l'agitation de la fête, la scène qui venait de se dérouler avec lui devenait presque irréelle. Elle se demandait si elle n'avait pas rêvé. Peut-être avait-elle tout inventé ? Peut-être que ce baiser était le fruit de son imagination et de ses trop nombreuses lectures ? Mais elle savait bien au fond d'elle-même que ce n'était pas vrai. Aurélien était bien réel et son baiser aussi.

Et il avait éveillé en elle quelque chose qui ne demandait qu'à grandir, une étincelle qui ne demandait qu'à brûler encore et encore.

Paris, 2004

— Il y a un monde de malade ! s'exclama Bérénice en pénétrant dans la boîte.

Juliette se pencha vers elle et ses longues boucles brunes balayèrent l'épaule de Bérénice.

— Quoi ?

— Je dis « il y a un monde de malade ! » répéta Bérénice plus fort cette fois-ci.

Juliette se contenta d'opiner : la musique techno assourdissante rendait futile toute tentative de conversation. De toute façon, elles n'étaient pas là pour discuter. En ce mois de mai étonnamment pluvieux — même pour les standards parisiens —, elles fêtaient la fin de leur dernière année d'études et elles comptaient bien faire de cette fin tant attendue une apothéose.

Bérénice chercha des visages connus autour d'elles : il n'était pas rare de croiser des amis à *La Loco* un samedi soir. La boîte de nuit parisienne attirait toute la jeunesse branchée de la capitale.

— Regarde qui est là, dit-elle soudain en saisissant le bras de Juliette pour attirer son attention.

Cette dernière suivit son regard en direction du bar.

— Qui ça ?

— Julien.

— Où ça ?

— Là-bas, près de la fille à la robe rose.

— C'est Julien, t'es sûre ? demanda Juliette en plissant les yeux pour tenter de distinguer quelque chose sous les lumières stroboscopiques.

— Qui veux-tu que ce soit ? Son jumeau maléfique ? T'as pas mis tes lentilles ou quoi ?

— C'est pas ça, rétorqua Juliette sans quitter Julien des yeux. C'est juste qu'il a changé, non ?

— Ben... il a quelques années de plus, comme nous, quoi.

— Tu trouves pas qu'il est plus... je ne sais pas, moi... beau ?

Bérénice jeta un regard malicieux à son amie.

— Je serais toi, j'irais voir ça de plus près. Il faut élucider ce mystère. Est-il vraiment plus beau ou la lumière verte qui lui tombe sur la figure lui donne-t-elle un charme ravageur ?

— Tu crois vraiment que je devrais y aller ? répondit Juliette, un peu hésitante. On ne s'est pas vus depuis une éternité. Je veux dire... et moi, j'ai beaucoup changé ?

— Tu veux dire en dehors du fait que lorsque vous avez rompu il y a trois ans, tu faisais dix kilos de plus, que tu avais la moitié du crâne rasé et que tu t'habillais comme si Lestat le vampire allait te convertir d'un instant à l'autre ? Nan, pas tant que ça.

Juliette baissa les yeux sur son décolleté habilement rembourré et se passa la main dans les cheveux.

— Bon, OK, j'y vais. J'ai rien dans les dents ? demanda-t-elle en dévoilant deux rangées de dents presque fluorescentes, la faute à la lumière noire.

— Non. Vas-y, fonce.

Juliette prit une profonde inspiration, se redressa et se dirigea vers le bar d'une démarche assurée malgré ses douze centimètres de talons.

Livrée à elle-même, Bérénice se faufila dans la foule pour gagner la piste, à l'affût de beaux gosses potentiels ; elle était là pour s'amuser, occupation dans laquelle elle avait appris à donner le meilleur d'elle-même. Pas question de rentrer seule, elle en faisait un challenge personnel. Une fois sur la piste, elle commença à se déhancher au rythme de la musique. Elle n'était pas spécialement une excellente danseuse mais elle avait appris à aimer ça et elle compensait en enthousiasme ce qui lui manquait de talent. Au bout de quelques instants, elle chercha des yeux Juliette, qu'elle distingua au loin : à en croire la façon dont son amie jouait avec ses cheveux, le visage tout près de celui de Julien, les retrouvailles avaient l'air de bien se passer. Bérénice reporta son attention sur la piste et se laissa submerger par la musique. Ça faisait un petit moment qu'elle s'agitait, attirant quelques spécimens masculins sans intérêt, lorsque son regard se posa sur un homme un peu plus grand que les autres qui dansait de manière exagérée sur la chanson de Britney Spears, *Oops, I Did It Again*. Il imitait la chorégraphie sexy de la chanteuse et faisait semblant de se caresser les seins d'un air faussement sensuel lorsque Bérénice le reconnut.

Aurélien.

La fête chez Max lui revint aussitôt en mémoire. La salle de bains, le parfum d'Aurélien, son regard intensément bleu et, plus que tout, ses lèvres sur les siennes et le désir d'abord timide puis dévorant qu'elle avait éprouvé pour la première fois de sa vie. Elle n'avait jamais oublié cet instant, rangé dans le tiroir à souvenirs précieux de sa mémoire. Il y avait eu d'autres garçons après Aurélien, d'autres parfums et d'autres lèvres, mais rien d'aussi intense, rien d'aussi *nouveau*.

Aurélien était celui qui l'avait éveillée à la sensualité, celui qui avait ouvert une porte dont elle croyait ne pas posséder la clé. Avant qu'il l'embrasse dans cette salle de bains, elle pensait sincèrement qu'elle ne vivrait jamais ce que décrivaient ses livres de chevet et ses amies, qui n'avaient pas assez de mots pour évoquer le plaisir qu'elles ressentaient dans les bras de leurs copains. Aucun garçon de son âge n'avait jamais attisé son désir. Aucun homme, acteur, chanteur ou autre, n'éveillait ne serait-ce que sa curiosité. À l'époque, lorsqu'elle entendait ses camarades de classe échanger expériences et couinements, elle se sentait exclue, éternelle spectatrice bien malgré elle de tout un monde qui lui échappait. Mais Aurélien avait tout changé. En l'espace de dix minutes, il lui avait prouvé qu'elle aussi pouvait éprouver du désir. Elle avait enfin compris quel était ce feu qui consumait ses amies : elle l'avait senti naître au creux de son ventre et se répandre jusqu'au bout de ses orteils. C'était grâce à Aurélien qu'elle avait éprouvé l'envie de prendre du plaisir dans les bras d'autres garçons.

Et voilà qu'il était là devant elle à faire le clown sur la piste bondée de *La Loco*.

Elle se fraya un chemin vers lui sans réfléchir, attirée par son charisme autant que par le souvenir qui avait refait surface dans son esprit. Une fois devant lui, elle entra dans son délire et se mit à danser en ondulant théâtralement, comme une sirène sous acide.

Il lui lança un sourire éclatant, qui, même dans la lumière kaléidoscopique qui projetait des ombres étranges sur les corps des danseurs, lui sembla appréciateur, puis il posa la main sur sa taille et l'attira à lui. Elle se demanda s'il l'avait reconnue. Impossible d'élucider cette interrogation sur la piste. Elle se coula contre lui et posa les mains sur sa chemise noire dans un geste possessif. Il la maintint fermement contre son corps et se déhancha contre elle de manière on ne peut plus suggestive. Bérénice sentit son érection contre son ventre. Sa respiration s'accéléra. Son corps se mit à l'unisson du sien, hanche contre hanche, cuisses contre cuisses, souffle contre souffle. Elle avait envie de lui, là tout de suite maintenant sur cette piste encombrée de corps transpirants. Elle voulait qu'il finisse ce qu'il avait commencé cinq ans plus tôt.

Comme s'il avait lu dans ses pensées, Aurélien s'empara de sa bouche avec une assurance que Bérénice n'avait jamais rencontrée chez personne d'autre. C'était comme si ses lèvres disaient : « Tu es à moi. Ne t'avise pas de t'échapper cette fois-ci. » Et Bérénice n'avait qu'une envie : obéir à l'injonction silencieuse. Elle répondit à son baiser avec la fougue d'une femme affamée. Leur corps à corps se fit plus intense. Aurélien glissa une main sur sa nuque et l'autre sur ses fesses, et Bérénice posa la sienne sur sa braguette pour caresser son sexe tendu sous le tissu du jean. Aurélien gémit contre sa bouche. La pression de ses doigts se fit plus insistante sur ses fesses ; il recula soudain et lui prit la main pour l'entraîner loin de la piste.

Elle se laissa faire sans protester ni même tenter de demander où il l'emmenait. Elle l'aurait suivi n'importe où pourvu qu'il éteigne le brasier qu'il avait allumé — ou plutôt ravivé — au creux de ses reins. C'était comme si les cinq années précédentes étaient balayées d'un coup et qu'elle se retrouvait projetée dans la salle de bains de Max. Sauf qu'elle n'était plus la jeune fille inexpérimentée et effrayée par la puissance de son propre désir, mais une jeune femme en pleine possession de ses moyens. Rien ne lui faisait peur à présent. Elle était prête à baiser dans les toilettes s'il le fallait.

Les pensées d'Aurélien avaient manifestement suivi le même chemin parce que c'était précisément là qu'il la conduisait. Il se faufila au milieu de la foule avec rapidité — ce qui, vu l'affluence, était un exploit — et il emprunta le couloir étroit, peint en noir et mal éclairé qui menait vers les toilettes. Si quelqu'un les surprenait, ils en prendraient pour leur grade et se verraient expulser manu militari mais, au fond, elle s'en fichait : elle voulait bien être blacklistée à vie si ça signifiait qu'elle avait couché avec Aurélien. Et lui demander d'aller ailleurs, outre qu'elle ressentait une urgence dévorante, menaçait de l'exposer à un refus : qui sait s'il aurait encore envie d'elle une fois gagné son appartement, qui était à deux changements de métro de là ? Elle ne pouvait pas risquer qu'il change d'avis.

Aurélien poussa la porte des toilettes pour femmes, sa main toujours fermement agrippée à la sienne, et ils débouchèrent dans un espace sombre et exigu. Ils dépassèrent une bande de filles qui faisaient plus ou moins la queue mais qui profitaient surtout de la relative intimité du lieu pour échanger autre chose que des potins. Ils se glissèrent dans une cabine vide et personne ne protesta ni ne commenta. Tout au plus entendirent-ils quelques gloussements. Aurélien repoussa brusquement la porte derrière lui et la verrouilla. Puis il plaqua Bérénice contre la paroi latérale et reprit ce qu'il avait commencé sur la piste de danse. Sauf que cette fois-ci, il ne s'arrêta pas. Il releva la jupe de Bérénice, fit glisser son string le long de ses cuisses et introduisit un doigt en elle. Elle retint un gémissement ; ce n'était pas parce que les autres filles avaient fait preuve d'indifférence qu'elle devait se montrer expansive. Ce qu'ils faisaient là était strictement interdit, ce qui ajoutait un frisson d'excitation supplémentaire à la chose. Bérénice déboutonna le pantalon d'Aurélien d'une main fébrile. À sa grande surprise, il ne portait pas de caleçon. Elle n'eut pas vraiment le temps de s'étonner ni d'examiner le sexe d'Aurélien de plus près ; il la fit pivoter pour la positionner face au mur. L'exiguïté du lieu ne rendait pas les choses faciles mais Bérénice posa les mains sur la paroi, une jambe sur l'abattant, et se pencha en avant. Aurélien s'empara de ses hanches et la pénétra. Elle dut se mordre la lèvre pour s'empêcher de crier : était-ce l'intensité des retrouvailles, le lieu ou bien les talents d'Aurélien ? Toujours est-il qu'elle n'avait ressenti ça avec aucun autre homme. Aurélien allait et venait en elle avec une fougue presque brutale et chaque coup de reins la rapprochait d'un orgasme qui la prit presque par surprise tant il fut rapide et violent. Aurélien jouit à son tour et se plaqua encore plus contre elle, le souffle court, un bras autour de sa taille pour l'empêcher de glisser. Bérénice sentait ses jambes trembler.

— Comment tu t'appelles ? haleta Aurélien au creux de son oreille.

Une vague de déception balaya Bérénice. Il ne l'avait donc pas reconnue. Elle la chassa. Elle avait forcément changé en cinq ans et Aurélien devait avoir un tableau de chasse des plus fournis, beau et séduisant comme il l'était. Il ne pouvait pas se souvenir de toutes les filles qu'il avait embrassées.

— Bérénice.

— Joli prénom pour une jolie fille.

La même réponse que cinq ans plus tôt. Elle comprit alors qu'il devait faire la même remarque à toutes les filles qu'il draguait. Elle ravala la boule douloureuse qui s'était formée dans sa gorge. Une sonnerie assourdie retentit soudain entre les quatre murs de la cabine.

— Merde, marmonna Aurélien.

Il se retira. Bérénice inspira profondément, ramassa son string et le fourra dans la poche de sa robe. Aurélien batailla un peu avec son jean, essayant dans un même mouvement de le remonter et d'extirper son portable de sa poche arrière. Bérénice était en train de se recoiffer avec les doigts lorsqu'il y parvint. Il jeta un coup d'œil rapide à l'écran et leva les yeux vers elle.

— Il faut que j'y aille. C'était… très… sympa.

Sur ces mots, il déverrouilla la porte et sortit de la cabine.

Bérénice le regarda disparaître, abasourdie. Elle repoussa la porte derrière lui et se laissa choir sur l'abattant. Ce n'est que lorsqu'elle sentit quelque chose couler entre ses cuisses qu'elle se rendit compte qu'ils n'avaient pas utilisé de préservatif.

Paris, 2009

Bérénice laissa son regard errer sur les couvertures colorées étalées devant elle. *Comment changer de vie ? Surmonter ses peurs. Une nouvelle vie après 30 ans…* : autant de titres chargés de promesses et d'avenirs radieux. Cela dit, comme l'avait jadis proclamé un homme politique célèbre, les promesses n'engagent que ceux qui y croient. Et Bérénice était parvenue bien malgré elle à un point où elle ne croyait plus à grand-chose.

Elle s'empara de l'ouvrage le plus proche dont le titre à rallonge affirmait que le bonheur était un choix. Elle était parvenue au chapitre II, « Comment désencombrer sa pensée ? », lorsque son portable vibra dans la poche de son manteau. Elle jeta un coup d'œil à l'écran et soupira.

— Oui, maman ?

— Cache ton enthousiasme, ma fille.

— Je suis à la Fnac des Halles, je t'entends mal. Tu sais que ça ne capte pas bien, éluda Bérénice.

Elle n'était pas vraiment d'humeur à avoir une conversation avec sa mère, mais cette dernière en avait manifestement décidé autrement.

— Qu'est-ce que tu fais aux Halles au beau milieu de la journée ? Tu n'es pas au travail ?

— On est samedi, maman.

— Ah oui, c'est vrai. J'appelais juste pour te rappeler d'apporter une bouteille de champagne chez tes grands-parents pour le déjeuner de demain.

— Je n'avais pas oublié, mentit Bérénice.

En réalité, elle avait même oublié qu'elle était censée aller déjeuner chez eux. Elle sortit de la poche de son manteau le stylo qu'elle trimballait partout avec elle et coinça son téléphone entre son épaule et son menton pour griffonner « champagne » sur sa main gauche.

— Est-ce que Rodolphe vient avec toi ? poursuivit sa mère.

— Je ne sais pas.

Deuxième mensonge. Rodolphe serait ravi de

l'accompagner mais Bérénice ne comptait pas l'inviter. C'était l'un des nombreux avantages à ne pas vivre avec lui : elle n'était pas obligée de le tenir au courant de ses moindres faits et gestes.

— D'accord, répondit sa mère, conciliante comme toujours. Sache qu'il est le bienvenu. Comment tu vas, sinon ?

— Bien.

Troisième mensonge. La réponse véritable aurait dû être : « Je ne sais pas » ou encore : « Je ne comprends pas ce qui m'arrive, tout me réussit, et pourtant je cherche des réponses dans des bouquins débiles. »

— Tu sais que je suis là si tu as besoin de quoi que ce soit, n'est-ce pas, ma chérie ? On peut discuter.

Avoir une mère voyante — clairaudiente pour être tout à fait exacte — pouvait se révéler embarrassant. Il était difficile de lui cacher que quelque chose n'allait pas. Elle devinait toujours quand Bérénice avait un problème. Elle possédait un sixième sens spécial, un truc qui était peut-être livré à toutes les mères à la naissance de leur premier enfant et qui leur permettait de deviner les moindres changements d'humeur de leur progéniture, mais qui chez elle était amplifié par son don. Bérénice trouvait ça parfois pesant : elle n'avait aucune envie de confier ses états d'âme à sa mère, et encore moins au téléphone dans un endroit public.

— Allô ? Allô ? Je ne t'entends plus. Qu'est-ce

qu'on capte mal, ici, c'est pas vrai. Allô ?... Bon, je te dis à demain, maman.

Bérénice raccrocha et glissa le téléphone dans sa poche d'un geste machinal. L'allusion que sa mère avait faite à Rodolphe ravivait ses doutes et ses interrogations. Depuis quand n'avait-elle pas envie de passer du temps avec lui ? Si elle était honnête avec elle-même, elle devait bien s'avouer que ça faisait un petit moment. Quelques semaines. Quelques mois. Quelques années ?

Son regard se posa sur un livre à la couverture sobre qui proclamait : *Les Secrets d'une relation de couple réussie*. Elle soupira. Elle n'était même pas certaine d'avoir envie de percer ce genre de secrets. Elle sortait avec Rodolphe depuis trois ans. Leur histoire avait débuté banalement par une rencontre lors d'une soirée chez des amis communs. Elle l'avait tout de suite trouvé ambitieux mais plutôt sympathique. Elle avait couché avec lui parce qu'il lui plaisait, puis elle avait recommencé parce que c'était un amant honorable. Elle avait tacitement accepté que leur relation devienne exclusive puis sérieuse, un peu parce qu'elle ne voyait pas vraiment de raison de refuser. Rodolphe avait tout du gendre idéal : des études commerciales solides, une carrière bien engagée dans le marketing, une conversation consensuelle et une façon de dépenser son argent de sorte que tout le monde sache qu'il en avait : bonnes bouteilles, belles chaussures, vacances en Asie. Mais malgré trois ans de relation, Bérénice ne se sentait pas vraiment engagée. Elle vivait cette histoire comme si elle avait gardé son manteau tout du long sans s'éloigner de la porte. Et au bout de trois ans, ils commençaient tous les deux à trouver le temps long mais pas pour les mêmes raisons. Rodolphe la pressait pour qu'ils vivent ensemble et fassent des projets d'avenir. À mots plus ou moins couverts il se projetait dans une vie de famille, une maison en banlieue, un chien, une résidence secondaire à l'île de Ré. Bérénice, elle, ne se projetait dans rien. Pire, elle s'ennuyait. Rodolphe était prévisible : la routine était gravée dans son ADN. Toutes les étapes de sa vie étaient tracées à l'avance sur une carte dont il franchissait les escales avec une régularité de métronome : classe prépa, ESSEC, stage pistonné par papa, poste dans une grosse boîte... tout se déroulait sans accroc et il voulait à présent cocher les cases de sa liste personnelle. Il avait décidé de quitter Paris et d'acheter un appartement à Versailles — comme ses parents — et d'avoir des enfants. Bérénice ne l'écoutait que d'une oreille et éludait les questions épineuses. Elle ne parvenait cependant pas à lui dire non une bonne fois pour toutes, pour la bonne et simple raison qu'elle ne savait pas ce qu'elle voulait. Avait-elle envie d'avoir des enfants ? Pour tout un tas de raisons, c'était le genre de question qu'elle évitait de se poser. Et si elle se la posait quand même, elle était obligée de se demander si elle avait envie d'avoir des enfants *avec Rodolphe*. Sa raison lui disait qu'il possédait un bon patrimoine génétique et qu'il ferait certainement un père acceptable. Mais sa raison lui soufflait aussi que ce n'étaient pas des raisons suffisantes pour épouser un homme et passer au moins trente ans à ses côtés. Elle avait presque vingt-sept ans et elle commençait à voir l'effervescence s'emparer de ses anciennes copines de lycée et des collègues de son âge. Facebook bruissait des essais de grossesse et son fil d'actualité commençait à se remplir de photos de bébés. Sur le fond, elle s'en fichait : elle ne fréquentait pas ces femmes, avec qui elle avait gardé le contact juste parce que les réseaux sociaux le lui imposaient presque. Elle ne se sentait pas en compétition avec elles mais elle voyait bien quand même que la société tout entière, à coups d'articles dans la presse féminine sur la façon de gérer vie active et maternité, lui mettait la pression de manière plus ou moins insidieuse. À croire qu'en 2009 on ne pouvait toujours pas être une femme complète si on n'avait pas procréé. Quant à Rodolphe, il évoquait le sujet de plus en plus souvent et elle savait qu'elle ne pourrait pas se dérober encore bien longtemps à LA discussion.

Le problème, c'était que Bérénice avait l'impression d'être engluée dans une situation qui ne lui convenait pas. Sur le papier, elle avait tout pour être heureuse : un petit ami présentable, bien éduqué et riche, et un job bien rémunéré. Mais la réalité était tout autre et son métier l'ennuyait autant que son petit ami. Elle soupira. À quel moment la vie avait-elle pris cet étrange tournant ? Elle avait pourtant fait exactement ce qu'elle voulait faire : une prépa scientifique dans le meilleur lycée parisien, suivie des Mines et d'un job d'ingénieur dans un cabinet de conseil en développement durable, le sujet porteur de ce début de XXIe siècle. Tout roulait pour elle. Et pourtant. Elle avait rapidement fait le tour de son job, et encore plus rapidement celui de Rodolphe. Et la perspective que la vie n'ait rien d'autre à lui offrir que d'interminables conversations sur le cours de la Bourse et la teneur en tanin d'un saint-émilion grand cru 1996 Château Bidule lui donnait envie de vomir. Le problème, c'était peut-être juste qu'elle avait suivi les envies de celle qu'elle était à seize ans. Et les aspirations de la jeune fille renfermée et rêveuse qui voulait à tout prix s'intégrer, de la geekette qui ne savait pas faire autre chose que résoudre des problèmes scientifiques compliqués, n'étaient plus les siennes.

Sauf que, et c'est là que le bât blessait, elle ne savait pas ce qu'elle voulait à présent. Une fois suivie la voie qu'elle s'était choisie dix ans plus tôt, elle se retrouvait curieusement désemparée maintenant qu'elle avait atteint son but. Elle avait juste peur qu'il n'y ait plus rien après ça. C'était pour ça qu'elle restait figée dans cet entre-deux avec Rodolphe et qu'elle évitait de se poser des questions sur son job.

Parce que quand on se pose des questions, on se retrouve à chercher un sens à sa vie un samedi après-midi du mois de janvier au rayon développement personnel de la Fnac.

Pathétique.

Ses pensées déprimantes furent interrompues par une voix faussement enjouée qui se déversa soudain des haut-parleurs grésillants.

« Mesdames, messieurs, nous avons le grand plaisir d'accueillir aujourd'hui Aurélien Froissart qui dédicace son dictionnaire amoureux et décalé du jazz. Nous vous attendons nombreux au rayon musique. »

Bérénice reposa brusquement le livre qu'elle tenait entre les mains. Aurélien Froissart ? Aurélien était en dédicace à la Fnac maintenant ? Au moment précis où elle se demandait quelle décision prendre concernant Rodolphe — s'engager vraiment ou le larguer ? —, voilà que celui auquel elle s'était interdit de penser mais qu'elle ne pouvait s'empêcher de googler de temps en temps, celui dont le regard et le sourire affleuraient parfois bien malgré elle dans les eaux troubles de sa mémoire, surgissait de nouveau, non pas dans la semi-rêverie qui précédait le sommeil et dans laquelle il s'invitait parfois, mais en chair et en os.

Elle avait pris soin de refouler le souvenir de leur brève étreinte dans un coin reculé de sa mémoire. Y penser était trop compliqué, beaucoup trop compliqué. En même temps, elle n'avait pas pu s'empêcher de suivre de loin la carrière d'Aurélien. Lui aussi avait suivi la voie qu'il s'était tracée. Après Sciences-Po, il avait intégré une école de journalisme et il travaillait dans un magazine consacré au jazz. Une fois par mois, il animait une émission sur France Culture tard dans la nuit. Elle ne l'avait jamais écoutée, de peur que sa voix ne fasse remonter à la surface tout ce qu'elle avait soigneusement enterré. Et voilà que la voix métallique d'un vendeur de la Fnac faisait resurgir un mélange troublant de sentiments divers.

Une partie d'elle, la partie raisonnable, celle qui lui soufflait d'épouser Rodolphe et d'acheter un appartement à Versailles, lui criait de prendre ses jambes à son cou et de s'éloigner le plus vite possible. Mais l'autre partie, celle qui crevait à petit feu dans une vie trop étroite pour elle, lui ordonnait d'aller voir au moins à quoi il ressemblait à présent. Après tout, elle n'était pas obligée de s'approcher trop près. Elle pouvait se contenter de lui jeter un coup d'œil de loin.

Elle hésitait encore lorsque le petit jingle annonça que le vendeur reprenait le micro. Il récita de nouveau la même annonce.

« Aurélien Froissart… dédicace… rayon musique. »

Bérénice décida que l'Univers lui faisait signe. Et qui était-elle pour le contrarier ?

Elle profita du court trajet entre les rayons pour se passer la main dans les cheveux et lisser sa jupe, puis elle contourna une dernière gondole et déboucha au rayon musique. Elle avait espéré qu'elle pourrait se tenir à l'écart, protégée par les étagères encombrées de livres, mais la configuration des lieux en décida autrement : elle se retrouva nez à nez avec un kakemono grandeur nature sur lequel Aurélien souriait face à l'objectif du photographe, aussi beau que dans son souvenir, très « je suis auteur, je suis beau gosse et je l'assume ». Et le modèle était assis en chair et en os à côté de la photo, derrière une table garnie de livres. Il était moins fringant que son double de papier — la faute peut-être aux néons peu flatteurs de la Fnac — mais tout aussi séduisant. Il était en train de signer un exemplaire de son dictionnaire tout en discutant avec un homme. Bérénice se rendit compte que son cœur battait plus vite qu'elle ne l'aurait voulu.

Le voir là, à quelques mètres, ravivait malgré elle des souvenirs intenses et pas tous agréables. Elle découvrait que malgré tous ses efforts, elle n'avait pas réussi à refouler tout à fait ce qui s'était passé presque cinq ans plus tôt.

Elle s'empara d'un livre au sommet de la pile et le feuilleta pour se donner une contenance, mais en réalité les mots dansaient devant ses yeux. Elle écoutait sans l'entendre la conversation entre les deux hommes, concentrée sur sa respiration qui s'était faite un peu précipitée. Qu'allait-elle bien pouvoir lui dire ? Qu'est-ce qu'elle faisait là ? Ne ferait-elle pas mieux de tourner les talons et de tenter de l'oublier définitivement ?

Aurélien tendit son exemplaire dédicacé à l'homme qui la précédait et se tourna vers elle. Bérénice rougit, un peu prise de court et incertaine de la conduite à tenir. Que dire à quelqu'un avec qui on a couché dans les toilettes d'une boîte de nuit cinq ans auparavant ? « Salut, tu es nettement plus habillé que la dernière fois » ou « c'est sympa de te rencontrer ailleurs que dans les toilettes » ?

Aurélien lui adressa un sourire éclatant.

— Bonjour.

— Bonjour, répondit Bérénice. Je… je…

Elle s'interrompit, hésitante. Comment continuer ? Aurélien la tira d'embarras en faisant un petit signe du menton en direction du livre qu'elle tenait toujours entre les mains.

— Vous voulez peut-être que je vous le dédicace ?

— Oh ! oui, voilà, c'est ça…, répondit-elle sans faire mine de lui tendre l'ouvrage.

— Pour ça, il faudrait que vous me le donniez.

Il souriait toujours, apparemment amusé par la gêne manifeste de Bérénice. Était-il possible qu'il ne l'ait pas reconnue du tout ? Elle trouvait son sourire et sa voix aussi séduisants que lorsqu'elle l'avait rencontré dix ans plus tôt dans la salle de bains de Max, et cela l'agaçait : comment se pouvait-il que cet homme lui fasse toujours autant d'effet, malgré ce qui s'était passé et malgré les efforts qu'elle déployait pour faire comme s'il n'avait jamais existé ?

— Oh ! pardon, oui, bien sûr.

Elle lui tendit le dictionnaire qu'il ouvrit à la page de garde.

— Quel est votre prénom ?

— Bérénice.

— C'est joli, fit-il en saisissant son stylo.

Bérénice sentit son cœur ralentir. Il ne l'avait donc pas reconnue. C'était la troisième fois qu'il lui disait qu'elle avait un joli prénom — mais elle était certaine qu'il disait ça à toutes les femmes — et la deuxième fois qu'il ne la reconnaissait pas. Sa gêne fit place à de la colère. C'était quoi son problème à ce mec, bon sang ? Il avait Alzheimer ou quoi ? Elle n'avait pas vraiment changé en cinq ans. Une autre coupe de cheveux, un peu plus courte, une autre façon de s'habiller, peut-être... Elle avait définitivement abandonné l'utilisation du lisseur pour laisser ses cheveux ondulés vivre leur vie et depuis qu'elle était entrée dans la vie active, elle avait troqué ses jeans contre des tenues plus « corporate ». Il lui arrivait parfois quand elle se regardait dans le miroir de se prendre pour une hôtesse de l'air avec ses jupes crayons noires et ses chemisiers blancs.

Oui, d'accord, elle avait changé. Et pas qu'un peu, elle devait bien l'admettre. Et pour être honnête, si elle les croisait dans la rue, elle n'était pas certaine non plus de reconnaître certains mecs avec qui elle avait couché. Tous ne lui avaient pas laissé un souvenir impérissable, loin de là. Elle cherchait la bonne façon de se rappeler à son souvenir, de manière ni trop frontale — genre : « Vous vous souvenez de moi ? On a baisé à *La Loco* il y a cinq ans » — ni trop allusive — « Nous avons partagé plus qu'une salle de bains, il y a dix ans » — lorsqu'elle fut interrompue dans sa réflexion — et Aurélien dans sa dédicace — par une femme qui, au lieu de se placer derrière Bérénice pour faire la queue, fit le tour de la table et s'arrêta à côté d'Aurélien. Ce dernier leva la tête vers elle et le sourire qu'il lui adressa fut mille fois plus sincère et plus éclatant que celui dont il avait gratifié Bérénice. Il contenait la lumière d'une galaxie tout entière. Bérénice fut assaillie par une bouffée de jalousie qu'elle refoula aussitôt et examina attentivement la nouvelle venue, une jolie brune au nez recouvert de taches de rousseur dont la robe en laine marron ne laissait rien ignorer... de sa grossesse avancée. Si Bérénice avait éprouvé encore quelques doutes sur l'identité du père, la façon dont la jeune femme posa une main possessive sur l'épaule d'Aurélien acheva de les dissiper. Ils échangèrent un regard silencieux que Bérénice trouva insupportablement intense. Aurélien sembla soudain se rappeler qu'ils n'étaient pas tout seuls et il reporta son attention sur elle.

— Vous aimez le jazz ? demanda-t-il.

Bérénice commença par trouver la question idiote : qui donc achetait un dictionnaire amoureux du jazz sans au moins l'apprécier un peu ? Puis elle se souvint soudain qu'elle détestait ça.

— Oui, beaucoup, mentit-elle.

— Quels sont vos compositeurs préférés ?

Bérénice savait qu'il se contentait de faire la conversation de manière professionnelle et qu'il devait poser la même question à tous ceux qui défilaient devant lui pour obtenir une signature, mais elle trouva soudain la situation insupportable. Elle aurait donné l'intégralité de sa collection des romans de Nora Roberts pour pouvoir se téléporter immédiatement ailleurs, dans un monde sans Aurélien, sans femme enceinte et sans souvenirs embarrassants.

— Euh, à vrai dire j'écoute un peu de tout, bafouilla-t-elle.

Il lui lança un regard qui semblait dire qu'il n'était pas dupe et qu'il était habitué à vendre des livres à des femmes rougissantes qui n'avaient jamais entendu parler de Miles Davis et qui ne s'arrêtaient que parce qu'elles espéraient décrocher son 06, et elle en éprouva une gêne et une colère encore plus grandes.

— Merci beaucoup, fit-elle en récupérant son dictionnaire.

— Merci à vous. J'espère que cet ouvrage vous plaira et qu'il vous ouvrira des horizons.

Bérénice s'éloigna le plus vite possible, le livre serré contre sa poitrine, et s'engouffra dans le premier rayon qui se présenta. Elle regrettait d'avoir suivi son impulsion. Elle n'aurait jamais dû s'approcher de ce rayon. Outre le fait qu'elle avait ravivé un souvenir soigneusement enterré dans un recoin de sa mémoire, elle s'était sentie humiliée qu'il ne la reconnaisse pas — même si au fond, c'était peut-être mieux comme ça. Et l'arrivée de sa femme — enceinte ! — était la cerise sur un gâteau déjà indigeste. Elle n'avait qu'une envie : oublier l'incident au plus vite.

Son téléphone portable vibra dans la poche de son manteau. Elle l'en sortit et jeta un coup d'œil à l'écran.

Rodolphe.

Elle baissa le doigt vers le petit rond vert mais se ravisa au dernier moment. Cette rencontre désagréable lui avait au moins prouvé quelque chose : jamais Rodolphe ne l'avait regardée comme Aurélien regardait sa femme et elle-même n'avait jamais fait preuve à son égard de la moindre possessivité. Il était temps de voir les choses en face : elle ne l'aimait pas. La plupart du temps, elle se contentait de le tolérer.

Et si elle ne croyait pas forcément au grand amour, elle n'était tout de même pas obligée de signer à vie pour une relation dans laquelle le seul sentiment constant qu'elle éprouvait pour Rodolphe était une indifférence mâtinée d'agacement.

Et ce fut là, au rayon sciences humaines de la Fnac des Halles un samedi après-midi de janvier, qu'elle sut qu'il était temps de prendre enfin des décisions.

1

Bérénice se réveilla en sursaut. Un faible rayon de soleil s'était frayé un chemin à travers le vasistas pour se loger dans son œil droit. Elle cligna des yeux et regarda autour d'elle, désorientée. À qui appartenait donc cette chambre qui n'était clairement pas la sienne ? Un bureau IKEA, une chaise qui croulait sous les vêtements sales, un portant sur lequel étaient jetées des fringues masculines et partout, absolument partout, des cartons de pizzas vides, des bouteilles de bière, des canettes de soda, des caleçons sales, des emballages en plastique au fond desquels traînaient des substances non identifiées… Ce n'était pas une chambre mais un taudis. Un léger ronflement lui parvint aux oreilles. Elle tourna la tête, ce qui la fit grimacer : une migraine sourde lui martelait les tempes. Un homme dormait à ses côtés. Enfin, un homme… un jeune homme, plutôt. La lumière matinale éclairait un visage encore poupin dans lequel se détachait un nez déjà viril. Le drap avait glissé, dévoilant un torse imberbe et musclé. Bérénice fronça les sourcils. Quelle heure était-il ? Que faisait-elle dans la chambre de ce garçon ? Et, plus important, quel âge avait-il ?

Un coup d'œil sur le radio-réveil en forme de Pokémon posé à même le sol lui donna la réponse à la première question. 6 h 43. Bérénice grimaça. Elle ne se rappelait pas comment elle avait échoué dans ce dépotoir avec ce garçon, qui, elle l'espérait fortement, était majeur, mais elle se doutait, au vu du mal de tête qui lui vrillait le crâne, que l'alcool avait dû être le troisième participant de la soirée. Et si elle en croyait le fait qu'elle était entièrement nue elle aussi, ils ne s'étaient pas contentés de jouer au Scrabble. Ou alors au strip-Scrabble. Elle se contorsionna avec lenteur vers le bord du lit pour se lever sans réveiller son voisin. Elle commença par poser le pied gauche à tâtons sur le sol, puis le droit, puis elle sortit du lit avec précaution.

Des souvenirs de la veille lui revinrent tandis qu'elle cherchait ses vêtements. Un bar, un groupe de mecs qui lui avaient payé des shots à la chaîne, le blondinet qui l'avait ouvertement draguée avant de l'embrasser et de lui proposer d'aller chez lui, la montée de l'escalier jusqu'au sixième en se roulant des pelles sur tous les paliers, les marches ratées en riant, l'effeuillage… si ses souvenirs étaient bons, le temps qu'ils parviennent au studio, son chemisier était entièrement déboutonné. Elle aurait d'ailleurs bien aimé remettre la main dessus. Avec une économie de mouvements autant destinée à ne pas réveiller celui dont elle avait oublié le nom

— et la performance — qu'à ne pas aggraver sa migraine, elle rassembla ses vêtements éparpillés un peu partout. Tous, sauf son soutien-gorge. Elle le chercha des yeux tout en enfilant le reste et finit par l'apercevoir sur le bureau, posé… sur une assiette sale. Merde. Pas question de l'abandonner, c'était son préféré, le rose avec de la dentelle noire. Elle s'en saisit du bout des doigts et le fourra dans le tote bag qui lui servait de sac à main tout en se dirigeant vers la porte sur la pointe des pieds.

Au moment où elle posait la main sur la poignée, une voix ensommeillée se fit entendre dans son dos.

— Tu t'en vas déjà ?

Merde.

Elle prit une profonde inspiration et se retourna.

— Oui, j'ai un rendez-vous. On m'attend pour aller à la messe, improvisa-t-elle.

Et je n'aurais jamais dû passer la nuit ici. Je me ramollis.

— Tu es sûre que tu ne peux pas rester encore un peu ? demanda le jeune homme, déçu. On pourrait, tu vois…

Bérénice voyait très bien. De la même manière qu'elle voyait très bien aussi que la nuit n'avait pas dû être géniale, loin s'en faut, sinon elle en aurait gardé des souvenirs et quelques courbatures. Et puis il avait quoi, ce mec ? Vingt ans ? Dix-neuf ans ?

— Oui, je suis sûre. Et je ne suis déjà pas certaine d'avoir bien fait de passer la nuit ici, alors…

— Ah bon ? C'était pas bien ?

— Si, si, mentit-elle sans vergogne (pas besoin de blesser son ego), c'est juste que...

— Parce que moi, j'ai adoré.

— Ah, euh, OK, merci, mais...

— Allez, viens, insista-t-il en tapotant le lit à côté de lui. Popaul a très envie de te dire bonjour.

Popaul ? Au secours.

Avant que Bérénice ait eu le temps de décliner pour la troisième fois, il souleva le drap.

— Regarde comme Popaul se dresse pour toi.

Interdite, elle le regarda sans répondre.

— Allez, insista-t-il, ça ne prendra pas longtemps.

— Écoute, euh, David ?

— Tristan.

— Tristan. Écoute, je vais être claire avec toi. Un, ne dis jamais à une femme que ce que tu comptes lui faire ne va pas durer longtemps. C'est pas très vendeur, si tu vois ce que je veux dire. Deux, ne parle jamais, jamais, jamais de ton sexe à une femme en l'appelant Popaul. C'est... je ne peux pas te dire à quel point c'est... perturbant. Trois, je ne suis pas certaine que tu sois majeur et je n'ai pas envie de finir en prison. Je pense qu'un juge pourrait m'accorder les circonstances atténuantes pour hier soir parce que j'ai manifestement ingéré plus d'alcool qu'un marin polonais en permission, mais si je recommençais à présent, j'en prendrais pour dix ans.

— Je suis majeur ! protesta Tristan.

— Mais à mon avis, pas depuis longtemps.

— Depuis six mois.

Bérénice le dévisagea, effarée.

— Mon Dieu. J'ai couché avec un garçon qui est né *après* la coupe du monde de 98, fit-elle en posant une main sur sa bouche.

— Mais je…

— Écoute, Tristan, tu es super gentil, tu es très mignon, et je suis sûre que tu vas devenir un homme merveilleux. Je ne peux juste pas attendre que ça se produise, c'est tout. Il faut que tu rencontres des filles de ton âge.

— Mais les filles de mon âge n'ont pas tes talents ! La nuit dernière, c'était juste, incroyable, tu vois, et…

— Je ne suis pas prof, Tristan, désolée. Je n'ai pas pour ambition de former la jeunesse, répliqua-t-elle en ouvrant la porte.

— Laisse-moi au moins ton numéro !

— Je n'ai plus de portable, on me l'a volé, désolée !

Sur ce, elle se glissa hors de l'appartement et dévala les marches quatre à quatre. Six minutes et six étages plus bas, elle déboucha dans une rue baignée de soleil. Elle cligna des yeux et regarda autour d'elle. Où était-elle ? Elle sortit son téléphone de son sac et ouvrit l'application « plans ». Le petit point bleu indiquant sa position se mit à clignoter. Elle pinça l'écran afin de zoomer sur le nom de la rue. Rue Guérin. Elle dézooma afin d'avoir une vue d'ensemble du quartier. Putain. Elle était au fin fond du 16ᵉ arrondissement. Ce qui était assez logique puisqu'elle avait pris la ligne 9 du métro la veille au soir ; elle se rappelait être descendue à Exelmans. Elle avait choisi cette destination parce que la ligne de métro, directe depuis chez elle, lui permettait de se rendre loin sans subir de changement. En parlant de métro, il était où ? À en croire l'appli, pas très loin. Elle se mit en route d'un bon pas. L'air frais et le soleil achevèrent de dissiper sa migraine. Au fur et à mesure que sa foulée se faisait plus légère, elle sentait se dissiper la brume qui avait envahi son cerveau. Elle sortait ses écouteurs pour écouter de la musique lorsque son téléphone vibra. Juliette.

— Oui, ma biche ?

— Bonjour, Jeanne Moreau, vous voulez bien me passer Bérénice Spyros s'il vous plaît ?

— Oh ! ça va, répliqua Bérénice en souriant.

— Sérieusement, B., t'as fumé un régiment de sapeurs-pompiers ou bien ?

— J'ai beaucoup bu, avoua Bérénice en s'engouffrant dans le métro.

— Et beaucoup couché ?

— Si je me souviens bien, un peu.

— Et c'était bien ? Dis-moi que oui, s'il te plaît. J'ai besoin de vivre du cul par procuration.

— Bof. Il était trop jeune pour vraiment savoir ce qu'il faisait et j'avais trop bu pour jouer les initiatrices perverses, alors...

— B..., commença Juliette sur un ton vaguement réprobateur. Il avait quel âge, exactement ?

— Euh… disons qu'il ne pourrait pas commander une bière aux États-Unis, mais vu qu'on est en France…

Juliette éclata de rire.

— Et ça se passe comment la semaine prochaine ? Tu as prévu de faire la sortie des collèges ?

— Tout de suite les gros mots. Il était majeur, c'est l'essentiel.

— Ne va pas croire que je te jette la pierre, va. Moi qui n'ai pas couché avec mon mari depuis six mois, je suis juste super jalouse que tu aies une vie sexuelle épanouie.

— Épanouie, épanouie, faut le dire vite. Disons juste que j'ai une vie sexuelle, répondit Bérénice en parvenant sur le quai. Qu'est-ce que tu fais debout si tôt un dimanche matin ?

— Il est à peine 7 heures, rétorqua Juliette en bâillant.

— Tu n'as pas fermé l'œil de la nuit, devina Bérénice en montant dans la rame.

Les portes se refermèrent derrière elle en chuintant. Elle se laissa choir sur un siège près de la fenêtre. À cette heure matinale et dominicale, le métro était quasi vide.

— Gagné. C'est incompréhensible. Tous les enfants de quatre mois font leurs nuits sauf le mien. Je pense que c'est un complot. Cet enfant me déteste.

— Tous les enfants de quatre mois font leurs nuits dans les livres des connasses qui t'assurent aussi que les nausées sont uniquement matinales et ne durent que trois mois. Dois-je te rappeler que tu as vomi non-stop pendant quatre mois et demi ?

— C'est pas faux. Il n'empêche que je suis crevée et que je ne sais pas si je vais sortir un jour de mon état de zombie au ventre flasque.

— Tu veux venir prendre un café ?

— Je n'attends que ça. Ça va être l'apogée de ma journée. Je fais le marché et je passe en fin de matinée, OK ?

— OK. Et n'apporte pas de croissants !

Trop tard. Juliette avait déjà raccroché. Bérénice se laissa bercer par le ronronnement monotone du métro, et ses pensées dérivèrent. La blague de Juliette concernant les collégiens l'avait piquée plus qu'elle n'aurait été prête à l'avouer. Elle songea aux conquêtes de ces derniers mois : elles étaient de plus en plus jeunes. Ses samedis soir ne ressemblaient plus à rien. Ces hommes interchangeables dont elle ne retenait jamais les prénoms, ces corps de plus en plus jeunes, ces étreintes souvent sans intérêt, qu'elle oubliait à peine la porte de ces appartements anonymes refermée. Elle essaya de se remémorer la dernière fois qu'elle avait eu un orgasme dans les bras d'un de ces amants de passage. Pas cette nuit, c'était certain, ni la semaine précédente, ni... Ah, voilà, il y avait eu cet Italien, comment il s'appelait, déjà ? Paolo ? Paco ? Pietro ? Elle avait souvenir d'avoir pris son pied avec lui mais c'était quand, déjà ? Il pleuvait, il faisait froid... Ah, voilà, c'était le jour où elle avait oublié son parapluie au cinéma. En octobre. On était mi-avril. À raison d'un amant par semaine pendant six mois, elle avait donc couché avec une vingtaine de mecs et joui... une seule fois. Génial. À ce rythme-là, elle pouvait peut-être concourir pour une médaille.

La voix préenregistrée et sans charme de la RATP annonça que le métro arrivait à Saint-Ambroise. Elle descendit, regagna l'air libre et leva le nez vers le ciel qui était intégralement bleu. Pas un seul nuage ni même une strie d'avion à l'horizon. Elle prit une profonde inspiration et ferma un instant les yeux, attentive aux bruits familiers de la rue. Quelques voitures éparses, des oiseaux, le garçon qui bavardait avec un client à la terrasse du café tout près. Sa ville. Son quartier. Elle emprunta le boulevard Richard-Lenoir en direction de Bastille, et soudain les souvenirs de la nuit et les interrogations s'effacèrent et elle se laissa envahir par la simple joie de respirer Paris. Parvenue au niveau de la rue Bréguet et du marché dominical, elle se glissa entre les étals de l'allée centrale débordant de couleurs qui répandaient un mélange d'odeurs diverses qui pourtant se mêlaient à merveille. Poulet rôti, huîtres, fruits découpés par un camelot qui faisait l'article d'un appareil miracle censé découper n'importe quel fruit et légume en dés, en cubes, en rondelles ou en étoiles en moins de dix secondes. Elle s'arrêta devant son stand pour le regarder faire sa démonstration à grands gestes extravagants, amusée par son bagout. Elle sortit un billet de cinq euros de son porte-monnaie et lui acheta un petit instrument vert. Puis elle poursuivit sa promenade tranquillement, résista à la tentation d'acheter un sac à main, fit l'acquisition d'un kilo d'oranges et sortit du marché au niveau de la rue Daval. Elle traversa le boulevard et poussa la porte du *Va comme j'te pousse.*

Il y avait peu de monde à cette heure matinale, un ou deux habitués accoudés au comptoir. Bérénice les imita.

— Salut, ma belle.

Une brune entre deux âges se pencha par-dessus le bar pour lui faire la bise.

— Salut, Nath. T'as pas le journal ce matin ? s'étonna Bérénice en regardant autour d'elle.

— Un mec me l'a piqué.

Bérénice la regarda, interloquée.

— On t'a volé *Le Parisien* ?

— Comme je te le dis, répondit Nathalie en s'affairant devant la machine à expressos. Il devait avoir une bonne raison.

— Tu trouves toujours des excuses à tout le monde.

— De toute façon, c'est pas comme s'il se passait des trucs intéressants en ce moment. Si tu veux les nouvelles, t'as qu'à utiliser ton téléphone, comme tout le monde.

Nathalie posa un café et trois sucres devant Bérénice.

— Tu sais bien que j'ai horreur de ça. Un téléphone, ça sert à téléphoner et à éviter de se perdre, point.

— Tu es restée coincée au XXe siècle. Faut vivre avec son temps.

— Bof. J'en vois pas vraiment l'intérêt.

Bérénice défit le papier qui enveloppait le premier morceau de sucre, qu'elle déposa dans la cuillère avant de le faire lentement glisser dans la tasse. Elle renouvela l'expérience à une reprise et demie puis remballa avec soin le demi-sucre restant.

— T'es passée au marché ? demanda soudain Nathalie en apercevant le petit instrument vert que Bérénice avait placé sur le comptoir devant elle.

Cette dernière se contenta d'opiner en remuant son café.

— Ce n'est pas au moins le troisième truc de ce genre que tu achètes ?

— Le quatrième, corrigea Bérénice en portant la tasse à ses lèvres.

— Le vendeur est si mignon que ça ?

— Même pas. Mais il faut bien qu'il vive, le pauvre. Et puis ils sont tous de couleur différente. Ça fait joli sur le rebord de ma fenêtre.

Nathalie s'immobilisa, un verre à la main, et jeta à Bérénice un regard indéchiffrable. Elle ouvrit la bouche pour dire quelque chose, puis se ravisa et retourna à sa vaisselle.

— Tu es toute seule ce matin ?

— Valérie est déjà en train de râler en cuisine.

Sandrine prend son service à 11 h 30. À midi, c'est tajine, si ça te dit.

— Je déjeune en famille, répondit Bérénice en repoussant sa tasse vide. À demain.

Elle sortit du café, et se dirigea vers la rue Saint-Sabin. Parvenue au numéro 16, elle composa le code et poussa la lourde porte cochère qu'elle laissa se refermer derrière elle. Un porche sombre et ensuite... la lumière. Bérénice habitait une de ces impasses privées, pavées et fleuries qu'on appelle parfois des cités, dissimulées à la vue des passants par une porte. La sienne était assez courte, composée d'une allée bordée d'une dizaine de maisons de chaque côté. Ces maisons, peu hautes — un ou deux étages — avaient la particularité de présenter des façades colorées toutes différentes. Tous les styles se côtoyaient dans un joyeux mélange dépareillé. Sa maison, qui se dressait tout au bout de l'impasse, était verte et tirait sur le genre industriel, avec sa porte à barreaux. C'était une ancienne imprimerie reconvertie en appartements. Bérénice remonta l'allée lentement en respirant l'odeur des arbres en fleurs. Un silence quasi surnaturel, uniquement rompu par les pépiements des oiseaux, régnait dans cet endroit caché. Parvenue devant chez elle, elle introduisit la clé dans la serrure et poussa la porte avec précaution pour éviter de la faire grincer. Elle passa d'abord la tête à l'intérieur. La voie était libre. Elle se glissa dans l'entrebâillement de la porte.

— Bérénice ? C'est toi ?

Merde.

Elle qui avait espéré pouvoir rentrer sans se faire remarquer… elle en était pour ses frais. Elle poussa un soupir silencieux et referma la porte derrière elle.

— Bonjour, Moune.

— Bonjour, ma chérie.

Sa grand-mère l'attrapa par la taille et posa un baiser sonore sur sa joue.

— Ne me dis pas que tu t'es levée juste pour aller acheter ce… cette… ce machin ? fit-elle en apercevant l'instrument en plastique vert qu'elle tenait en main avec le sachet d'oranges.

Bérénice savait qu'il était inutile de lui mentir. Ariane avait un « radar à *bullshit* », comme elle le surnommait elle-même.

— Je suis passée au marché en rentrant, avoua-t-elle. Pourquoi tu es déjà debout ?

— J'ai un cours de yoga.

Bérénice remarqua alors que sa grand-mère portait un legging rose fluo, un T-shirt vert et des baskets bleues. Elle ferma les yeux, aveuglée.

— C'est une nouvelle lubie qui nécessite que tu te transformes en lampadaire ?

Ariane éclata de rire.

— Je ne te permets pas, jeune fille. Et je n'ai pas de lubies, juste des envies, disons… changeantes. Et ne crois pas que je n'aie pas compris que tu essayais de détourner la conversation. Est-ce que ta nuit a été bonne ?

Bérénice haussa les épaules.

— Même pas.

— Mais où te mènera la façon dont tu vis ? Quel système est le tien ? se mit à déclamer Ariane, la main sur le cœur.

Et merde. Quand sa grand-mère se mettait à réciter des extraits de pièces de théâtre, c'est que la conversation prenait un sale tour. Surtout quand c'était *Cyrano*.

Bérénice soupira.

— J'errais dans un méandre, répliqua-t-elle en entrant dans le jeu de sa grand-mère. J'avais trop de partis, trop compliqués, à prendre…

— Mon cul, oui, l'interrompit Ariane.

— Tu prends des libertés avec le texte. Rostand doit se retourner dans sa tombe.

— Laisse Rostand pourrir en paix. La vérité, ma chérie, et ça fait quelque temps déjà que j'ai envie de t'en parler, c'est que tu fais n'importe quoi.

Bérénice ouvrit la bouche pour protester mais Ariane la fit taire en levant une main autoritaire.

— Ne va pas croire que je juge la succession de plans cul dont sont remplis tes samedis soir. Je suis une femme moderne malgré mon grand âge. J'ai brûlé mon soutien-gorge en 1968 pour que ma petite-fille puisse coucher avec qui elle veut. Ce n'est pas ça le problème. Non, le problème, poursuivit-elle sur un ton radouci, c'est que tu n'es pas heureuse. Je le vois bien. Et au rythme où tu vas, j'ai bien peur que tu aies épuisé tous les mecs potables de la capitale avant d'avoir compris ce que tu cherches.

Bérénice ne répondit pas. Que cherchait-elle vraiment en allant draguer tous les samedis soir dans un bar différent ? Elle aurait été bien en peine de le dire.

Sa grand-mère la considéra un instant en silence puis changea de sujet.

— Tu veux venir au yoga avec moi ?

— Non, merci. J'ai du boulot.

— À ta guise.

Ariane enfila un trench noir sur sa tenue flamboyante et s'éloigna. Bérénice referma la porte derrière elle et grimpa les deux étages qui menaient à son appartement.

2

Les premières notes de *Mr Bojangles* tirèrent Aurélien du sommeil sans rêve dans lequel il était plongé. Il tâtonna sur le sol à la recherche de son téléphone portable, ouvrit un œil et jeta un regard embrumé à l'écran.

— Ouais ?

— Je te réveille ?

— D'après toi ?

— Désolé, mec, mais je pensais que tu serais debout à cette heure. Ton fils ne va pas à l'école ?

De quoi j'me mêle ?

— Y a une grève des instits.

— Encore ? Quelle bande de feignants. Y sont tellement souvent en grève que je suis bien content de ne pas avoir de mômes, tiens.

— C'est pour ça que tu m'appelles ? Pour casser du sucre sur le dos des profs ?

— Non. Jo vient de m'appeler. Elle est à l'hosto.

— Ah, merde. Qu'est-ce qu'elle a ?

— Elle, rien. Mais son fils s'est cassé le poignet. Ou la cheville. Je ne sais plus. Le problème, c'est qu'elle était censée me rendre un article demain matin et il lui restait une interview à faire. L'article sur lequel elle bosse doit occuper une double page et je n'ai pas le temps de trouver un autre sujet avant le bouclage.

Aurélien avait déjà compris ce qui allait suivre.

— Elle bosse sur quoi ?

— Un dossier sur la voyance.

Aurélien se redressa et se passa la main dans les cheveux.

— Putain, Pat, tu ne peux pas me refiler ces conneries. Je me suis déjà farci l'orgasme du cerveau et les collectionneurs de nains de jardin. J'en ai ras le bol de me taper ces reportages à la con.

— T'es mon seul espoir, Obi-Wan. J'ai personne d'autre sous le coude. Et puis, t'as besoin de thune, non ? Je te filerai quelques heures sup pour service rendu.

— Jo avait rendez-vous avec qui ? éluda Aurélien.

Pas question de parler de l'état de ses finances avec son rédacteur en chef à 8 heures du matin.

— Aucune idée. Appelle-la. Et rends-moi le papier avant 11 heures demain matin. Bonne journée, mec.

Mais arrête de m'appeler « mec », putain. La fausse coolitude de Patrick le mettait hors de lui. Ce n'était pas un mauvais bougre au fond, mais il était en représentation permanente, du col de sa chemise à carreaux à la pointe de ses Stan Smith. Il adorait donner du « mec » à tous ses collaborateurs et mâchouiller d'un air faussement pensif la branche de ses lunettes pendant les réunions. Il pensait que ça lui donnait l'air dans le coup, mais à plus de quarante balais, Aurélien le trouvait juste pathétique.

Il bâilla, s'étira et composa le numéro de Jo. Elle répondit à la troisième sonnerie.

— Ah, c'est toi qui hérites du bébé, attaqua-t-elle sans préambule. Je suis navrée, Aurélien, vraiment. Je sais que tu détestes toutes ces fadaises et en plus ce n'est jamais facile de se couler dans les mots d'un autre. Mais mon papier est bouclé, il ne manque plus que l'encart avec l'interview. C'est une voyante qui a pignon sur rue. Elle tire les cartes, si j'ai bien compris. Le rendez-vous est à 11 heures. J'avais tout préparé. Je t'envoie les questions par mail et son adresse par texto, OK ?

— Ouais. Je dois m'attendre à quoi ? Une hippie complètement allumée qui ne se déplace qu'avec sa boule de cristal ? Ou une connasse New Age qui est aussi coach de vie et tout le fatras ?

— Aucune idée, avoua Jo. Elle m'a été recommandée par une amie qui l'a consultée et qui a été bluffée par sa clairvoyance. Elle prétend qu'elle a changé sa vie. Bon, je ne vais pas te mentir, ma copine n'est pas la nana la plus équilibrée de la Terre. Mais comme Pat voulait absolument un article sur la voyance…

Aurélien entendit un brouhaha de voix derrière sa collègue.

— Je dois te laisser, on emmène enfin Gabriel à

la radio. Si tu as le moindre problème, envoie-moi un texto.

Aurélien raccrocha et balança le téléphone sur sa couette en soupirant. Après les branleurs de dindons — véritable profession pour laquelle il avait dû se taper un aller-retour en Picardie et les railleries à peine voilées de certains confrères —, voilà qu'il devait se farcir une putain de voyante.

Quand prendrait fin cette descente aux enfers ? Depuis le départ de Sabine, tout allait de mal en pis. C'était comme si elle était l'axe sur lequel tournait son univers : en partant, elle avait envoyé sa vie valser dans le décor, le laissant désemparé au milieu de ce qui ressemblait sérieusement à un champ de ruines. Il se frotta les yeux. Penser à Sabine ne servait à rien, il le savait. Et surtout, ça ne la ferait pas revenir.

Il se leva et se dirigea vers la salle de bains. En passant devant la chambre d'Arthur, il vit par la porte ouverte que ce dernier était réveillé. Il lisait, assis dans son lit.

— Salut, bonhomme, fit Aurélien en passant la tête par l'entrebâillement.

Arthur leva un instant ses yeux graves sur son père puis les reposa sur son roman.

— Tu as bien dormi ?

Pour toute réponse, Arthur se contenta de hocher la tête. Aurélien pénétra dans la pièce, ébouriffa les cheveux de son fils et déposa un baiser sur le sommet de son crâne.

— J'ai une interview à faire ce matin. Ce n'était pas prévu. Je vais demander à mamie de venir te garder. D'accord ?

Arthur acquiesça de nouveau sans lever les yeux de son livre. Aurélien n'avait pas besoin de vérifier le titre pour savoir qu'il était en train de lire *L'Île au trésor*. Pour la dixième ou quinzième fois. Quel enfant de sept ans normalement constitué lisait *L'Île au tréso*r dans sa version complète ? Et, plus étonnant encore, ne lisait que ça en boucle ? Aurélien avait eu l'occasion de le voir faire à de nombreuses reprises : dès qu'il parvenait à la dernière phrase, « Pièces de huit ! Pièces de huit ! », il reprenait sa lecture au tout premier chapitre, comme si le roman formait une boucle infinie. Le comportement de son fils ne laissait pas d'inquiéter Aurélien, mais la lecture en boucle n'était qu'un comportement inhabituel parmi d'autres, et pas le plus alarmant.

Il retint un soupir, embrassa de nouveau Arthur et quitta la pièce, laissant l'enfant à son histoire de pirates. Quatorze mois, dix-huit jours et quelques heures. Quatorze mois, dix-huit jours et quelques heures que la vie d'Aurélien était devenue un gigantesque marécage dans lequel il s'enfonçait chaque jour davantage.

Il se doucha rapidement et décida de zapper le rasage pour le cinquième jour consécutif. Sa barbe ne ressemblait à rien, ni barbe de trois jours ni barbe de hipster, juste des poils dont il ne se débarrassait pas par flemme. Il passa la main dans ses cheveux humides. Il aurait eu grand besoin d'aller chez le coiffeur mais c'était le genre de corvée qu'il repoussait sans cesse.

Il enfila un jean et un T-shirt et se dirigea vers la cuisine pieds nus. Le soleil de la mi-avril se déversait par la fenêtre, inondant le plan de travail immaculé. Aurélien se prépara un café et appela sa mère pendant que la cafetière gargouillait.

— Ah, mon chéri, tu tombes bien, j'allais t'appeler.

— Bonjour, maman.

— Bonjour, bonjour, répondit-elle sur un ton distrait et il imagina le geste désinvolte de la main dont elle avait accompagné son salut. Figure-toi que j'ai eu une idée merveilleuse.

Aurélien éloigna le combiné de son oreille. Sa mère parlait si fort qu'il était certain que la voisine du dessous, pourtant sourde comme un pot, entendait tout ce qu'elle disait. Il posa son portable sur le plan de travail et mit le haut-parleur.

— Oui ?

— Toi, tu m'as encore mise sur haut-parleur. Quelle sale manie.

— Tu disais ? Une idée merveilleuse ?

— Oui. Et si on partait en vacances tous les quatre, ton père, Arthur, toi et moi ?

— En vacances ? En juillet ?

— Je pensais plus au week-end de l'Ascension. J'avais envie d'aller à Majorque.

— Pour quatre jours ?

— Je me disais qu'on aurait pu partir du mercredi

matin au mardi soir. Arthur peut bien manquer deux ou trois jours de classe. Qu'est-ce que tu en penses ?

J'en pense que l'idée de passer sept jours de vacances avec mes parents me donne envie de m'exiler en Sibérie.

— Je travaille, se contenta-t-il de répondre.

— Et tu ne peux pas prendre quelques jours ?

— Non.

Si. Mais il n'en est pas question.

— Ton père et moi, on paiera tout, tu sais, si c'est ça qui te préoccupe.

Ça ne le préoccupait pas jusqu'à ce qu'elle évoque le sujet. *Merci, maman.*

— Pourquoi vous ne partez pas tous les deux avec Arthur ? proposa-t-il pour éviter le sujet épineux de ses finances. Ça lui ferait peut-être du bien de passer quelques jours tout seul avec vous.

Depuis le départ de Sabine, Aurélien avait été tellement submergé par les problèmes qui s'étaient accumulés sur la tête de son fils qu'il ne l'avait jamais lâché d'une semelle. Le pédopsychiatre avait déjà évoqué plusieurs fois l'idée de dé-fusionner mais Aurélien envisageait cette éventualité avec appréhension. C'était peut-être l'occasion rêvée pour mettre en pratique les conseils du médecin. Arthur avait toujours été proche de ses grands-parents, et passer cinq jours au soleil avec eux ne pouvait a priori pas lui faire de mal. Au contraire.

— Ah. (Il entendit une vague hésitation dans la

voix de sa mère.) Tu crois ? Oui, peut-être. C'est une bonne idée. Un changement d'air et de cadre ne peut que lui faire du bien. Et, qui sait... ?

Elle n'acheva pas sa phrase. Qui sait ? Peut-être qu'il retrouverait miraculeusement l'usage de la parole ? acheva mentalement Aurélien à sa place.

Il changea de sujet. Il n'avait pas vraiment envie de penser aux problèmes de son fils un matin de grève et de galère.

— Dis, maman, j'ai un problème ce matin. Les instits sont en grève et l'école est fermée. J'avais posé ma journée pour garder Arthur mais je suis obligé d'aller interviewer une nana pour un papier. Est-ce que tu pourrais t'occuper de lui pendant quelques heures ?

— Ah, désolée, mon chéri, mais j'ai bridge toute la journée. Je suis déjà en retard d'ailleurs, il faut que je file. On se rappelle. Bisous, bisous.

« Bonjour, bonjour », « bisous, bisous »... Pourquoi éprouvait-elle le besoin de répéter certaines choses deux fois ? Aurélien avait parfois l'impression qu'elle le prenait encore pour un enfant. Il raccrocha et se servit une tasse de café en soupirant. Son téléphone vibra. Un texto de Sabine lui demandant où il en était avec l'avocat. Il décida de ne pas répondre.

La journée s'annonçait longue, très longue.

3

Ashley jeta un regard brûlant sur le torse couturé de James. Comment un homme pouvait-il provoquer en elle cette sensation étrange et délicieuse à la fois ? C'était comme si un brasier avait pris possession de son ventre et que les flammes se répandaient dans son corps tout entier, enflammant la moindre parcelle de sa peau. Elle n'avait qu'une envie : caresser ce torse viril, faire courir ses doigts sur la moindre cicatrice, poser ses lèvres sur la fine ligne de poils qui descendait vers cet endroit interdit qu'elle n'avait jamais vu mais dont elle avait entendu ses servantes parler en gloussant et qu'elle rêvait de découvrir enfin. Elle voulait que James l'attire dans ses bras puissants, qu'il l'embrasse, qu'il l'embrase, et plus que tout, elle voulait la réponse à la question qui la hantait depuis des jours et la tenait éveillée au plus noir de la nuit : Avait-il une grosse bite ?

Bérénice effaça la dernière phrase d'un index agacé. Mais qu'est-ce qui lui prenait ? Depuis quelques semaines, c'était la même corrida : elle écrivait laborieusement un paragraphe ou deux et quand elle parvenait enfin à pondre un truc correct, un mauvais génie s'amusait à prendre possession de son clavier et la forçait à écrire n'importe quoi. Une grosse bite, vraiment ? Ça sortait d'où ? C'était indigne de Lucy St Clair. Et ce qui était indigne de Lucy St Clair, c'était aussi de dérouler ces clichés éculés sur le brasier, les flammes et tout le bla-bla habituel pour évoquer la puissance du désir. Elle était en général capable de trouver mieux que ça et était assez fière de la façon dont elle se renouvelait dans un genre somme toute convenu. Bérénice soupira et leva les yeux sur l'étagère fixée au-dessus de son bureau. Les dix-huit romances historiques qu'elle avait écrites sous le pseudonyme de Lucy St Clair lui présentaient leurs jolis dos colorés. Dix-huit romances qui avaient permis à Lucy St Clair de devenir en quelques années une véritable star qui faisait rêver des bataillons de lectrices avec ses histoires de pirates, de Vikings, de châtelains écossais et autres princes du désert. On lui reconnaissait un talent certain pour émouvoir et faire battre les cœurs, un sens aigu de la psychologie et une connaissance sans faille de la psyché humaine. Elle était passée maître dans l'art de camper des héros éblouissants de charisme et dégoulinants de charme et elle faisait couiner des générations de lectrices.

Lucy St Clair était riche, talentueuse et adulée. Et Lucy St Clair était en panne.

En panne sèche.

Elle n'avait pas écrit une seule ligne valable depuis des semaines. Elle avait beau s'atteler à la tâche tous les jours, elle passait des heures à contempler une page blanche sur laquelle clignotait, désespérément esseulé, le curseur de son ordinateur. Elle avait essayé de se débloquer de toutes les manières possibles : elle avait changé d'horaires et d'habitudes, tenté d'écrire à la main sur un joli carnet, changé trois fois de stylo... En vain. Elle avait écumé Internet à la recherche de solutions miracles et avait tout testé : la marche, l'écriture automatique, écrire dans un endroit bruyant, écrire les scènes dans le désordre... Rien n'avait fonctionné. Elle subodorait que sa mère aurait eu une solution miracle à base de plantes et d'incantations mais elle rechignait à lui en parler. Personne ne savait qu'elle était bloquée. Tout son entourage pensait qu'elle écrivait comme d'habitude, enchaînée à son clavier toute la journée. Or, pour la première fois depuis sept ans, Bérénice passait ses journées à tourner en rond.

Et Lucy St Clair n'était plus capable d'écrire.

Et cette perspective la plongeait dans un abîme d'angoisses.

Parce que l'écriture, c'était toute sa vie.

Si elle n'écrivait plus, elle perdait sa colonne vertébrale, et, plus important encore, sa raison d'être.

Depuis sept ans, elle ne vivait plus que pour ça. Bâtir une histoire, inventer des personnages, se documenter sur des périodes historiques reculées, et passer des heures et des heures à vivre d'autres vies que la sienne, voilà qui lui était aussi vital que l'air qu'elle respirait. Quand elle racontait les destins de ses paysans ou de ses princes, elle oubliait les limites de sa propre existence. Elle imaginait des sentiments qui n'avaient jamais été les siens, et les coucher sur le papier lui donnait l'impression de les vivre. Elle était tour à tour homme, femme, jeune, vieille, veuve, mère, maltraitée, aimée, désirée, elle avait conquis des pays, gagné des batailles, déposé les armes, s'était abandonnée dans des bras divers, s'était refusée, avait été emprisonnée, était morte plusieurs fois... Quand elle se projetait dans un roman, elle sortait littéralement de son corps et d'elle-même, son esprit prenait les commandes et elle avait l'impression de passer des semaines dans un rêve éveillé dont elle seule connaissait les tours et les détours, les rebondissements et la fin. Elle adorait raconter des histoires d'amour intenses comme des nuits d'orage, elle aimait camper des héroïnes têtues et mutines, des héros torturés, protecteurs et courageux. Ils déjouaient tous les pièges que son imagination tortueuse leur tendait et ils en sortaient plus forts et plus amoureux que jamais après avoir bravé toutes les tempêtes et affronté tous les dangers.

Mais pas cette fois-ci.

Cette fois-ci, l'histoire ne venait pas. Ashley et James étaient toujours des étrangers pour elle. Elle ne comprenait pas leurs motivations, elle ne savait pas ce qui faisait battre leur cœur. Et, pire, elle s'en fichait.

Elle avait senti que quelque chose clochait quand elle avait rédigé le synopsis, trois mois plus tôt. L'histoire lui était venue avec moins de facilité que d'habitude et, pour la première fois depuis qu'elle écrivait, elle avait eu l'impression de n'avoir que des idées réchauffées. Il n'y avait rien d'original dans cette histoire de châtelain gallois qui, après avoir été écarté de la succession, se retrouvait contraint d'hériter du titre suite à la mort suspecte de son frère aîné. Elle avait déjà écrit une histoire un peu similaire avec *Un château en Espagne* et Ashley, la veuve du frère aîné avec qui le mariage n'avait jamais été consommé, ressemblait trait pour trait à Gudrun, l'héroïne de *Captive du Viking*. Le synopsis avait quand même été accepté par son éditrice, mais en trois mois elle n'avait rien écrit de valable. Rien du tout.

Son roman ressemblait à un champ de ruines : des bribes éparses, une poignée de notes, quelques paragraphes bancals.

Une catastrophe.

Elle soupira plus fort, le visage enfoui dans les mains.

— Qu'est-ce que je vais faire ? demanda-t-elle à haute voix.

— La rrrrrévolution !

Bérénice sursauta et se mit à rire.

— La révolution, rien que ça ?

Elle se leva et gagna la cage du Capitaine Haddock, son perroquet. Ce dernier pencha légèrement la tête et plongea son petit œil sombre dans le sien.

— La rrrrévolution, la rrrrévolution ! répéta-t-il.

— D'accord, fit-elle, conciliante, en lui caressant le sommet coloré du crâne. Je vais faire la révolution.

— Et une souuuuupe !

Elle éclata de rire.

— Tu me conseilles de cuisiner, donc ? Ce n'est pas une mauvaise idée. De toute façon, je n'arriverai à rien dans l'immédiat. Voyons voir ce que je peux faire, poursuivit-elle en se dirigeant vers le coin cuisine.

Elle farfouilla dans le bac à légumes et en sortit de quoi préparer un tian de légumes. Elle décida d'en faire un grand plat et d'en donner une partie à sa grand-mère. Elle posa les aubergines, les tomates et les courgettes dans l'évier pour les laver. Ce faisant, elle leva machinalement les yeux : son évier était sous la fenêtre qui donnait sur l'impasse pavée. Les branches du cerisier planté devant la maison du peintre se balançaient légèrement sous la brise printanière. Le temps était étrangement clément depuis quelque temps et semblait avoir un mois d'avance : la température était douce comme une fin de mois de mai alors qu'on était encore en avril. Avec le réchauffement climatique, elle avait l'impression de ne plus reconnaître les saisons. Elle avait grandi à Paris mais n'était plus capable de prédire le temps qu'il ferait : terminés les hivers froids dont l'humidité la transperçait, finis les printemps pluvieux et les automnes majestueux. La météo était devenue une source constante de surprises. Mais elle aimait voir les fleurs s'ouvrir en avance et colorer l'impasse.

Son attention fut soudain attirée par un mouvement du côté du porche. Deux silhouettes émergèrent au soleil, un homme et un enfant. Ils étaient trop loin pour que Bérénice puisse distinguer leurs traits ; elle remarqua juste que l'enfant portait un ciré rouge vif. Ils disparurent de son champ de vision et elle retourna à ses légumes.

Qui sait, l'inspiration se trouvait peut-être au fond de l'évier ?

4

Aurélien découvrit en recevant le texto de Jo que la voyante habitait non loin de chez lui. Encore peu familiarisé avec son nouveau quartier, il chercha l'adresse sur le plan de son smartphone et mémorisa le court trajet pendant qu'Arthur achevait d'enfiler ses bottes de pluie. Son père savait qu'il était inutile de lui faire la moindre remarque. Arthur refusait catégoriquement de porter autre chose que ses bottes en caoutchouc bleu marine depuis des mois. Et c'est sans surprise qu'il endossa son ciré rouge. Aurélien ne fit aucun commentaire — il ne disait plus rien depuis que le pédopsy lui avait recommandé de laisser tomber — et sortit de l'appartement derrière son fils. Il remonta toute la rue Sedaine et tourna rue Saint-Sabin. Ils parvinrent devant le numéro 16 en moins de dix minutes.

Il rouvrit le texto de Jo qui contenait le code et poussa la porte cochère bleu pâle, Arthur sur les talons. Passé le porche, Aurélien découvrit, surpris, une longue impasse privée très fleurie. Il sentit Arthur s'immobiliser et baissa les yeux vers son fils, qui regardait autour de lui, émerveillé. Pendant un instant, il vit le monde avec les yeux d'un enfant de sept ans et admira lui aussi les arbres en fleurs, les géraniums odorants et la glycine. Il contempla un moment les façades colorées, si rares à Paris, et songea que c'était une belle surprise. Puis la réalité reprit le dessus et il songea juste qu'ils étaient en retard, que ça le faisait chier d'aller interviewer cette femme et qu'il aurait préféré que sa mère vienne garder Arthur. Aurélien avança en traînant le garçonnet derrière lui tout en cherchant des yeux l'adresse où il était censé se rendre. Sauf que les maisons n'étaient pas numérotées. Et que Jo s'était contentée d'écrire : « Au fond, la maison verte. » Et qu'il dénombrait au moins trois maisons vertes.

Il soupira. L'idée de faire du porte-à-porte ne l'emballait guère mais il n'avait pas vraiment le choix. Heureusement que les habitants avaient eu la bonne idée de mettre leur nom sur les portes et les sonnettes. La première maison annonçait « J. Debord, graphiste », la deuxième abritait quatre locataires, mais aucun n'était celle qu'il cherchait. La dernière maison comportait trois sonnettes : A. Spyros, B. Spyros, C. Spyros. Il contempla un instant les noms, désarçonné. Où était passé le reste de l'alphabet ? Y avait-il non loin un D. Spyros ? Voire un E. ? Il trouvait cela étrangement absurde. Il posa les yeux sur le texto de Jo contenant les instructions : il avait rendez-vous avec Cassandre Spyros. Le C., donc. Il appuya sur la sonnette.

— Premier étage, annonça une voix déformée par l'interphone.

Il poussa la porte à barreaux métalliques et déboucha sur un petit hall blanc d'où montait un escalier raide et étroit. Il fit passer Arthur devant lui et grimpa la volée de marches jusqu'au premier. Une seule porte sur le palier, qui s'ouvrit (avant qu'il ait eu le temps de frapper) sur une femme bizarrement attifée : son corps menu était entièrement englouti par une robe immense qui tenait plus de la toile de tente que du vêtement. Ses cheveux bruns bouclés et coupés court disparaissaient à moitié sous un bandeau vert, et son visage était mangé par d'immenses lunettes à monture noire.

— Oui ? demanda-t-elle.

Sa voix était mélodieuse et un peu traînante.

— Je suis Aurélien Froissart, journaliste à *Direct France*. Je...

— Je m'attendais à voir une femme, l'interrompit Cassandre.

— Oui. Joséphine Lavallier. Son fils s'est cassé quelque chose, elle est à l'hôpital. C'est moi qui vais faire l'interview. À moins que ça ne vous pose un problème ?

— Aucun. Entrez, entrez. (Elle s'effaça et aperçut soudain Arthur, qui s'était caché derrière les jambes de son père.) Je vois que vous aussi vous avez un fils ?

— Oui, répondit Aurélien en se décalant pour faire passer ce dernier devant lui.

Arthur ne bougea pas, cramponné à la jambe de son père, lequel finit par avancer quand même, son fils maladroitement arrimé.

— Je suis désolé, son école est fermée à cause de la grève et je n'avais personne pour le garder.

Cassandre lui lança un regard perçant dans lequel il ne sut pas ce qu'il devait lire : de l'intérêt, voire de la curiosité, et d'une certaine manière, une espèce d'acquiescement.

— Ça ne me dérange pas. Bonjour, dit-elle à l'intention d'Arthur.

Celui-ci détourna les yeux. Cassandre ne sembla pas s'en formaliser.

Aurélien s'engagea dans le couloir où il fut assailli par une explosion de vert. Tout était vert. La tapisserie, les cadres, même les miroirs. Il ferma un instant les yeux, aveuglé. C'était quoi cette déco toute pourrie ?

Cassandre les précéda jusqu'à un salon lumineux et… rose. Entièrement rose. Les murs, les tapis, les meubles, les bibelots, les cadres… La pièce était une ode au rose décliné dans toutes ses nuances et toutes ses teintes, du fuchsia au rose layette en passant par le rose vif. Quelle horreur ! songea Aurélien. Il avait l'impression d'avoir été projeté sans ménagement dans le cerveau d'une licorne ou d'un Little Pony. Il sentit soudain qu'Arthur s'était détaché de lui. Il baissa les yeux sur son fils. Ce dernier regardait autour de lui, les yeux écarquillés.

Exactement ce qu'Aurélien aurait fait s'il n'avait pas été un adulte bien élevé.

Indifférente à leur stupéfaction, Cassandre disparut un instant dans ce qu'il devina être la cuisine et revint avec un plateau chargé de tasses et de biscuits.

— Un café ? proposa-t-elle en le posant sur la table basse en verre aux pieds… roses.

— Volontiers.

Elle lui fit signe de s'asseoir et il s'installa sur un canapé bas qui malgré sa couleur épouvantable se révéla confortable. Arthur s'assit spontanément à côté de son père.

— Je ne sais pas ce que ma collègue vous a dit par téléphone, commença Aurélien en sortant son téléphone portable et son calepin de la poche de son blouson en jean.

— Peu de chose, en vérité. J'ai juste compris qu'elle faisait un article sur la voyance.

— C'est ça. On essaie de comprendre l'engouement autour de certaines pratiques, comme la voyance, les tarots et l'astrologie. On a l'impression que ce genre de pratiques est devenu courant et que les gens ne consultent plus en cachette.

Aurélien avait pris connaissance des questions préparées par Jo, qu'il avait mémorisées, et il avait lu ce qu'elle avait déjà rédigé et parcouru ses notes préparatoires.

Cassandre hocha la tête.

— Oui, c'est assez vrai. On peut consulter sans

passer pour un illuminé de nos jours. Ce n'était pas forcément le cas il y a quelques années. Même s'il y a toujours eu des clients.

Aurélien prit quelques notes sur son calepin.

— Vous permettez que j'enregistre notre entretien ?

— Bien sûr.

Il manipula rapidement son téléphone pour le mettre en mode enregistreur.

— Depuis combien de temps pratiquez-vous ce… métier ? commença-t-il, crayon en main.

— Ce n'est pas un métier, répondit Cassandre sur un ton sérieux, presque réprobateur. C'est un don. À la fois un don de la nature et un don de soi.

OK, ça commence bien.

— Ah. C'est-à-dire ?

— C'est un don de la nature parce que je n'y peux rien, je suis née comme ça, de la même manière que j'ai les yeux verts et des petits pieds. Et c'est un don de soi parce que je me mets au service des gens, je suis là pour les aider, les accompagner et leur permettre de débrouiller une situation, de trouver une réponse à une question, bref je suis un adjuvant de l'âme.

Ça se confirme, elle est cinglée.

— Et comment avez-vous su que vous aviez un don ? poursuivit-il sans se départir de son impassibilité.

Règle de base de tout bon intervieweur : ne pas montrer ce qu'on pense même quand en face on vous sert un ramassis de conneries. Il fallait dire que depuis qu'il bossait pour *Direct France*, il avait discuté avec tellement de gens étranges qu'il avait un certain entraînement.

Cassandre jeta un coup d'œil sur Arthur, qui la dévisageait avec intensité.

— Vous savez quoi ? Je pense que votre fils va s'ennuyer pendant notre conversation. Ma fille habite juste au-dessus et elle se fera un plaisir de l'occuper le temps qu'il faudra.

— Mais je...

— Non, non, je vous assure, elle a un don avec les enfants et elle a l'habitude de rendre ce genre de service à mes consultants.

Aurélien s'apprêtait à protester mais il se ravisa. La deuxième règle d'une bonne interview, c'était que l'interviewé se sente à l'aise. Si Cassandre préférait lui parler hors de la présence d'Arthur, il le comprenait parfaitement. C'était d'ailleurs pour ça qu'il aurait aimé que sa mère vienne le garder. D'un autre côté, confier son fils à une inconnue, ne serait-ce que vingt minutes, ne lui plaisait pas plus que ça.

Il n'eut pas le temps de se dépêtrer de son dilemme intérieur. Cassandre était déjà au téléphone. Elle raccrocha presque immédiatement.

— Elle arrive, annonça-t-elle en se levant.

Et effectivement, une minute à peine s'écoula avant qu'il entende la porte d'entrée s'ouvrir et qu'une jolie petite blonde aux cheveux longs et aux grands yeux verts pénètre dans la pièce. Elle adressa un sourire radieux à Cassandre puis à Arthur avant de poser les yeux sur lui.

Et de se figer.

Elle se ressaisit si vite qu'Aurélien aurait pu jurer avoir rêvé.

— Bérénice, je te présente..., commença Cassandre avec un geste de la main en direction de l'enfant.

— Arthur, compléta Aurélien.

— Bonjour, Arthur, fit Bérénice avec un grand sourire. Est-ce que ça te dit de venir chez moi pendant que ton papa interviewe ma maman ?

L'enfant la regarda sans répondre, indécis.

— J'ai un perroquet, tu sais. Il parle. Beaucoup. Un peu trop même.

Arthur haussa les sourcils et jeta un coup d'œil à son père à la dérobée, comme pour lui demander la permission. Ce dernier hocha la tête.

— Vas-y, fiston. Je viendrai te chercher dès que j'aurai terminé. Dans une demi-heure maximum.

L'enfant hésita un instant puis se leva et s'approcha de Bérénice. Cette dernière ne fit pas mine de lui faire la bise ni de lui prendre la main. Aurélien aima ça, cette distance respectueuse. Il détestait les gens qui pensaient que les enfants devaient être touchés tout le temps. D'autant plus qu'avec Arthur, ce genre d'attitude pouvait vite se révéler problématique.

— Allez, on monte. On va aller dire bonjour au Capitaine Haddock.

Elle disparut dans le couloir, suivie par Arthur.

Dix secondes plus tard, il entendit la porte d'entrée se refermer sur eux.

— Nous serons plus à l'aise pour parler entre adultes, commenta Cassandre. Ne vous inquiétez pas, votre fils est entre de bonnes mains.

Aurélien se contenta d'acquiescer en silence, tout en prenant une gorgée de café. Il était trop léger et tiède.

— Reprenons. Vous me disiez donc que ce n'était pas un métier mais un don.

— Oui. J'ai compris que j'étais différente à la puberté. Je me sentais connectée à une force qui me dépassait. Comme un Grand Tout féminin. Quand j'ai eu mes règles pour la première fois, j'ai senti le pouvoir de notre mère la terre se déverser en moi.

Aurélien s'étouffa dans sa tasse et se mit à tousser.

Oh ! putain, pas ces conneries wiccan de féministes à deux balles. La puberté, le pouvoir des femmes, et puis quoi encore ? Les sorcières de Salem ? Elle n'allait pas lui expliquer non plus qu'elle aimait danser nue aux Buttes-Chaumont les soirs de pleine lune en criant : « Évohé » ?

Si elle sentit son scepticisme, Cassandre n'en laissa rien paraître.

— J'ai commencé à avoir des flashs. De manière inattendue et au départ incontrôlable. Les gens me parlaient et je *sentais* parfois quelque chose. Je voyais des images, comme des instantanés. J'ai vite compris que c'étaient des énergies, des sentiments. Il ne s'agit aucunement de prédire l'avenir, vous savez. Tout ça n'a rien de prémonitoire. Au départ je n'en ai parlé à personne. Je me suis dit qu'on me prendrait pour une folle. Il m'a fallu des années pour comprendre comment utiliser ce don. Et je l'ai cultivé, notamment grâce aux cartes et à l'astrologie.

Aurélien reposa sa tasse et prit quelques notes pour se donner une contenance. Cette femme était complètement cintrée. Et il avait confié son fils à sa fille, qui était peut-être du même acabit. Il espérait que tout se passait bien là-haut pour Arthur. Il décida de ramener Cassandre sur un terrain moins glissant et d'écourter l'entretien. Après tout, vu le nombre de signes dont il disposait, l'interview n'avait pas besoin de durer dix plombes. Encore une question et c'était plié.

— Et depuis combien de temps gagnez-vous votre vie grâce à ce don ?

— Vingt ans. Avant j'étais psychologue.

Il leva le nez de son carnet, surpris.

— Psychologue ?

— Oui. Mais j'ai rapidement remarqué que mes amis me croyaient davantage quand je leur tirais les cartes que lorsque je leur donnais les mêmes conseils sans le support des tarots. Du coup, j'ai décidé de changer de voie pour mieux aider les gens.

Ça pour le coup, c'est intéressant. La psy qui se reconvertit en voyante pour mieux faire son job.

— Mais alors, il y a une part de psychologie dans tout ça ?

Elle le regarda comme s'il débarquait d'une autre planète.

— Bien sûr. J'appuie mes intuitions sur les tarots mais il y a évidemment une part de psychologie dans tout ça.

Voilà qui était plus facile à vendre que le fatras sur la terre et la puissance du Grand Tout.

— En quoi les tarots vous aident-ils ? Ça marche comment ?

— Vous en avez déjà vu ?

Il secoua la tête.

Cassandre se leva pour aller chercher un jeu sur le guéridon — rose, évidemment — sous la fenêtre. Elle le lui tendit.

— Ceci est un jeu de tarots dit de Marseille. Il y en a d'autres mais c'est le plus connu. Et le plus commun. Vingt-deux arcanes majeurs, cinquante-six arcanes mineurs.

Aurélien manipula les cartes étroites et hautes, dont la taille se rapprochait fort du seul tarot qu'il connaissait, celui auquel il jouait gamin. Elles étaient couvertes de dessins colorés représentant des personnages qui portaient tous un nom.

— Dans le tarot, ce qui compte, c'est la combinaison des lames. Elles ont toutes une symbolique.

— Et donc, grâce à elles, vous répondez aux questions que les gens se posent ?

— Oui. Les tarots aident les consultants à réfléchir sur eux-mêmes. C'est surtout un fabuleux outil d'introspection, souvent plus efficace que la thérapie. Et je sais de quoi je parle.

Pour la première fois, Aurélien regarda vraiment Cassandre. Son appartement était étrangement décoré et elle avait une drôle de profession mais en dehors de ça, elle avait l'air assez... normale. S'il l'avait croisée à la boulangerie dans sa robe anthracite trop grande avec ses cheveux courts bouclés, ses lunettes rondes, son gros collier de perles vertes et ses mocassins noirs qui lui donnaient l'air d'une prof d'arts plastiques, jamais il n'aurait pu imaginer qu'elle prédisait l'avenir pour gagner sa vie. D'ailleurs, pour être tout à fait honnête, ce n'était pas ce qu'elle avait dit. À aucun moment, elle n'avait employé le terme de prédiction. Peut-être que malgré son discours initial, elle était moins folle que ce qu'il avait cru au départ.

— Est-ce que les gens vous prennent pour un gourou ? demanda-t-il tout à trac, en s'éloignant des questions rédigées par Jo.

La question était frontale et maladroite mais Cassandre ne sembla pas s'en formaliser.

— On ne vous a jamais tiré les cartes, je suppose.

Sa remarque le prit par surprise.

— Non.

— Aimeriez-vous que je le fasse ? Gratuitement, bien sûr, juste pour que vous puissiez comprendre un peu mieux de quoi il s'agit, dans le cadre de votre article. Et comme ça vous verriez si je suis un gourou ou non.

Aurélien hésita un instant. Malgré son scepticisme initial, il éprouvait une véritable curiosité, même si une partie de son esprit était toujours occupée par Arthur, qui était à l'étage du dessus en train peut-être de faire une crise. D'un autre côté, si ça se passait mal, la fille de Cassandre — comment s'appelait-elle, déjà ? — redescendrait certainement avec l'enfant.

— D'accord, finit-il par dire.

Cassandre lui reprit le jeu des mains et battit les cartes avec dextérité.

— Coupez, ordonna-t-elle en posant le jeu à l'envers sur la table basse.

Il s'exécuta. Elle retourna la lame de la coupe.

— Vous sortez d'une épreuve.

Aurélien se raidit, gagné par un sentiment qui ressemblait à s'y méprendre à de la nervosité. Allons, il n'allait pas craindre de prétendues révélations de la part d'une femme qu'il prenait malgré tout pour un charlatan.

— Une rupture sentimentale, poursuivit Cassandre en retournant une autre lame. Très douloureuse. Vous n'en êtes pas remis. Votre femme est partie avec un autre, un étranger, peut-être même à l'étranger.

Aurélien retint son souffle. Comment cette femme pouvait-elle savoir ce genre de choses ? Elle ne savait pas qu'il allait venir, elle ne connaissait pas son nom avant qu'il se présente : toute recherche antérieure était donc exclue. C'était de la magie ou quoi ?

— Vous avez aussi des problèmes au travail. Des difficultés relationnelles. Et des problèmes d'argent.

Il s'agita, mal à l'aise. Il était à deux doigts de l'arrêter. Entendre une inconnue qui ressemblait à une prof d'arts plastiques lui raconter sa vie merdique était assez éprouvant.

— Il y a quelque chose qui vous préoccupe plus que tout. Votre fils, je dirais.

— Stop, l'arrêta Aurélien en levant la main. N'en jetez plus, la coupe est pleine.

Cassandre leva les yeux des cartes et les posa sur lui. Il se sentit transpercé par l'intensité de ses prunelles claires.

— J'en déduis que je ne me suis pas trompée ?

— Non. Vous avez même été incroyablement pertinente. Maintenant, à moins que vous ayez une solution miracle pour me sortir de la panade, j'aimerais autant qu'on en reste là.

— Il n'y a jamais de solution miracle, monsieur Froissart. Si vous ne devez retenir qu'une chose de cet entretien, que ce soit ça. Les tarots ne sont pas des faiseurs de miracles. Et je n'ai pas de baguette magique. En revanche, je peux — par l'intermédiaire des cartes — vous donner un conseil. Si vous le désirez, évidemment.

Aurélien soutint son regard.

— Non, merci. Je crois profondément aux vertus du « démerde-toi tout seul ».

— Aucun problème, répondit Cassandre en rassemblant les cartes.

Aurélien se leva et empocha son téléphone et son carnet, mettant fin à l'entretien.

— Sachez cependant que cette consultation n'est pas terminée. Si vous avez besoin d'un conseil, dans une semaine, dans un mois, dans un an, vous savez où me trouver.

Elle le précéda jusqu'à la porte d'entrée.

— J'ai été ravie de bavarder avec vous. Ma fille habite juste au-dessus, la seule porte du palier. Peut-être à bientôt, monsieur Froissart. Peut-être à bientôt.

Sur ces paroles, elle referma la porte derrière lui.

5

Aurélien.

C'était Aurélien qu'elle avait trouvé assis dans l'immonde salon de sa mère où elle avait toujours l'impression qu'une licorne avait vomi. Quand Cassandre lui avait demandé de descendre lui rendre un service — un gamin à garder —, Bérénice n'avait pas été surprise outre mesure. Il arrivait parfois que pour des raisons diverses les consultants de Cassandre viennent avec leurs enfants. Dans ces cas-là, si elle était chez elle, Bérénice ne refusait jamais de jouer les nounous afin que les consultations puissent se dérouler dans le calme et loin des oreilles indiscrètes. Elle aimait bien ces moments entre parenthèses passés avec des enfants qu'elle ne revoyait en général jamais. Elle trouvait la compagnie des enfants agréable et leur conversation à bâtons rompus toujours intéressante.

Mais rien n'aurait pu la préparer à ce qui l'attendait chez sa mère.

Elle était entrée la fleur au fusil, un grand sourire aux lèvres en voyant le petit rouquin timide assis sur le canapé... et son sourire s'était glacé en reconnaissant l'homme assis à ses côtés. Il avait sept ans de plus, le visage mangé par la barbe et les cheveux trop longs mais elle l'aurait reconnu entre mille. Le même regard clair, le même sourire légèrement de travers... Mais il avait pourtant changé. Pas vieilli, non, car on ne vieillit pas vraiment entre vingt-huit et trente-cinq ans. Il avait... durci. Voilà, c'était le terme exact. Il s'était durci. Et ses traits étaient tirés. L'homme assis sur l'affreux canapé en peluche rose de sa mère avait l'air épuisé, loin de l'homme fringant et épris qui lui avait dédicacé son bouquin sept ans plus tôt.

En le voyant, son corps s'était figé et son cœur emballé. Elle s'était ressaisie tout de suite, furieuse contre elle-même. Les années avaient passé et elle ne l'avait toujours pas oublié, malgré tous les efforts déployés dans ce sens.

— Et voilà, on est chez moi ! annonça-t-elle sur un ton léger en pénétrant dans son appartement.

Arthur la suivit avec prudence, comme s'il craignait que le terrain soit miné. Bérénice le laissa faire sans le presser. Elle attendit qu'il soit entré pour refermer la porte derrière lui.

— Tu veux enlever ton ciré ?

Arthur secoua la tête. Bérénice n'insista pas.

— Tu veux boire quelque chose ? Un verre de Coca ?

Il secoua la tête. Est-ce que cet enfant était muet ?

Si c'était le cas, elle s'y était mal prise en lui posant deux questions d'affilée.

— Tu veux boire quelque chose ?

Cette fois-ci, Arthur acquiesça. *Bingo*.

— Un Coca ?

Dénégation.

— De l'eau ?

Affirmation.

Bérénice se dirigea vers l'évier et lui servit un verre d'eau. Elle le lui tendit mais il ne fit pas mine de s'en emparer. Elle le posa sur la table basse.

— Tu le prendras quand tu voudras. Tu veux voir mon perroquet ?

Affirmation.

— Viens.

Elle se dirigea vers le coin du salon où se trouvait la cage du Capitaine Haddock, juste derrière son bureau. Elle rabattit le couvercle de son ordinateur en passant. Elle ne savait pas si cet enfant savait lire et même si elle n'avait écrit que quelques lignes ce matin, elle jugeait préférable qu'il ne tombe pas dessus.

— Je te présente le Capitaine Haddock.

Arthur dévorait le perroquet des yeux, l'air fasciné.

— Il est beau, hein ?

L'enfant détacha le regard du plumage coloré du Capitaine et leva ses grands yeux sur Bérénice. Cette dernière fut frappée par leur couleur, d'un bleu clair très semblable à celui des yeux d'Aurélien. Elle ressentit un malaise passager en découvrant à quel point il avait le regard de son père. C'était d'ailleurs leur seule ressemblance. Arthur était roux, avec une peau pâle parsemée de taches de rousseur alors qu'Aurélien était brun avec le teint mat. Le regard d'Arthur était insistant, comme s'il contenait une question que ses lèvres ne pouvaient formuler. Bérénice se demanda de nouveau si cet enfant était muet. Il n'avait pas prononcé un mot depuis qu'elle était descendue le chercher chez sa mère. Était-ce de la timidité ? Un trouble de naissance ? Il n'était pourtant pas sourd, cela, elle en était certaine, puisqu'il avait répondu à toutes ses questions par des hochements de tête.

Elle fut tirée de ses réflexions par le perroquet, qui se mit à brailler :

— Pièces de huit ! Pièces de huit !

Arthur sursauta et poussa une espèce de petit cri étouffé. Il sortit de la poche de son ciré rouge un ouvrage écorné et le tendit à Bérénice.

— *L'Île au trésor*, lut cette dernière sur la couverture. Mais oui, c'est ça ! Tu sais, ce perroquet appartenait à une de mes tantes. Elle s'appelait Hélène. Elle adorait lire à haute voix et le Capitaine Haddock a retenu plein de phrases comme ça. L'un de ses romans préférés était *L'Île au trésor.* Toi aussi, c'est ton roman préféré ?

Arthur opina vigoureusement.

— J'adore cette histoire, moi aussi. Je l'ai lue plein de fois. Quand j'étais petite, je m'inventais des histoires de pirates. J'imaginais que je possédais un bateau et que j'arraisonnais tous les galions que je croisais pour leur voler leur or. Je m'étais même dessiné un pavillon, c'était une tête de mort sur fond rouge.

Arthur était suspendu à ses lèvres, les yeux brillants.

— Tu aimerais être un pirate ?

Il acquiesça.

— Tu voudrais bien être mon second ?

Nouveau hochement de tête.

— Ça te dit qu'on dessine notre bateau ? J'ai des feutres et du papier quelque part...

Bérénice sortit un petit bac en osier de sous son bureau et le posa à côté de la table basse devant laquelle elle s'agenouilla.

— Tu viens ?

Arthur s'arracha à la contemplation du Capitaine Haddock, qui se lissait les plumes du bec sans se soucier de l'attention dont il était l'objet.

Les minutes suivantes se déroulèrent dans le silence, Arthur s'appliquant à dessiner un bateau tandis que Bérénice le regardait faire et commentait de temps en temps :

— J'adore la rangée de canons. Ah, tiens, c'est sympa un trois-mâts.

Arthur se concentrait sur sa tâche, le front plissé. Quand il arriva au drapeau, il dessina une tête de mort sur fond rouge et Bérénice en ressentit une joie aussi inattendue qu'enfantine.

Difficile pour elle de ne pas songer à Aurélien,

avec son fils si proche d'elle. Il était le rappel de la dédicace à la Fnac sept ans plus tôt, scène à laquelle elle ne pouvait s'empêcher de penser sans un petit pincement au cœur. Et si elle se rappelait cet après-midi-là, impossible de ne pas évoquer non plus les deux rencontres précédentes, et surtout la deuxième, dont les conséquences avaient été si douloureuses. Et impossible de ne pas penser qu'Aurélien n'allait pas tarder à frapper à sa porte. Cette idée l'emplissait de nervosité. Arthur était en train de colorier la mer lorsqu'on toqua à sa porte.

Bérénice ne put s'empêcher de tressaillir.

— Ça doit être ton papa.

Elle essaya de faire taire son trac durant le très court trajet qui la séparait de l'entrée, mais ce fut peine perdue : la main qu'elle posa sur la poignée tremblait légèrement. Elle prit une profonde inspiration et ouvrit, en espérant à moitié que sa mère avait accompagné Aurélien.

Mais celui-ci était seul.

— Entrez, entrez, dit Bérénice sans lui laisser le temps de dire quoi que ce soit. Arthur, ton papa est là !

L'enfant se leva à son tour et s'approcha de son père, son dessin à la main.

— Qu'est-ce que tu as fait de beau ? demanda ce dernier en se penchant vers le garçonnet.

Arthur lui tendit la feuille.

— Mais c'est…

— Notre navire pirate, expliqua Bérénice. Nous

nous sommes rendu compte que nous avions une passion commune pour *L'Île au trésor*.

Une lueur d'espoir s'afficha sur le visage d'Aurélien.

— Comment vous vous en êtes rendu compte ? Il vous l'a dit ?

— Non, répliqua Bérénice, qui lut de la déception sur le visage d'Aurélien, dont les traits s'affaissèrent légèrement. Mais il me l'a fait comprendre grâce à l'aide du Capitaine Haddock, pas vrai, bonhomme ?

Arthur hocha la tête.

— Le Capitaine Haddock ? demanda Aurélien, perplexe.

Bérénice fit un geste en direction de la cage.

— Mon perroquet.

Comme s'il avait compris qu'on parlait de lui, le volatile gonfla le jabot, s'agita d'une patte sur l'autre et cria :

— À l'aborrrdaaaage ! À l'aborrrdaaaage !

— Un perroquet de pirate, commenta Aurélien, et son sourire de guingois étira ses lèvres.

— C'est un perroquet de tout, rectifia Bérénice. Il appartenait à ma tante, qui était une grande bavarde. J'en ai hérité à sa mort il y a deux ans et je pense que je n'ai pas encore fait le tour de l'étendue de son vocabulaire.

— Au feuuuu ! Au feuuuu ! cria l'oiseau comme pour lui donner raison.

— Ah, ça c'est nouveau. D'habitude, il est plus branché révolution et marine.

— Cela dit, ça sent un peu le brûlé, non ?

Bérénice renifla.

— Merde ! Mon tian !

Elle se précipita vers le coin cuisine et ouvrit le four, dans lequel le tian de légumes avait pris une délicieuse couleur caramel cramé. Elle saisit deux maniques, sortit le plat du four, le posa sur l'évier et ouvrit la fenêtre en grand.

— Pas trop de dégâts ? s'enquit Aurélien.

Bérénice se retourna et découvrit qu'il l'avait suivie. Il contemplait le plat par-dessus son épaule.

— Je pense que la poubelle va se régaler.

— On ne pense pas assez à l'estomac des poubelles. Encore merci d'avoir gardé mon fils, il a l'air de s'être bien amusé en votre compagnie.

— C'était un plaisir.

Aurélien la dévisagea une seconde de trop et Bérénice éprouva l'envie aussi ridicule que pressante qu'il la reconnaisse. *C'est la quatrième fois qu'on se croise, bordel*, avait-elle envie de lui dire. *Et on n'a pas fait que se croiser, on s'est aussi emmêlés, merde. Tu ne peux pas te rappeler de moi, pour une fois ?*

Aurélien détourna le regard et pivota en direction de l'entrée.

Non, donc.

Bérénice fit taire sa déception et lui emboîta le pas.

— Allez, Arthur, on y va. Tu dis au revoir ?

L'enfant agita la main en direction de Bérénice. Cette dernière lui rendit son salut en souriant.

— Au revoir, Arthur, j'ai été ravie de faire ta connaissance.

— Au revoir, euh...

— Bérénice.

— Joli prénom. Je m'appelle...

— Aurélien, dit-elle sans réfléchir.

Il la dévisagea, interloqué.

— Comment vous le savez ?

— Je ne le savais pas, je l'ai deviné.

Elle sentait le rouge lui monter aux joues. Quelle idiote.

— Vous avez deviné que je m'appelais Aurélien ?

— Absolument. C'était soit ça, soit Jean-Kévin. J'avais une chance sur deux.

Le regard qu'il lui lança lui prouvait qu'il la prenait pour une folle. En même temps, il venait de passer une demi-heure avec sa mère qui avait dû lui raconter allez savoir quelles sornettes sur l'Univers, le féminin et tout le toutim. Il allait certainement rentrer chez lui en se disant que les Spyros étaient complètement perchées, ce qui, au fond, n'était peut-être pas si éloigné que ça de la vérité. Et encore, il n'avait pas rencontré sa grand-mère.

— Jean-Kévin, répéta-t-il en souriant. Vous trouvez donc que j'ai une tête à m'appeler Jean-Kévin. C'est intéressant.

Il ne lui laissa pas le temps de s'expliquer — ou plus vraisemblablement de s'enfoncer — plus avant. Il prit la main de son fils et ouvrit la porte.

— Bonne journée, fit-il en sortant.

— Bonne journée, répondit Bérénice en refermant aussitôt la porte derrière eux.

Elle s'adossa au montant en bois et posa la main sur son cœur affolé.

Cette rencontre s'était mieux déroulée que ce qu'elle craignait mais pourquoi, pourquoi fallait-il que l'Univers ou le hasard ou la poisse, quel que soit le nom qu'on lui donnait, remette Aurélien sur son chemin alors qu'elle avait réussi à l'oublier ?

Enfin, presque.

6

— L'oublier ? Tu avais réussi à oublier Aurélien ? Ze Aurélien ? Le seul, l'unique ? Tu te moques vraiment du monde.

Juliette était assise dans le fauteuil bleu du salon de Bérénice, un maxi-cosi à ses pieds, les mains posées sur son ventre et les pieds sur la table basse.

— Si, je te jure que je l'avais oublié, rétorqua Bérénice avec un aplomb qu'elle était loin de ressentir.

— Ton nez s'allonge. Et crois-moi, ce n'est pas joli joli.

Bérénice haussa les épaules tout en ramenant les jambes sous elle.

— Tu crois ce que tu veux.

— De toute façon, ça n'a pas d'importance. Raconte-moi tout par le menu.

Après le départ d'Aurélien, Bérénice s'était jetée sur le téléphone pour débriefer avec Juliette. Cette dernière avait estimé que l'incident était trop grave pour être discuté par téléphone. Un quart d'heure plus tard, elle sonnait chez son amie, Valentine dans le landau.

— Il est venu interviewer maman. Tu le crois, ça ? Quelle est la probabilité pour que ça arrive ?

— Les maths n'ont jamais été mon fort. L'important, c'est que ce soit arrivé. Il n'a pas dû s'ennuyer, dis donc. Elle lui a sorti le grand jeu ? Le discours sur la puissance du féminin ? Ses flashs ? Le côté « j'aide les gens » ?

— Aucune idée. Je suppose que oui.

— Ma pauvre.

— Comment ça, ma pauvre ? En quoi ça me concerne ?

— Ben, s'il se dit telle mère, telle fille, t'es mal barrée. J'adore Cassandre, ne va pas croire, mais ses conneries de cartes, d'astrologie, d'huiles essentielles et tout le bataclan, ça ferait fuir n'importe qui possédant deux sous de jugeote.

— De toute façon, il n'y a aucune raison pour que je le croise de nouveau, répliqua Bérénice. Alors, il peut bien penser ce qu'il veut.

— Mouais. Dis-moi ce que tu as appris sur lui.

— Rien. Il a un fils. Arthur. Sept ans, si je sais bien compter.

— Toujours marié ?

— Aucune idée. Je suppose que oui.

— Une alliance ?

— Non. Mais ça ne veut rien dire, ajouta-t-elle en voyant l'air triomphant de Juliette. Et puis son gamin a l'air d'avoir des problèmes.

— De quel genre ?

— Aucune idée. Mais il ne parle pas. Enfin, je

ne sais pas s'il est muet ou un truc du genre, mais disons qu'il n'a pas décroché un seul mot pendant qu'il était chez moi.

— Et ça t'a fait quoi de le revoir ?

— Rien.

— Arrête de me raconter n'importe quoi. Je sais parfaitement que tu mens. Revoir ce mec, vu comment il s'est mal comporté avec toi, et qui plus est à l'improviste, a bien dû te faire quelque chose.

— Non. (*Si*, songea Bérénice. Mais elle n'était pas prête à analyser ce qu'elle ressentait.) Et il ne s'est pas vraiment mal comporté. Tu sais bien que c'est plus compliqué que ça.

Juliette lui lança un regard qui prouvait qu'elle n'était pas dupe, mais elle n'eut pas le temps de répondre. Le perroquet s'en chargea à sa place.

— Menteuuuuse ! Menteuuuuse ! brailla-t-il depuis son perchoir.

— Cet animal lit dans mes pensées.

— Tu sais très bien qu'il raconte n'importe quoi, fit Bérénice en haussant les épaules. Plus je le côtoie, plus je me dis que tante Hélène était complètement folle.

— En même temps, c'était la sœur de ta grand-mère… Ce n'est pas comme si les femmes de ta famille brillaient par leur rationalité. Quand je pense que c'est toi la plus saine d'esprit…

— Mais je ne te permets pas ! rétorqua Bérénice en lançant un coussin à la figure de Juliette qui l'intercepta en riant. Tu as vu ta famille ?

— Pas de femmes folles chez moi. Dois-je te rappeler qu'à l'exception de ma mère et de moi-même, ma famille n'est composée que d'hommes ? Aurais-tu oublié mes trois frères, mes cinq oncles et mes quarante-deux cousins ?

— Comment l'oublier ? Tu ne perds pas une occasion de me rappeler que tu as été élevée comme un mec et que l'hystérie féminine ne te concerne pas, que tu n'es que pragmatisme et rationalité. Alors qu'en fait, je sais bien qu'une véritable princesse sommeille au fond de toi, va. Une femme qui ne demande qu'une chose, gémir quand elle se casse un ongle.

Le coussin vola de nouveau dans les airs, dans l'autre sens cette fois-ci.

— On est ce qu'on est, répondit Juliette, philosophe. Et toi, comme d'habitude, tu mens. Je sais que voir Aurélien t'a fait quelque chose.

— Ah oui ? Genre quoi ? Un feu d'artifice dans mon petit cœur tout mou ? Des papillons dans le ventre ?

— Pourquoi pas ? Tu fais comme si tu étais au-dessus de tout ça, mais ça arrive, tu sais.

— Pour reprendre tes mots, on est ce qu'on est. Et moi je ne suis pas une romantique. Ni un cœur d'artichaut.

— Il n'en demeure pas moins, poursuivit Juliette sans se démonter, que tomber par hasard sur un homme qui a compté, c'est...

— Compté ? D'où il a compté ? Ce mec a été

une note de bas de page dans un chapitre supprimé par l'éditeur.

— T'es sérieuse ? Après ce qui s'est passé entre vous, tu oses dire un truc pareil ? T'as besoin que je te rafraîchisse la mémoire ou bien ?

— Franchement, ça t'amuse de remuer le couteau dans la plaie ?

— T'as raison, désolée. J'aurais dû fermer ma grande gueule.

Bérénice fit un geste de la main qui voulait dire qu'elle ne lui en voulait pas, mais cette conversation avait fait naître une boule désagréable au creux de sa gorge.

— Passons à des choses plus légères, reprit Juliette. Tu manques peut-être de curiosité à son égard, ce qui est sans doute compréhensible vu votre passif, mais pas moi. Tu l'as googlé récemment ?

— Non.

Et cette fois-ci, la réponse de Bérénice était sincère.

Juliette fourragea dans l'immense fourre-tout qui était devenu un élément indispensable de sa tenue depuis la naissance de Valentine. Elle en extirpa un paquet de lingettes pour bébé, des couches, des pochettes de tailles diverses, des mouchoirs sales et une chaussette orpheline taille 19. Elle étala tout ce fatras sur la table basse, sous le regard mi-amusé mi-horrifié de Bérénice.

— Ah ! fit-elle enfin en mettant la main sur son téléphone portable, sur lequel elle commença à pianoter.

Quand elle vit que son amie ne désarmait pas, Bérénice fit semblant de se désintéresser de la recherche. Elle se dirigea vers le coin cuisine afin de faire du thé. Elle s'activa le plus longtemps possible entre la bouilloire et la théière avant de se rasseoir. Juliette ne disait toujours rien, le nez sur son écran.

Qu'est-ce qu'elle avait bien pu découvrir qui justifiait ce silence ? Bérénice était partagée entre l'envie d'apprendre davantage de choses sur la vie d'Aurélien et celle de l'oublier définitivement. Après tout, c'était bien ce qu'il faisait avec elle depuis le début. Pourquoi ne pouvait-elle pas lui appliquer la même malédiction ?

Mais l'impassibilité de Juliette la mettait bien malgré elle sur des charbons ardents. Bérénice chercha du secours du côté de Valentine. Peine perdue : cette dernière dormait à poings fermés, rattrapant dans la journée les heures de sommeil qu'elle avait volées à ses parents la nuit précédente. Bérénice se tourna vers la cage du Capitaine Haddock. Si l'insupportable volatile avait une perle de sagesse à distiller, c'était le moment ou jamais. Comme s'il avait lu dans ses pensées, ou pour répondre au poids de son regard insistant, il gonfla le jabot et piailla :

— Prrrravda ! Prrrravda ! La vérrrrrité ! Toute la vérrrrité ! Rrrrien que la vérrrité !

Bérénice soupira. Décidément, on ne pouvait compter sur personne. Elle se tourna vers Juliette.

— OK. J'abdique, fit-elle en levant les mains. Qu'est-ce que tu as trouvé ?

Juliette leva les yeux de son écran, perplexe.

— Ben en fait, rien.

— Comment ça, rien ?

— Ben, rien qu'on ne sache déjà. Toutes les informations concernant cet homme sont périmées. Comme s'il ne lui était rien arrivé depuis sept ans.

Bérénice songea que le fait que sa meilleure amie en sache autant sur un homme qu'elle avait croisé trois fois dans sa vie en disait long sur l'obsession qu'elle avait elle-même nourrie pour lui pendant des années. Or voilà qu'à présent qu'elle l'avait oublié, il resurgissait en chair et en os, mal rasé et son fils à la main.

Bon, d'accord, elle ne l'avait pas oublié. Elle y pensait juste moins souvent qu'avant.

— Il a bien dû se passer des choses dans sa vie professionnelle au moins, reprit-elle. S'il est venu interviewer ma voyante de mère, il ne doit plus bosser pour ce magazine de jazz dont j'ai oublié le nom.

— Oui, et c'est bien la seule chose qui apparaît ces derniers temps. Il bosse pour *Direct France* depuis que le magazine a mis la clé sous la porte.

— Donne-moi ton téléphone.

Juliette s'exécuta de bonne grâce, se pencha un instant vers sa fille pour vérifier qu'elle dormait toujours puis s'empara de sa tasse de thé. Elle trempa les lèvres dans le liquide brûlant et ne put s'empêcher de grimacer.

— C'est quoi ce truc ?

— Je ne sais plus. C'est ma mère qui me l'a filé.

Juliette reposa brutalement la tasse.

— Je t'ai déjà dit d'arrêter de me faire boire ce que ta mère te donne.

— Oh ! celui-là n'est pas si mauvais. C'est un mélange de plantes pour femmes censé rééquilibrer ton harmonie féminine ou une connerie du genre, répondit Bérénice sans lever les yeux de l'écran du téléphone de Juliette.

Cette dernière avait raison, Google ne lui était d'aucune utilité et ne lui fournissait aucune information qu'elle ne possède déjà et surtout pas la seule qui l'intéressait — même si elle s'en défendait : Aurélien était-il toujours marié ? On était à Paris en 2016, il y avait donc une chance sur trois pour qu'il soit divorcé.

— Parce que tu penses que mon harmonie féminine a besoin d'être rééquilibrée ? Tu essaies de me dire quelque chose, c'est ça ?

Bérénice posa le portable de Juliette sur le canapé à côté d'elle et leva les yeux vers son amie.

— Quoi ? Pourquoi tu me regardes comme ça ? J'ai quelque chose sur le nez ? Ou sur le T-shirt ? fit-elle en baissant les yeux. Ne me dis pas que j'ai encore une fuite. Je mets pourtant des coussinets d'allaitement dans mon soutif.

Bérénice fit la grimace.

— Y a pas à dire, la maternité c'est glamour. Non, tu n'as rien qui cloche. Enfin, si on oublie les racines de cinq centimètres, les cernes, les traits tirés et le vieux T-shirt pourri.

— Ah ben merci, la copine. Toi qui sais très bien mentir quand il le faut et qui ne t'en prives jamais, tu pourrais faire un effort avec moi.

— Non, au contraire. Si je ne te dis pas la vérité, qui le fera ? C'est ça l'amitié, non ? Je ne mens que pour des choses vénielles ou aux gens qui n'ont pas d'importance. Et ce que je peux te dire là tout de suite maintenant en tant que meilleure amie depuis plus de vingt ans, c'est que tu as l'air fracassée. Point.

— C'est parce que je le suis. Je n'ai pas fait une seule nuit complète depuis la naissance de Valentine. Elle me réveille encore deux fois par nuit en moyenne.

— Et Julien ? Il ne peut pas se lever ?

— Figure-toi, ma chère — et c'est encore un truc que les bouquins sur la maternité se gardent bien de dire —, que les hommes sont manifestement livrés avec le gène de la surdité sélective nocturne. Valentine pourrait hurler à pleins poumons pendant des heures qu'il ne l'entendrait pas. Si je veux qu'il se lève, je dois le secouer pendant dix minutes et je prends en plus le risque qu'il marmonne un vague « quoi ? » avant de se retourner et de continuer à pioncer. Et puis de toute façon, comme j'allaite, autant que ce soit moi qui me lève.

— Ça donne envie de faire des gosses, tiens.

— Tu imagines comme je me sens sexy... Je ne dors pas, je n'arrive pas à perdre mes kilos de grossesse alors que je vois toutes ces connasses sur Instagram qui exhibent leur ventre plat quinze jours après l'accouchement.

— Tu sais très bien que ces photos sont retouchées.

— Moi, c'est ma vie qu'il faudrait retoucher. J'ai trente-quatre ans, un bébé qui m'épuise, dix kilos en trop et un mari qui a l'air de croire que la maternité m'épanouit et qui, lui, continue sa petite vie tranquille pépère comme si de rien n'était. Sans compter que je ne rentre dans aucune fringue normale et que je porte encore mes vêtements de grossesse. Vêtements qui, dois-je le rappeler, n'ont pas de bouton ! fit-elle en soulevant son T-shirt ample pour dévoiler l'élastique large qui lui barrait le ventre. Je ne suis plus une femme normale, je suis une femme qui porte des pantalons sans fermeture Éclair ! gémit Juliette.

— D'où la tisane qui va rééquilibrer ton féminin. Bois.

— Si tu veux mon avis, il faudrait plus qu'une tisane pour rééquilibrer mon féminin. Et je ne te parle évidemment même pas de ma libido, qui s'est noyée au large du vaisseau de la maternité.

— Je pense que ma mère a une tisane pour ça aussi.

— Je préfère écouter l'intégrale de Marc Lavoine en boucle, je pense que ce sera plus efficace. Et bien sûr, évitons de parler de mon boulot, ce qui est juste le gâteau sous la cerise.

— Juliette, tu te mets trop la pression pour tout. Les choses vont se faire à leur rythme. Valentine va bien finir par faire ses nuits et une fois que tu dormiras, tout rentrera dans l'ordre. Tu perdras naturellement tes kilos de grossesse, tu pourras remettre des pantalons avec un bouton et, le plus important, tu découvriras enfin que Marc Lavoine ne sait pas chanter.

Juliette se mit à rire.

— Tu as raison, je sais. Mais la patience n'a jamais été mon fort. Et toi, tu en es où dans ton manuscrit ? Ça avance comme tu veux ?

Aïe. Terrain glissant.

Bérénice fit tourner sa tasse entre ses mains, le nez baissé. Elle envisagea un instant de mentir à Juliette et de prétendre que tout allait bien, puis elle songea qu'elle ne pouvait pas garder ça pour elle éternellement. Le blocage durait depuis trop longtemps et prenait trop de place, un peu comme un éléphant dans un magasin de porcelaine. Et qui sait ? Peut-être que Juliette aurait une idée pour l'aider ?

— Ben en fait, expliqua-t-elle en relevant la tête, je suis bloquée.

— Bloquée ? Comment ça ?

Bérénice prit une profonde inspiration.

— Je n'ai pas écrit une seule ligne depuis trois mois.

— Ah, ben merde alors. Mais pourquoi tu ne m'as rien dit plus tôt ?

— Je ne sais pas. J'ai d'abord cru que c'était passager, que j'avais juste besoin de faire une pause. Et puis ensuite, je crois que j'ai eu honte… c'est débile, je sais, ajouta-t-elle précipitamment en voyant l'incompréhension se peindre sur les traits de Juliette. C'est un peu comme un employé qui fait un burn-out, tu vois. J'ai eu l'impression que c'était ma faute, que j'avais fait un truc de travers. Et puis en plus, j'ai peur que mon imagination soit définitivement tarie. Peut-être que chaque écrivain a un quota de livres à écrire et que j'ai atteint le mien.

— Si tu veux mon avis, c'est surtout ton quota de connerie que tu as atteint. Tu dis n'importe quoi. Ton imagination ne s'est pas tarie, j'en suis certaine.

— Il n'empêche que tout ce que j'écris depuis trois mois est mauvais. Non, pas mauvais, carrément à chier.

— Tu n'es pas un peu dure avec toi-même, là ?

— Juliette, j'ai écrit dix-huit bouquins, crois-moi, je sais reconnaître un bon manuscrit d'un mauvais.

— C'est peut-être ça le problème. Dix-huit bouquins en quoi… huit ans ?

— Sept, rectifia Bérénice.

— C'est énorme ! Ça fait trois romans par an en moyenne, tu te rends compte ?

— C'est le rendement moyen de plein d'auteures américaines.

— Et ? T'es obligée de faire pareil ?

— Non.

— Tu devrais peut-être faire un break. Arrêter d'écrire pendant quelque temps, prendre un congé sabbatique.

— Mais je ne veux pas ! s'emporta Bérénice.

Juliette jeta un regard inquiet en direction du maxi-cosi et Bérénice poursuivit sur un ton plus bas.

— L'écriture c'est toute ma vie, tu comprends ? J'avais un job de merde que je détestais et depuis que j'écris, je respire. Voilà, c'est ça, je me suis mise à respirer le jour où j'ai couché des mots sur le papier pour la première fois et si j'arrête, je meurs.

— Tu n'es pas théâtrale, surtout.

— Non, franchement, Juliette, je suis on ne peut plus sérieuse. L'idée que je ne pourrai peut-être plus jamais écrire une ligne de ma vie et que je serai obligée de trouver un job « normal » me terrifie. J'aime la solitude, les horaires fluctuants, j'aime être saisie par l'inspiration dans des endroits improbables, j'aime quand les mots me viennent facilement et que je me sens emportée par un élan incroyable qui vient de mes tripes, j'aime recevoir des messages de lectrices enthousiastes, j'aime même le trac qui suit chaque rendu de manuscrit avant le verdict de mon éditrice... C'est comme ça, j'aime ce métier, certainement parce que ce n'est pas un métier au fond mais une passion.

— Je comprends très bien tout ça, et je suis aussi on ne peut plus sérieuse quand je te dis que ce n'est qu'un passage à vide temporaire. Je ne vois pas pourquoi ton imagination se serait tarie d'un coup. Sans parler de ton savoir-faire. Tu sais parfaitement construire une intrigue et des personnages, il n'y a donc pas de raison que tu ne viennes pas à bout de ce roman.

— Tu as sans doute raison. Je panique certainement pour rien.

— Oui, et...

Juliette fut interrompue par le bip de son téléphone portable, que Bérénice lui tendit.

— C'est Julien, fit-elle en déverrouillant l'écran afin de lire le texto. Je dois y aller. On a rendez-vous chez la pédiatre et il a quitté le boulot plus tôt pour m'accompagner.

— Tu vois bien qu'il ne vit pas sa petite vie pépère tranquille comme si rien n'avait changé.

— Je sais. J'exagère quand je dis qu'il ne m'aide pas. Mais c'est quand même super dur. Beaucoup plus que ce que j'avais anticipé.

— Un jour, quelqu'un écrira le véritable livre sur la maternité et sauvera des générations entières de jeunes mamans déboussolées et épuisées.

— C'est une idée, répondit Juliette en s'emparant du maxi-cosi. Tu peux m'expliquer pourquoi cette enfant est incapable de faire ses nuits alors qu'elle roupille même dans le bruit ?

— Bad karma. Je ne vois que ça. Tu as dû être responsable de la chute de l'Atlantide, ou un truc du genre. Je te raccompagne en bas ?

— Pas la peine, je connais le chemin. À plus,

ma chérie, et arrête de stresser. Tout va rentrer dans l'ordre.

— Je te retourne le conseil, rétorqua Bérénice en lui faisant la bise.

Elle regarda son amie descendre l'escalier en se demandant quand et pourquoi leurs vies étaient devenues si compliquées. Elle n'était pas certaine d'avoir jamais la réponse à cette question.

7

Lorsque Bérénice descendit chez sa grand-mère vers 19 h 30, elle découvrit que cette dernière avait laissé la porte de son appartement entrouverte.

— Moune ?

— Dans la cuisine !

Bérénice emprunta le couloir et poussa la troisième porte. L'appartement d'Ariane, un vaste trois-pièces avec une grande pièce à vivre qui donnait sur l'impasse, était le mieux agencé des trois appartements de la maison, même si sa cuisine était séparée du salon-salle à manger. Bérénice avait insisté plusieurs fois pour qu'elle fasse abattre le mur pour créer un immense espace, mais sa grand-mère s'y était toujours opposée. Elle n'aimait pas les cuisines ouvertes : pourquoi diable tout le monde trouvait-il sympa d'avoir un évier dans son salon ?

Pour l'heure, c'était devant ce dernier qu'elle était penchée, occupée à ouvrir des huîtres.

— Bonsoir, Moune, fit Bérénice en posant une bouteille de gewurztraminer sur le plan de travail. Oh ! tiens, on mange des huîtres ?

— Et des crevettes. Une envie subite. J'étais partie pour acheter un bar et une fois chez le poissonnier, ces huîtres m'ont fait de l'œil.

— C'est étonnant pour des huîtres.

— Oui, bon, enfin, tu m'as comprise. Et comme on est en avril, on peut encore en manger.

Bérénice lui jeta un regard perplexe.

— Les mois en *r*, expliqua Moune sur un ton docte. On ne mange pas d'huîtres quand il n'y a pas de *r* dans le mois.

— Ce sont des considérations d'un autre âge, ça, rétorqua Bérénice en sortant un couteau à huîtres du tiroir à couverts. C'est parce que avant on les transportait en char à bœufs et que du coup elles n'étaient pas consommables.

— Je m'en fiche. J'aime cette histoire de *r*, ça met un peu de contrainte dans la vie. Si on peut manger de tout tout le temps, où est le plaisir ?

— Mmm, c'est pas faux, répondit Bérénice en ouvrant un crustacé.

Elle posa la partie pleine de l'huître sur le plateau avec les autres, racla ce qui restait sur la partie plate et le mangea. La fraîcheur iodée envahit son palais. Elle n'avait pas mangé d'huîtres depuis Noël.

— Maman n'est pas encore descendue ? demanda-t-elle en attaquant un deuxième coquillage.

— Elle a encore un client. Je trouve qu'elle travaille un peu trop. Et depuis cet article dans le journal, ça ne s'est pas arrangé.

À la mention de l'article, Bérénice ressentit un

léger pincement au cœur. L'interview de Cassandre était parue comme prévu une semaine plus tôt : ses propos, bien que raccourcis, avaient été bien retranscrits par Aurélien, et cela lui avait fourni une publicité inattendue.

— On mange des huîtres ?

Comme si elle avait entendu qu'on parlait d'elle, Cassandre surgit dans la cuisine, ce qui évita à sa fille de penser à l'auteur de l'article.

— Ah ! du vin ! poursuivit-elle sans attendre de réponse. J'en ai bien besoin.

— Dure journée ?

— Longue, surtout. J'ai eu beau essayer de me recentrer entre chaque consultant, je pense que j'ai vu trop de monde. Et trop d'énergies négatives. J'ai brûlé deux fois plus d'encens que d'habitude.

Ariane et Bérénice échangèrent un regard. Elles trouvaient déjà que Cassandre avait la main lourde en temps normal... C'était d'ailleurs l'une des raisons qui avaient poussé Ariane à organiser leurs dîners familiaux réguliers chez elle : entre la déco surchargée et le parfum entêtant de l'encens et des bougies, elle n'aimait pas aller chez sa fille et ne s'y rendait que si elle ne pouvait pas faire autrement.

Cassandre déboucha la bouteille et versa le liquide doré dans trois verres à pied joliment ouvragés.

— Tchin ! fit-elle.

— À l'amour, répondit Ariane.

— À l'Univers, ajouta Bérénice, ce qui fit hausser un sourcil à sa mère.

— Ne te moque pas, ma chérie, se contenta-t-elle de dire après avoir bu une longue gorgée. Aaaaah, ce vin est parfait. Qui l'a acheté ?

— Moi, répondit Bérénice en retournant à ses huîtres. Un « vendanges tardives », comme on aime.

— On mange à la cuisine, hein ?

Cassandre se mit à dresser la table sur le petit îlot central sans attendre de réponse. Quelques minutes plus tard, les trois femmes étaient attablées devant le plateau d'huîtres et de crevettes.

— Bon, quoi de neuf dans vos vies ? attaqua Ariane en beurrant une tranche de pain de seigle.

— Pas grand-chose, répondit Cassandre. Et le peu qui l'est ne va pas vraiment vous passionner. J'ai fait une séance de lecture cellulaire très intéressante mais comme je sais que vous ne croyez pas à tout ça, je vous épargne les détails.

C'était dit sans acrimonie aucune. Ariane avait cessé de se demander comment elle avait pu mettre au monde une fille qui passait son temps la tête dans les étoiles et qui croyait à tout un tas de choses absurdes. Astrologie, tarots, voyance, énergéticiens, lecture de mémoire cellulaire, karma, hypnose… Cassandre croyait dur comme fer à tout ça, au grand désarroi de sa mère et à la grande incompréhension de sa fille. Même si Ariane manquait souvent de pragmatisme, elle était profondément rationnelle. Quant à Bérénice, elle était imperméable à tout ce fatras, peut-être parce qu'elle baignait dedans depuis sa plus tendre enfance.

— Et ton roman ? demanda Cassandre à sa fille.

— Ça va, mentit cette dernière avec aplomb.

Elle n'avait rien écrit de valable dans la semaine et elle avait passé autant de temps à effacer ce qu'elle avait rédigé qu'à écrire. Et quand elle ne contemplait pas sa page blanche en soupirant, elle passait beaucoup de temps à surfer sur Internet à la recherche de l'inspiration — ou d'un miracle. Elle attendait toujours les deux.

— C'est quoi déjà l'histoire ? s'enquit Ariane en décortiquant une crevette.

— Une histoire d'amour entre Lord James, un seigneur gallois, et Ashley, qui est la veuve de son frère. Elle a épousé Lord Francis, un homme détestable, pour des raisons politiques, mais le mariage n'a jamais été consommé parce qu'il était homosexuel. Francis meurt et James hérite des terres. Ashley n'ayant pas d'héritier, et pour cause, elle est censée se retirer dans sa famille d'origine mais sa famille est ruinée. James lui permet de rester dans le château familial par pitié mais il va tomber amoureux d'elle. Mais Ashley croit qu'il ressemble à son frère et le repousse.

Pourquoi est-ce que je n'arrive pas à écrire cette histoire ? songea Bérénice. Elle avait pourtant tout pour fonctionner. Un couple que tout sépare, un amour contrarié, une femme maltraitée par la vie... Elle poussa un soupir involontaire.

Sa mère lui lança un regard intrigué.

— Tu avances comme tu veux ?

— Oui, oui. Ça roule. Comme d'habitude, quoi.

Cassandre ouvrit la bouche pour répondre mais Ariane l'en empêcha.

— C'est marrant, mais tu écris toujours des histoires d'amour contrarié. Je me demande pourquoi.

Bérénice haussa les épaules.

— Bah, c'est juste un ressort narratif. Si l'amour n'est pas contrarié, il ne se passe pas grand-chose.

— Faux, rétorqua Ariane en se resservant du vin. Ton grand-père et moi avons vécu quarante-trois ans d'un bonheur presque sans nuage. On s'est aimés dès le premier regard et on ne s'est pas quittés jusqu'à sa mort. Et moi qui ai incarné des dizaines d'amoureuses et qui ai simulé l'amour sur scène je ne sais combien de fois, je n'ai vraiment aimé qu'un seul homme de toute ma vie.

— Tu as eu bien de la chance, répondit Cassandre sur un ton léger. La plupart des gens ne connaissent pas ça. Les histoires d'amour finissent souvent mal. Sans compter que certaines personnes ne le rencontrent jamais.

Quelque chose dans le ton de sa voix intrigua Bérénice. Était-ce le vin ? La conversation ? Toujours est-il que la question franchit ses lèvres avant qu'elle ait eu le temps d'y réfléchir.

— C'est ça qui t'est arrivé, maman ? Tu n'as jamais été amoureuse ?

Cassandre se figea, une huître à mi-chemin de la bouche. Malgré les questions qu'elle s'était souvent posées lorsqu'elle était enfant puis adolescente,

Bérénice n'avait jamais abordé ce sujet avec sa mère. Elle avait souvent eu envie de le faire mais n'avait jamais osé, de peur de blesser cette mère qu'elle aimait tant. Mère à qui d'ailleurs elle n'avait jamais connu de liaison. Aucun homme n'avait jamais franchi le seuil de l'appartement qu'elles avaient partagé pendant plus de vingt ans, jusqu'à ce que Bérénice gagne sa vie et prenne son indépendance. Elle n'avait même jamais présenté à sa fille ne serait-ce qu'un « ami ». Était-il possible que Cassandre ait vécu comme une chaste vestale pendant tant d'années ? Elle avait bien dû avoir un homme dans sa vie, sinon elle-même ne serait pas là, mais de cet homme non plus elle ne savait rien. C'était comme si elle n'avait pas de père. Et elle n'en avait jamais parlé avec sa mère. Pas plus qu'elle ne s'était demandé pourquoi sa mère avait choisi la solitude, enfin, si c'était un choix. Sauf que ce soir, cette question lui paraissait soudain fondamentale.

Cassandre reposa l'huître dans son assiette, les doigts un peu tremblants. Bérénice aurait voulu ravaler sa question. Elle n'avait pas eu l'intention de mettre sa mère dans l'embarras. Elle l'aimait trop pour ça.

— Je..., balbutia Cassandre. Je...

— Et toi ? intervint Ariane en se tournant vers Bérénice pour sauver sa fille, qui lui jeta un regard reconnaissant.

Même si elle n'avait pas vraiment envie d'aborder

le sujet, Bérénice apprécia que sa grand-mère rattrape sa bourde.

— Moi quoi ? Si j'ai été amoureuse ?

Bérénice réfléchit un instant. Avait-elle déjà été amoureuse ? De Rodolphe, non, de cela elle était certaine. Et depuis lui, elle avait accumulé les rencontres sans lendemain sans se poser de questions. Et avant lui ? Il y avait eu Thomas, avec qui elle était sortie pendant quelques mois et qui avait vaguement éveillé quelque chose en elle, quelque chose qui maintenant qu'elle y songeait n'était peut-être rien d'autre qu'un sentiment confortable d'habitude. Et puis, voyons… il y avait eu Aurélien. Le seul qui avait fait frémir quelque chose — et qui continuait, même si elle s'en défendait.

— Ce n'était pas censé être une question piège, reprit Ariane en saisissant un rince-doigts.

Bérénice prit son courage à deux mains.

— Mmm. Je ne sais pas. C'est quoi être amoureuse, exactement ?

Elle évita de regarder sa mère, qui avait elle aussi le regard rivé sur Ariane.

Cette dernière reposa son rince-doigts chiffonné dans son assiette.

— Je pourrais te servir toutes les conneries des magazines féminins, les papillons dans le ventre et tout le bordel. Mais comme j'ai l'habitude de le dire, si tu veux des papillons dans le ventre, fourre-toi des chenilles dans le cul. L'amour, ce n'est pas ça. Alors, c'est sûr que les phrases toutes faites du style « l'amour c'est regarder dans la même direction » ne sont pas fausses. C'est vrai aussi qu'aimer quelqu'un c'est reconnaître son pas entre mille et se rappeler qu'il n'aime pas les endives cuites. Mais c'est aussi rire sincèrement même quand il fait la même blague pour la millième fois, nettoyer derrière lui quand il vomit, supporter ses manies horripilantes et ses ronflements. L'amour c'est une construction de tous les jours, un travail de longue haleine, c'est s'émerveiller tous les jours de l'avoir à ses côtés malgré tous ses défauts. Et c'est avoir un chagrin fou, tous les matins, quand on découvre au réveil qu'il n'est plus là.

Ariane se tut, le regard perdu dans ses souvenirs.

— Je..., commença Cassandre. Je ne savais pas que papa et toi vous vous aimiez autant.

Ariane s'arracha aux images qu'elle seule pouvait contempler.

— *Je* l'ai aimé autant. Je ne suis pas certaine que ça ait été toujours réciproque de sa part. Quand je dis que nous avons vécu quarante-trois ans d'un bonheur sans nuage, ce n'est pas tout à fait la vérité. On a eu des hauts et des bas, comme tout le monde. Ton père n'était pas un homme facile, il était ombrageux et secret, il possédait un monde intérieur dont il refusait de donner la clé à quiconque. Je sais qu'il m'a trompée à plusieurs reprises mais je lui ai toujours pardonné. Parce que l'amour c'est comprendre l'autre et accepter qu'il fasse parfois des choses qui nous blessent.

— Je ne sais pas si je pourrais avoir ce genre d'abnégation, constata Bérénice.

— Ah, mais c'est là toute la beauté de la chose, ma chérie. Je suis persuadée qu'il y a autant de formes d'amour qu'il y a de personnes. À mon âge avancé, j'ai vu, lu et entendu tellement d'histoires que je peux affirmer deux choses : un, l'amour peut prendre de multiples formes et de multiples visages. Deux, il se construit jour après jour. Et c'est une chose que notre société de consommation, qui fait des êtres humains des produits à jeter après utilisation, a oubliée. On veut du vite prêt, du vite chaud. Mais les gens ne sont pas des menus McDo. On ne peut pas espérer tomber amoureux du premier venu en dix secondes et que ça dure toute la vie. C'est la pire idiotie que les sites et les applis de rencontres essaient de faire gober. Le problème c'est que les gens y croient. Et c'est bien dommage. Parce qu'à mon humble avis, en dehors de l'art et de l'amour, rien ne vaut qu'on s'y attarde ni qu'on s'y attache. Nous sommes des comètes vouées à un passage éphémère. Seuls la création et l'amour donnent du sens à nos existences. J'entends amour au sens large, d'ailleurs.

Cassandre hocha la tête, le nez dans son assiette. Elle semblait perdue dans ses pensées.

Bérénice songea que sa grand-mère avait mis en pratique ces considérations : elle avait consacré sa vie à sa carrière de comédienne et follement aimé son mari. Cassandre, qui avait été élevée dans cette idée, ne faisait finalement pas autre chose en essayant d'aider les autres, même si pour cela elle avait choisi une voie pour le moins non conventionnelle. De son côté, en revanche, Bérénice était en panne côté art et handicapée côté amour. C'était certainement pour ça qu'elle avait l'impression depuis quelque temps que sa vie patinait.

Un silence plana dans la cuisine. Les trois femmes étaient plongées dans des réflexions trop intimes pour être partagées.

— Buvons, finit par dire Ariane.

Tout en entamant la deuxième bouteille, l'idée vint à l'esprit de Bérénice que c'était peut-être là que résidait une partie du problème. *Comment écrire des histoires d'amour quand on en est réduite à imaginer ce sentiment qui se dérobe depuis toujours ?*

8

Cette semaine-là, Bérénice décida de faire une entorse à ses habitudes et de ne pas aller draguer dans un bar le samedi soir. La semaine précédente, elle n'avait pas eu à se poser la question : elle avait été invitée à la soirée d'anniversaire d'une ancienne camarade de promo qu'elle fréquentait de loin en loin. Elle n'avait pas spécialement envie d'y aller mais elle avait saisi ce prétexte pour ne pas avoir à réfléchir à sa routine du week-end. Le réveil auprès de Tristan l'avait secouée plus qu'elle ne l'aurait voulu et avait agi comme une douche froide. Elle s'était rendu compte qu'elle était lasse de la routine qu'elle avait instaurée — se faire belle, choisir un bar, montrer qu'elle était disponible, se rendre chez un inconnu avec qui la baise était toujours décevante. Elle avait beau réfléchir, elle ne se rappelait pas pourquoi elle avait commencé à agir comme ça. Qu'est-ce qu'elle cherchait ? À se rassurer sur son pouvoir de séduction, certainement. Mais de manière aussi systématique ? N'était-elle pas entrée dans cette spirale parce que la société lui disait que c'était ce qu'il fallait faire ? Un soupçon pesait toujours sur les célibataires, accusés de ne pas se démener assez pour « trouver quelqu'un ». L'image même véhiculée par l'expression l'agaçait. Pourquoi employer le terme « trouver » ? L'autre était-il censé être l'objet d'une chasse au trésor ? Et puis au fond, était-on obligé de faire couple pour s'épanouir et être heureux ? Elle ne croyait pas à tout ça, de la même manière qu'elle n'avait jamais pensé un seul instant rencontrer l'amour dans les bras d'un homme rencontré dans un bar. C'était d'ailleurs certainement pour ça qu'elle draguait tous les samedis et qu'elle avait mis en place cette routine asséchante et rigide : elle était bien sûre de ne pas tomber amoureuse tout en donnant l'air d'essayer.

Ce samedi-là, elle décida donc d'aller prendre un verre au *Va comme j'te pousse*. Là au moins, elle était certaine de ne pas se faire draguer, vu qu'elle connaissait tous les habitués.

C'était Nathalie qui officiait derrière le comptoir. La salle était à moitié vide : quelques couples, une bande de copines et Bernard, le psy à la retraite, qui comme tous les soirs recevait des patients pour une séance apéro dans un coin.

— Je vois que notre ami muet est là, commenta Bérénice en se juchant sur un tabouret devant le comptoir.

Nathalie jeta un coup d'œil en direction du type en costume installé en face de Bernard.

— On a pris des paris avec Val et Sandrine. Sur combien de temps il va encore venir s'asseoir et se contenter de boire son café en silence.

— Ça fait combien de temps qu'il vient ?

— Attends, on a tout noté.

Nathalie attrapa un petit carnet caché derrière la caisse.

— Alors, si on ne s'est pas trompées dans nos calculs, il vient depuis un peu plus de huit mois, trois fois par semaine, ce qui nous fait donc quatre-vingt-seize séances. Et il n'a jamais décroché un mot. Il commande un café, s'assied en face de Bernard et il reste assis sans rien dire pendant une demi-heure et sans boire son café en entier. Puis il se barre en laissant toujours un euro vingt très précisément sur la table. Le prix du café.

Bérénice jeta un coup d'œil à la dérobée au duo improbable que formaient Bernard, avec son éternel imperméable et sa clope éteinte au bec, et l'homme entre deux âges toujours en costume. Bernard était psychiatre. Il avait pris sa retraite une dizaine d'années auparavant ; comme il s'ennuyait ferme — Bérénice croyait savoir qu'il était veuf et sans enfants, mais elle n'en était pas certaine —, il avait décidé de consulter gratuitement au café. Il s'installait dans le coin le soir à partir de 17 heures, commandait une carafe de pastis et discutait avec ceux qui en éprouvaient le besoin. Le bruit s'était assez vite répandu dans le quartier et il ne manquait pas de clients, réguliers ou de passage. Il ne faisait payer personne mais la plupart lui laissaient quelque chose. Un billet, un livre, une fleur… Autant d'objets hétéroclites qu'il emportait avec lui une fois ses séances terminées. Certains d'ailleurs ne s'installaient pas à sa table pour parler de leurs problèmes mais juste pour bavarder de la pluie et du beau temps. C'était un homme affable qui avait toujours un mot gentil pour tout le monde et des théories sur tout. Bérénice ne manquait jamais de le saluer même si elle ne lui avait jamais vraiment adressé la parole. Il faisait partie des meubles, au même titre que les banquettes en skaï bordeaux et le vieux comptoir en acajou. Mais l'homme en costume qui venait s'asseoir en face de lui sans jamais ouvrir la bouche l'intriguait. Pourquoi consulter un psy si c'était pour ne pas lui parler ?

— Qu'est-ce que je te sers ? demanda Nathalie.

— Un verre de gewurzt. Et des bretzels.

Nathalie posa un ramequin plein de biscuits apéritifs et un verre à pied sur le bar.

— C'est rare de te voir le samedi soir, dis donc.

Bérénice enfourna une poignée de biscuits.

— Mmm. J'ai décidé de changer des trucs dans ma routine.

— Parce que venir ici, ce n'est pas routinier peut-être ?

Sandrine s'était glissée derrière le comptoir, un plateau plein de vaisselle sale à la main. Elle se pencha pour faire la bise à Bérénice.

— Touché. Disons que j'ai décidé de ne plus

occuper mes samedis soir à draguer au fin fond du 16e arrondissement.

— Tu veux que je te dise ? Le problème, ce n'est pas que tu dragues tous les samedis soir. Le problème, c'est le 16e arrondissement.

— Je vais parfois dans le 15e, glissa Bérénice.

— C'est du pareil au même. C'est le Mordor là-bas. Il ne peut rien t'arriver de bon dans ces endroits excentrés. Dès qu'il faut prendre la ligne 9 ou la ligne 8, déjà, on sait que c'est mal barré.

Bérénice se mit à rire.

— Tu penses que je devrais draguer où alors ?

— Partout ailleurs. Je ne comprends pas ton obsession du métro à l'heure où tout le monde se déplace en Uber.

— Uber, c'est de l'esclavage. Et je n'ai pas très envie de me ruiner en taxis.

— Radine.

— Excuse-moi d'avoir une conscience sociale et de savoir gérer un budget, protesta Bérénice sur un ton faussement agacé. Je préfère dépenser mon fric en verres de gewurzt.

— Ah, là, je ne peux qu'approuver.

Nathalie se détourna pour préparer un cocktail et Bérénice chercha des yeux le journal du jour.

— Tiens, tu as *Direct France* en plus du *Parisien* ? s'étonna-t-elle.

— Ouais. On a un nouvel habitué, un mec qui passe prendre un café tous les matins et qui est journaliste pour ce canard. Il nous en file un exemplaire.

Bérénice leva la tête, surprise.

— Il ressemble à quoi, ce journaliste ?

— Plutôt pas mal, brun, yeux bleus. Mal rasé deux jours sur trois. Il passe tous les matins vers 8 h 15. Il reste cinq minutes. Il n'est pas hyper causant mais pas désagréable non plus.

Aurélien.

La description qu'en faisait Nathalie lui correspondait. Mais elle aurait pu aussi, à l'heure de l'uniformisation galopante des standards masculins, décrire à peu près n'importe qui.

— Et il vient depuis quand ?

— Je ne sais pas trop. Quelques semaines.

Si c'était vraiment Aurélien, ça voulait dire qu'il habitait le quartier. Et qu'il fréquentait le même café qu'elle sans qu'elle l'ait jamais croisé, ce qui au fond était tout à fait possible. En raison de son métier, elle avait des horaires aléatoires et elle n'était pas du matin. Elle passait en général au *Va comme j'te pousse* vers 11 heures ou dans l'après-midi. La perspective qu'Aurélien puisse habiter non loin de chez elle et qu'elle puisse donc le croiser à tout moment faisait battre son cœur un peu plus vite.

Je suis vraiment débile de nourrir encore un crush pour ce mec, songea-t-elle en terminant son verre.

Il n'empêche que les jours qui suivirent, elle le chercha inconsciemment dans le quartier. Elle s'attendait presque à le voir surgir au détour du rayon pâtes du Franprix ou à la papeterie où elle alla acheter des cartouches d'encre pour son imprimante. Elle vivait dans l'anxiété délicieuse de tomber nez à nez avec lui.

Le jeudi soir, après quatre jours totalement improductifs, qu'elle avait du coup meublés comme elle le pouvait, à coups d'expos et de lectures entrecoupées des bavardages du Capitaine Haddock, elle échoua dans le square du boulevard Richard-Lenoir, un carnet à la main. Elle avait encore l'espoir que l'inspiration jaillisse enfin, qui sait, derrière une balançoire ou un toboggan.

Elle était en train de gribouiller, l'esprit au ralenti, lorsqu'elle entendit une voix familière non loin d'elle.

— Tu es sûr que tu ne veux pas faire du toboggan ?

Elle leva la tête, le cœur battant. Aurélien lui tournait le dos, tout près de son banc, Arthur à ses côtés. Le garçonnet tenait son exemplaire de *L'Île au trésor* serré contre son cœur, le cartable sur le dos, et regardait son père en secouant la tête. Bérénice accrocha son regard et lui fit un signe de la main. L'enfant s'illumina et lui rendit son salut. Aurélien pivota.

— Oh ! bonjour. Bérénice, c'est ça ?

Elle eut envie de crier « Alléluia ! » en levant les bras au ciel. Il l'avait reconnue ! Miracle ! Mais elle se contenta de lui adresser un sourire éclatant.

— C'est ça. Comment allez-vous ?

— Bien, bien, fit-il sur un ton distrait, mais les cernes sous ses yeux démentaient ses paroles.

À sa grande surprise, il se laissa tomber sur le banc à côté d'elle. Arthur ne bougea pas. Bérénice se rendit soudain compte qu'il portait toujours son ciré rouge trop épais pour la température quasiment estivale.

— Vous écrivez ? demanda Aurélien en désignant du menton le carnet qu'elle tenait sur ses genoux.

Bérénice fut un peu surprise qu'il ne s'embarrasse pas de considérations sur le temps qu'il faisait — trop chaud pour la saison — ou une futilité quelconque, mais cette façon de faire ne lui déplut pas.

— Oui. Je suis écrivain, ajouta-t-elle en voyant qu'il semblait attendre qu'elle développe sa réponse.

Il la considéra, un peu surpris.

— Écrivain, écrivain ? Vous en vivez ?

— Oui.

— C'est génial. Et rare.

— Mmm. J'ai beaucoup de chance.

Arthur fit un pas en direction de Bérénice. Cette dernière tapota le banc à sa gauche pour lui faire signe de s'asseoir. L'enfant la rejoignit lentement et s'assit avec précaution sur le rebord.

— Je suis contente de te revoir, Arthur, fit-elle. Je vois que tu es toujours plongé dans *L'Île au trésor*.

L'enfant hocha la tête sans la regarder et ouvrit son roman.

— Il ne lit que ça. En boucle, constata Aurélien.

Bérénice tourna la tête vers lui. Les questions se bousculaient sur ses lèvres mais elle ne se sentait pas le droit de les poser, du moins pas en présence de l'enfant. Elle détestait les gens qui parlaient des mômes en leur présence, comme s'ils étaient des quantités négligeables ou qu'ils n'étaient pas dotés d'oreilles. Elle mourait d'envie de savoir ce qui s'était passé avec ce petit garçon. Pourquoi ne parlait-il pas ? Pourquoi n'ôtait-il jamais son manteau ? Pourquoi lisait-il en boucle le même roman ? Tant pis. Sa curiosité ne serait pas satisfaite. Elle décida d'orienter la conversation vers un terrain plus neutre.

— Vous habitez le quartier ?

Aurélien hocha la tête.

— Pas depuis longtemps. On a déménagé il y a quelques semaines.

Il n'avait pas l'air décidé à donner davantage d'informations et Bérénice ne lui posa pas d'autres questions. Elle trouvait assez étrange d'être assise sur un banc à coté d'Aurélien et de son fils. Cet homme avait occupé pas mal de ses pensées pendant des années, mais comme leurs rencontres avaient été brèves, il était devenu complètement désincarné. Quand elle pensait à Aurélien, ce n'était pas lui qu'elle imaginait puisque, au fond, elle ne le connaissait pas vraiment, mais l'idée qu'elle se faisait de lui. Et l'écouter parler, le voir, dans une situation qui pour elle n'était ni excitante ni embarrassante, était à la fois déstabilisant et agréable. Il l'avait reconnue, ils étaient des connaissances, voire des voisins, ils s'étaient rencontrés par hasard au square… tout ça était parfaitement *normal*, loin des fantasmes qu'elle avait nourris à son égard pendant des années.

— Ça fait longtemps que vous habitez par ici ? demanda-t-il.

— Voyons voir… (elle compta mentalement) cinq ans. J'ai déménagé quand mon grand-père est mort. Ma grand-mère s'est retrouvée toute seule dans cette grande maison, du coup ma mère et moi avons décidé de venir lui tenir compagnie. On a fait faire quelques travaux, notamment pour rajouter des portes palières.

— Votre grand-mère habite aussi avec vous ?

— Oui, au rez-de-chaussée. Elle a toujours vécu là.

— Et ça fait quel effet de vivre tout près d'elles ? Perso, je ne supporterais pas ma mère plus d'un après-midi. Et encore, c'est une fourchette haute.

Bérénice se mit à rire.

— Je les adore toutes les deux. Ma mère m'a élevée toute seule et on a longtemps été très fusionnelles. J'ai pris un appartement quand j'avais vingt ans, mais je me suis éloignée de trois rues. Et on s'appelait tous les jours.

Aurélien hocha la tête sans rien dire. Un silence plana, ponctué par les cris des enfants qui jouaient sur les structures.

— Le quartier vous plaît ? demanda Bérénice.

— Oui, beaucoup. C'est étonnamment populaire. Beaucoup plus que là où j'habitais avant. On était dans le 9e, poursuivit-il en lisant une interrogation dans le regard de Bérénice. En haut de la rue des

Martyrs. Je ne... (Il prit une profonde inspiration.) Ma femme et moi sommes en instance de divorce.

— Oh ! je suis désolée.

Le lieu commun franchit ses lèvres sans qu'elle ait le temps de réfléchir. Elle se trouva un peu idiote de ne rien trouver de mieux à dire.

— On a dû mettre l'appartement en vente. C'est la procédure.

— Vous avez trouvé un acheteur ?

— Oui. Le mois dernier. On a signé la promesse de vente il y a un peu plus de trois semaines.

Bérénice brûlait d'envie de lui poser des questions personnelles — qui avait demandé le divorce ? où était sa femme ? avait-il la garde de son fils ? — mais elles étaient justement trop personnelles et elle les garda pour elle. Une petite partie d'elle ne pouvait s'empêcher de se réjouir d'apprendre qu'il était seul, mais la plus grande partie voyait bien qu'il avait l'air à la fois malheureux et épuisé.

Elle reporta son attention sur Arthur, toujours plongé dans son roman. Comme s'il sentait le poids de son regard posé sur lui, l'enfant leva les yeux vers elle et lui sourit.

— Tu en es où ? demanda-t-elle en se penchant vers lui.

Il lui tendit le livre ouvert.

Chapitre VI, lut-elle en haut de la page.

— Est-ce que Jim a déjà pris la mer ?

L'enfant secoua la tête.

— Il vous aime bien, constata Aurélien.

Bérénice se tourna vers lui, surprise.

— Il n'interagit pas avec les inconnus. Et pas forcément davantage avec les gens qu'il connaît, d'ailleurs. Il...

Il fut interrompu par la sonnerie de son téléphone portable. Il l'extirpa de la poche de son jean et jeta un coup d'œil à l'écran.

— Ah, désolé, il faut que je prenne cet appel.

— Je vous en prie.

Bérénice le regarda s'éloigner, vers la fontaine qui occupait le centre du square. Il lui tournait le dos mais elle devina à la tension de ses épaules que la conversation l'agaçait. Il finit par raccrocher en grommelant, l'air frustré. Il composa tout de suite un numéro. La deuxième conversation fut aussi brève que la précédente et il raccrocha en soupirant.

— Un problème ? ne put-elle s'empêcher de demander même si elle savait que ça ne la regardait pas.

— La baby-sitter me fait faux bond pour ce soir et mon plan B va à l'Opéra.

— Vous deviez sortir ?

S'il te plaît, ne me dis pas que tu as un date.

— Oui. Je dois couvrir un concert pour le boulot. Et je n'ai personne pour garder Arthur.

— Je peux le garder, si vous voulez, proposa-t-elle sans réfléchir.

L'enfant leva brusquement la tête. Aurélien lui lança un regard surpris.

— C'est très gentil à vous, mais...

— Je sais qu'on se connaît à peine, mais je pense que le courant passe bien entre Arthur et moi, pas vrai ? fit-elle en se tournant vers le garçon qui acquiesça vigoureusement.

— Je... je ne sais pas. Ce serait vraiment top mais je ne veux pas abuser de votre temps et de votre gentillesse.

— Du temps, ce n'est pas ce qui me manque en ce moment, croyez-moi.

Aurélien hésita puis se tourna vers son fils.

— Qu'est-ce que tu en penses ? Tu veux bien que Bérénice vienne te garder ce soir pendant que je travaille ?

L'enfant hocha de nouveau la tête, un grand sourire aux lèvres.

— Bon, je suppose que je vais accepter votre proposition, alors. Vous pouvez être là vers 19 heures ? Je préparerai le dîner, vous n'aurez plus qu'à le réchauffer.

— Pas de problème.

Aurélien lui lança un dernier regard scrutateur, comme s'il cherchait à lire sur ses traits la réponse à une question connue de lui seul, puis il fit un bref signe de tête.

— OK. Je vais vous donner mon adresse et mon numéro de téléphone.

Bérénice nota avec soin tous les renseignements sur son carnet puis les regarda s'éloigner main dans la main. Arthur se retourna brièvement pour lui faire un salut de la main. Bérénice agita la sienne à son tour en souriant. La vie prenait parfois de curieux détours. Elle qui aurait vendu son âme au diable quelques années plus tôt pour obtenir un signe d'intérêt de la part d'Aurélien, voilà qu'il venait d'entrer dans sa vie de la manière la plus inattendue.

9

Sitôt Aurélien et Arthur disparus de son champ de vision, Bérénice téléphona à Juliette pour lui raconter ce qui venait de se produire. Des hurlements de nouveau-né résonnèrent au bout du fil quand Juliette décrocha.

— Je ne t'entends pas, fit cette dernière. Tu ne veux pas passer, plutôt ? Après la journée de merde que je me suis tapée, j'ai vraiment besoin d'avoir une interaction avec une adulte.

— J'arrive.

Il fallut moins de dix minutes à Bérénice pour gagner l'appartement que Juliette et Julien avaient acheté rue de la Roquette quand ils avaient décidé de s'installer ensemble après des années de « je t'aime, moi non plus ». C'était un petit trois-pièces « plein de charme », ce qui, en langage immobilier parisien, signifiait qu'il était biscornu, que la plomberie était à refaire et qu'il était au sixième sans ascenseur. Bérénice gravit l'escalier étroit recouvert d'un tapis rouge élimé en faisant une halte tous les deux paliers pour cracher ses poumons.

Comment Juliette faisait-elle avec un bébé ? Plus Bérénice grimpait, plus les pleurs de Valentine se faisaient insistants.

Elle n'eut pas le temps de frapper à la porte : Juliette ouvrit dès qu'elle entendit Bérénice mettre le pied sur le palier. Elle avait les yeux cernés, le teint pâle, les cheveux en bataille et elle était encore en pyjama.

— Eh ben, constata Bérénice, saisie. Ça ne s'arrange pas.

— Non, ça ne s'arrange pas. Et j'en viens à me dire que ça ne s'arrangera jamais. Je suis à bout de nerfs.

Bérénice entra dans l'appartement. Les vagissements de Valentine se répercutaient sur tous les murs, emplissant l'espace. Elle posa son sac dans un fauteuil et se déchaussa.

— Elle pleure depuis longtemps ?

— Depuis ce matin. Je ne peux pas la poser dans son lit, elle se met aussitôt à hurler. Je l'ai gardée dans les bras toute la journée et je n'en peux plus. Elle n'a pas faim, ça c'est sûr. Elle n'a pas de fièvre non plus, ni aucun signe de maladie. Je ne sais plus quoi faire.

— Pourquoi tu ne m'as pas appelée ?

— Parce que je me sens coupable. Et nulle.

Des larmes se mirent à couler sur les joues de Juliette.

— Tout le monde me dit que je m'y prends forcément mal, que les bébés ne pleurent pas comme ça. J'ai fait tout ce que m'a dit la pédiatre, sans succès.

— Tu as demandé de l'aide à ta mère ?

— Pfff. La seule fois où je lui en ai parlé, elle m'a répondu qu'elle avait élevé quatre enfants sans problème et que ni mes frères ni moi n'avions jamais pleuré. Que je laissais ma fille faire des caprices.

— Des caprices à quatre mois ? Je n'ai pas d'enfant mais je ne vois pas comment c'est possible.

— Je ne sais plus quoi penser. La pédiatre est de ton avis mais rien de médical n'explique ces pleurs incessants et son incapacité à faire ses nuits. J'ai lu des tas de bouquins, je suis allée sur des forums et tout le monde a l'air d'accord pour dire que je dois être trop stressée et que je communique mon angoisse à ma fille, que c'est pour ça qu'elle pleure tout le temps. C'est comme si le monde entier me renvoyait à mon incapacité à être mère. Je n'aurais pas dû avoir d'enfant, je suis trop nulle pour ça.

— Tu racontes n'importe quoi, fit Bérénice en passant son bras autour de ses épaules. Et je t'ai déjà dit de te tenir loin d'Internet. J'en ai ras le bol de cette culpabilisation des femmes et des mères. Ce connard de Freud — qui à mon avis n'a jamais ne serait-ce que bercé sa fille — a fait des ravages. Si je le tenais...

Juliette esquissa un faible sourire et renifla.

— Bon. Commence par aller te doucher. Je m'occupe de Valentine. Et prends ton temps.

— T'es sûre ?

— Certaine, répondit Bérénice en se dirigeant vers le bureau récemment reconverti en chambre pour enfant.

— Mais je...

— Je ne t'entends pas ! File !

Juliette s'exécuta et disparut dans la salle de bains. Bérénice pénétra dans la petite pièce où Valentine s'égosillait dans son lit à barreaux, les poings serrés.

— Ben alors, ma choupette, qu'est-ce qui t'arrive ?

Bérénice se pencha sur le bébé écarlate et le prit dans ses bras.

— Là, là, fit-elle en blottissant l'enfant contre elle, la main sur sa nuque.

Valentine se mit à hoqueter, son petit corps secoué de sanglots secs qui s'espacèrent lentement.

— Ma chérie, ma toute belle, chuchota Bérénice en la berçant. Tu sens bon, dis donc. Ça donnerait presque envie...

Au moment où elle prononçait ces mots, elle sentit son cœur se serrer. Comme à chaque fois qu'elle tenait la petite dans ses bras ou qu'elle laissait son esprit s'aventurer un peu trop près des questions de maternité.

Quand Juliette sortit de la salle de bains un quart d'heure plus tard, elle trouva Bérénice en train de nommer les plantes du salon une par une pour le bénéfice de Valentine, dont les paupières clignaient de plus en plus.

— Alors, là, tu vois, c'est un lilium. C'est moi qui l'ai offert à ta maman. Parce que ta maman et moi on adore les plantes. Les plantes et les mojitos. C'est un de nos nombreux points communs.

Elle parlait sur ce ton bas et hypnotique que les adultes adoptent automatiquement quand ils s'adressent aux bébés.

— Tu vois, elle va s'endormir dans tes bras, constata Juliette, résignée, et se réveiller en hurlant dès que tu la poseras.

— Je peux la porter encore un peu, t'inquiète. Puisqu'elle refuse d'être posée, tu devrais peut-être la garder dans un porte-bébé toute la journée, non ? Comme ça, tu pourrais au moins faire des trucs, tu aurais les bras libres.

Juliette la regarda comme si elle avait dit quelque chose d'hallucinant.

— Quoi ?

— C'est la meilleure idée qu'on m'ait jamais soumise. Pourquoi je n'y ai pas pensé plus tôt ?

Bérénice haussa les épaules.

— Je pense que tu es trop épuisée pour penser correctement. Que dit Julien de tout ça ?

— Rien. Il rentre tard, il part tôt, il ne se lève pas la nuit. Il ne remarque même pas ma sale gueule. La seule fois où je me suis plainte, il m'a répondu qu'il ne comprenait pas pourquoi j'étais fatiguée, vu que je passais toutes mes journées à la maison alors que lui bosse cinquante heures par semaine. Je ne lui donne pas deux mois pour prendre une maîtresse.

— Tu exagères, là, non ?

— Je suis pragmatique et fataliste. On ne baise plus, je suis grosse, j'ai tout le temps des taches sur mes fringues, je ne sors plus, je ne lis plus, je n'ai aucun sujet de conversation d'adulte...

— Mais il t'aime.

Juliette haussa les épaules.

— Et alors ? Est-ce que l'amour ça excuse tout ?

— Mais enfin, ce n'est pas ta faute si la maternité t'épuise. Et c'est le père de Valentine, il pourrait t'aider.

— Il a pris son congé paternité pour me faire plaisir et a râlé non-stop pendant quinze jours. Du coup, je ne lui demande rien.

— Ce sont des considérations d'un autre âge, ça. On est en 2016, il a voulu cet enfant, c'est normal qu'il te file un coup de main.

— Il considère que changer sa couche de temps en temps, c'est un coup de main, répondit Juliette en soupirant. Bon, tu veux boire quelque chose ?

— Un Perrier si tu as.

Bérénice s'installa sur le canapé, Valentine blottie contre sa poitrine.

— Et côté job, tu en es où de ta réflexion ?

— Pfff, nulle part. Je ne vois pas quoi chercher.

Juliette avait profité de son congé maternité pour démissionner d'un job dans la mode qui était en train de la détruire à petit feu. Elle était l'assistante d'un célèbre styliste dont les horaires et les exigences étaient ceux d'une diva. Devoir gérer ses caprices et son emploi du temps tout en gardant une silhouette de rêve à grand renfort de salade au vinaigre l'avait menée au bord du burn-out. Sa grossesse était tombée à point nommée, mais il fallait envisager à présent une reconversion : pas question pour elle de rester dans ce milieu.

— J'ai eu quelques idées, cela dit, fit-elle en ouvrant le frigo.

— Ah oui ? Comme quoi ?

— Décoratrice de balcon.

— Euh... ça existe, ça ?

— Oui. Les Parisiens en sont friands. J'ai vu un reportage à la télé là-dessus l'autre jour. On met un bout de pelouse artificielle, quelques pots de fleurs, une cage à poules...

— Une quoi ?

— Une cage à poules. La mairie de Paris encourage fortement ce genre d'initiatives, tu sais. Végétaliser la ville...

— Avec du gazon artificiel ?

— Oui, enfin, tu m'as comprise. Et les poules c'est écolo.

— C'est surtout dégueulasse. Ça chie partout.

— Mais ça pond, aussi.

— Ce qui, compte tenu de l'endroit d'où sortent les œufs, revient un peu au même. Et ça marche, cette histoire de décoration de balcon ?

— Je ne sais pas. Je me disais que sinon j'aurais pu me lancer dans un truc plus sérieux, genre psy pour chiens et chats, poursuivit Juliette en déposant une bouteille de Perrier et deux verres sur la table basse.

Elle commença à servir et leva les yeux sur Bérénice, étonnée par son silence.

Cette dernière riait silencieusement pour ne pas réveiller Valentine, les épaules secouées de hoquets.

— Quoi ? demanda Juliette.

— Un « truc plus sérieux » ? C'est une blague, c'est ça ? parvint à articuler Bérénice.

— Ben non. Les pauvres bêtes peuvent être soumises à un stress énorme, surtout en milieu urbain.

— Et comment tu les psychanalyses ? Tu les fais allonger sur un divan et tu aboies ?

— Je ne me suis pas encore renseignée sur les détails mais... C'est ridicule, tu as raison, fit Juliette en se mettant à rire à son tour.

— Je ne comprends pas comment une femme aussi pragmatique que toi peut envisager des reconversions aussi farfelues.

— Je te le dis, le manque de sommeil fait des ravages. Mais assez parlé de mes problèmes de boulot. Et les tiens ?

Bérénice n'avait pas vraiment envie de réfléchir au syndrome de la page blanche qui l'accablait, mais plutôt d'évoquer sa rencontre avec Aurélien.

D'un autre côté, si elle examinait le problème avec lucidité, son blocage était plus important.

— Rien de nouveau sous le soleil, répondit-elle. Toujours pas écrit une ligne.

— Tu as essayé la piscine ?

— Euh… Je ne vois pas le rapport.

— Peut-être que nager te permettrait de fluidifier tes pensées, tu vois, et de trouver de l'inspiration.

— Décidément, après les poules et les psys pour chiens… la fluidification de la pensée dans l'eau chlorée. Je suis inquiète, Juliette, je ne te reconnais pas.

Cette dernière fit la moue.

— Ben, je ne sais pas moi, il faut faire feu de tout bois. Tu en as parlé à ton éditrice ?

— Euh, ben en fait, je… pas encore, mais…

— Tu devrais. Je suis certaine que tu n'es pas le premier auteur en panne d'inspiration qu'elle croise. Ça fait partie des risques du métier, non ? Comme les mannequins qui prennent du poids ou les caissières qui ont mal au dos.

— Dit comme ça, oui, je suppose.

— Appelle-la.

— Mais j'ai peur qu'elle se moque de moi, ou qu'elle me trouve nulle… C'est exactement comme toi avec la maternité !

— Tu m'as prouvé par A + B que j'avais tort, contra Juliette. Je suis certaine qu'il y a une raison à ce blocage. Il n'est pas arrivé comme ça par hasard.

— Je…

Bérénice s'interrompit. Devait-elle expliquer à Juliette à quelle conclusion elle en était arrivée après le dîner avec sa mère et sa grand-mère ? Verbaliser ses pensées à haute voix lui paraissait soudain trop intime. D'un autre côté, elle n'avait jamais rien caché à Juliette. Rien. Cette dernière savait des choses que sa propre mère ignorait.

— Je pense que je ne suis pas légitime pour écrire des histoires d'amour, lâcha-t-elle dans un souffle.

Juliette la considéra, perplexe.

— Pourquoi ça ?

— Parce que je n'ai jamais aimé personne.

Le dire lui faisait étrangement mal, comme si elle découvrait soudain qu'un creux lui dévorait la poitrine.

— Mais qu'est-ce que tu racontes ? Bien sûr que si tu aimes des gens ! Et ta mère ? Et ta grand-mère ? Et moi ? Et Valentine ? Bon, je n'ajoute pas Julien à la liste, je sais que tu te contentes de le supporter.

— Oui, mais je n'ai jamais été vraiment amoureuse, avoua Bérénice en baissant la tête.

Valentine dormait toujours paisiblement dans ses bras.

— Et quand bien même ? Tu sais très bien ce qu'est l'amour ; et être amoureuse d'un mec, c'est pareil.

— Je ne sais pas.

— Et puis ton raisonnement est stupide. Tu es écrivain, donc tu fais preuve d'empathie. C'est comme si tu me disais que tu ne peux pas mettre en scène quelqu'un qui a un cancer parce que tu n'en as pas eu toi-même.

— Mmm. Ce n'est pas faux.

— Tu as bien écrit des personnages veufs par exemple. Que je sache, tu n'es ni un homme, ni veuf.

Bérénice réfléchit un instant. Le raisonnement de Juliette se tenait. Mais ne résolvait rien.

— Ce qui m'interpelle, en revanche, c'est que tu dises que tu n'as jamais été amoureuse. Comment c'est possible ?

— Je ne sais pas. Je ne dois pas baisser suffisamment la garde. J'ai peur de perdre quelque chose si jamais je tombe amoureuse.

— Mais quoi ?

Bérénice réfléchit un instant. C'étaient des choses sur lesquelles elle ne s'était jamais interrogée.

— Va savoir. Ma liberté. Mon intégrité. J'ai peur de me faire dévorer. De ne plus m'appartenir. Et puis je crois qu'au fond, j'ai très peur d'être abandonnée.

C'était sorti sans qu'elle ait eu le temps de comprendre ce qu'elle s'apprêtait à dire. *D'où ça sort, ça ?*

— B., je pense que tu devrais avoir une discussion avec ta mère, fit Juliette d'une voix douce.

Bérénice inspira lentement.

— C'est au-dessus de mes forces. Je ne peux pas lui infliger ça.

— Mais en attendant, c'est à toi que tu infliges des choses.

Bérénice ne répondit pas. Elle savait, au fond d'elle, que Juliette avait raison. Elle aurait dû poser des questions à sa mère depuis longtemps. Elle ne comprenait pas vraiment pourquoi elle ne l'avait pas déjà fait, au moins une fois, au moins enfant. Ou alors peut-être qu'elle l'avait fait et qu'elle avait oublié la réponse. Peut-être que la fillette qu'elle avait été avait un jour osé demander à sa mère ce que l'adulte redoutait. « Dis, maman, qui est mon père ? »

Mais aujourd'hui cette question lui paraissait insurmontable.

— Parlons d'autre chose, veux-tu ? fit-elle en baissant les yeux sur Valentine qui se mit à téter dans son sommeil.

— Si tu veux. De quoi ?

— Ben, c'est pour ça que je t'ai appelée au départ. J'ai croisé Aurélien et son fils au square.

Juliette se redressa brusquement.

— Ah bon ? Qu'est-ce qu'ils faisaient là ?

— Ils habitent le quartier.

— Noooon ? Dans une ville comme Paris, quelle est la probabilité pour que ce genre de chose arrive ?

— Si on considère qu'on est voisines et amies d'enfance… ce n'est pas si rare que ça.

— Mais justement, je te rappelle que j'ai supplié Julien de chercher à Bastille parce que tu y vivais. Là, c'est du hasard pur. Mon Dieu ! s'exclama Juliette en se frappant le front d'un geste théâtral.

— Quoi ? sursauta Bérénice.

— C'est comme dans *Quand Harry rencontre Sally* ! « Sur une ville de huit millions d'habitants, quelle est la probabilité de tomber sur son ex ? »

— Il n'y a pas huit millions d'habitants à Paris. Et techniquement, Aurélien n'est pas mon ex.

— Ça se discute. Et donc ? Vous vous êtes parlé ?

— Oui. Mieux que ça. Il m'a reconnue ! fit Bérénice sur un ton triomphant.

— Reconnue, reconnue ?

— Bon, à moitié. Il se souvenait de mon prénom mais toujours pas qu'on s'est croisés plusieurs fois.

— OK. C'est toujours un mufle, donc.

— Ou alors il a une maladie génétique rare qui l'empêche de reconnaître les visages. Comme Brad Pitt.

— Comment tu sais ça ?

— Je vais chez le coiffeur.

— Mais cette fois-ci, il t'a reconnue, donc ta théorie tombe à l'eau.

— Pfff. Merci, la copine.

— Et ensuite ? De quoi vous avez parlé ?

— De tout et de rien. Il m'a dit qu'il était en instance de divorce et je lui ai proposé de garder son fils ce soir.

— Quoi ?

Juliette reposa son verre si brutalement que Valentine sursauta dans son sommeil. Bérénice lui lança un regard de reproche.

— Quoi « quoi » ?

— Tu lui as proposé quoi ?

— De garder Arthur.

— Mais pourquoi ?

— Pour lui rendre service. Il doit couvrir un concert et sa baby-sitter lui a fait faux bond.

— Et donc l'idée brillante qui a germé au fond de ton cerveau, c'est de jouer les nounous ? Tu n'es pourtant pas en manque de sommeil, que je sache. Tu es censée raisonner correctement.

— Ben..., commença Bérénice.

— B., ma chérie, je sais que quand il s'agit de cet homme tes hormones pensent à la place de tes neurones, mais quand même.

— Je ne sais pas, je me suis dit qu'entre voisins, c'était normal.

— Ah bon ? Tu gardes les enfants de ta voisine, peut-être, comment elle s'appelle déjà, Mme Tri... Tra..., fit Juliette en agitant la main.

— Tréboulet. Non, je ne garde pas ses enfants, ils sont infernaux et tu le sais bien. Mais Arthur est un chouette môme.

— Comment tu le sais, vu qu'il ne parle pas ?

— Tu te laisses arrêter par un détail. Et je ne comprends toujours pas en quoi c'est un problème.

— Parce que tu as toujours un crush sur ce mec et que pour te rapprocher de lui, tu joues les baby-sitters, ce qui fait qu'il te verra comme ça dorénavant, comme la nana qui peut lui garder son fils.

— Alors, un, je ne crois pas que ça soit un quelconque inconvénient, *confer* la jurisprudence Jude Law, deux, je n'ai plus de crush sur ce mec.

— Et moi, je suis la mère la plus épanouie de la Terre. Je t'ai déjà dit qu'avec moi ce n'était pas la peine de mentir.

— Je ne mens pas ! Je… je ne dis pas toujours l'entière et exacte vérité, c'est tout.

— Comme tu veux. Tu es une grande fille. Et tu as clairement un truc à terminer avec ce type. Mais ne viens pas te plaindre si ça tourne au vinaigre.

Bérénice haussa les épaules et baissa les yeux sur sa marinière.

— Tu crois que je devrais me changer ?

Juliette soupira en levant les bras au ciel.

— Tu te demandes comment t'habiller pour aller garder son fils ? Qu'est-ce que je disais. T'es dans la merde.

10

Lorsque Bérénice sonna chez Aurélien à 19 heures tapantes — après avoir traîné pendant dix minutes au Franprix en bas de chez lui parce qu'elle ne voulait pas être en avance, ce qui lui donnait à présent une excellente maîtrise des prix du rayon végétarien qui semblait occuper la moitié du magasin —, elle jeta un coup d'œil nerveux sur sa tenue. Après avoir beaucoup hésité, elle avait décidé de ne pas se changer et avait conservé son jean, sa marinière et ses ballerines. Elle avait peur qu'Aurélien se souvienne de la façon dont elle était habillée et qu'il croie qu'elle avait fait un effort pour lui. *Parfois, j'en ai marre d'être une femme et de me faire des nœuds au cerveau pour tout.*

Il ouvrit tout de suite.

— Encore merci d'être venue, fit-il en s'effaçant pour la laisser entrer.

La porte d'entrée s'ouvrait directement sur un petit salon, où se tenait Arthur, en pyjama et un grand sourire aux lèvres.

— Re-salut, mon grand, fit Bérénice en posant son sac en toile sur le canapé du salon.

L'enfant hocha la tête, ce que Bérénice prit pour un progrès.

— Venez, je vous fais visiter. Ce n'est pas bien grand, on aura vite fait le tour, dit Aurélien en l'entraînant derrière lui. Ici la chambre d'Arthur, la salle de bains avec les toilettes, la cuisine.

Cette dernière était minuscule et étroite comme un couloir.

— Il y a plein de trucs au congélo, vous n'avez qu'à choisir ce que vous voulez et le réchauffer au micro-ondes. Arthur se couche à 20 heures, mais il a souvent du mal à s'endormir, ne soyez pas étonnée s'il se relève souvent. Et il faut laisser sa veilleuse allumée. S'il y a quoi que ce soit, vous m'appelez. Je serai là vers 23 heures.

Bérénice opina.

— Ne vous faites pas de souci. Je suis certaine que tout va très bien se passer.

Aurélien hocha la tête à son tour mais son stress était palpable.

— Arthur, mon grand, tu veux bien aller deux minutes dans ta chambre, le temps que je termine ma discussion avec Bérénice.

L'enfant hésita un instant puis obéit, non sans jeter un regard à son père par-dessus son épaule.

— Voilà, euh…

Aurélien se passa la main dans les cheveux et s'éclaircit la voix.

— Arthur a des problèmes, fit-il à mi-voix. Depuis que ma… que sa mère est partie. C'est aussi pour ça que ça me gênait d'accepter votre offre. La baby-sitter le connaît bien et elle est habituée.

— J'ai remarqué qu'il ne parlait pas et qu'il lisait son livre en boucle. Et qu'il refusait d'enlever son ciré rouge malgré la chaleur. Il a des TOC, c'est ça ?

Il lui lança un regard à mi-chemin entre l'étonnement et la résignation.

— Oui. C'est un enfant… particulier. Il l'a toujours été. Il était déjà angoissé quand il était tout petit. Il n'aimait pas que son cadre change. Mais quand ma… sa mère et moi nous sommes séparés, il y a plus d'un an, les choses ont empiré. Ses TOC ont pris de l'ampleur, puis il a cessé de parler du jour au lendemain, il y a deux mois de ça. Je ne sais pas pourquoi. Le pédopsy a émis plusieurs hypothèses, mais je ne sais pas…

Une détresse immense se lisait dans ses yeux clairs. Bérénice avait envie de le rassurer, de lui dire que tout allait s'arranger, mais elle ne se sentait pas le droit d'égrener une série de lieux communs qui auraient forcément sonné faux.

— Bref. Et il fait parfois des crises de colère. Il lui arrive de se rouler par terre en hurlant et on a beaucoup de difficultés à le calmer. Je… Je comprendrais que vous changiez d'avis.

— Pas du tout. Partez tranquille.

Un silence. Elle devina qu'il pesait le pour et le contre.

— D'accord, fit-il en soupirant.

Bérénice l'accompagna jusqu'à la porte d'entrée. Il attrapa son blouson en cuir pendu à la patère et empocha ses clés.

— Bon, ben, bonne soirée, alors.

Son inquiétude le rendait touchant.

— Bonne soirée à vous.

Il lui jeta un dernier coup d'œil puis quitta l'appartement comme on se jette à l'eau.

Bérénice ferma la porte derrière lui, s'empara de son sac puis gagna la chambre d'Arthur. La porte était entrebâillée. Elle frappa légèrement contre le montant en bois.

— Arthur ? fit-elle en passant la tête dans la pièce.

L'enfant était assis sur son lit, les pieds dans le vide et le regard dans le vague. Il leva la tête vers elle.

— Je peux entrer ?

Un hochement presque imperceptible.

— Je t'ai apporté quelque chose.

Elle sortit de son tote bag en tissu un gros livre relié, qu'elle posa sur ses genoux. Arthur y jeta un regard curieux.

— C'est une version illustrée de *L'Île au trésor*. Elle appartenait à mon grand-père. C'est un très vieux livre.

Arthur tendit une main hésitante vers la couverture dorée.

— Vas-y, tu peux le prendre.

Il s'en saisit lentement et l'ouvrit. Une carte ornait l'intérieur de la couverture. Il en dessina les contours avec soin, comme s'il les lisait du bout des doigts.

— Je me suis dit qu'après le dîner, on pourrait le lire un peu ensemble. Qu'est-ce que tu en penses ?

Il leva brusquement la tête et plongea ses yeux bleus, si semblables à ceux de son père, dans les prunelles vertes de Bérénice, tout en hochant vigoureusement la tête.

— Tu viens avec moi ? Je vais préparer le repas. Pendant ce temps, tu peux lire ce livre sur le canapé. D'accord ?

Nouveau hochement de tête, accompagné cette fois-ci d'un sourire. Mais au lieu de s'installer au salon, il la suivit à la cuisine, l'énorme volume relié serré contre son cœur.

— Qu'est-ce que tu veux manger ? demanda Bérénice en plongeant dans le congélateur.

Ce dernier était rempli jusqu'à la gueule de plats cuisinés. Picard était à l'évidence le meilleur ami d'Aurélien. Elle se mit à lire les étiquettes tout en regardant Arthur pour chercher son assentiment.

— Voyons voir… Lasagnes ? Ou… lasagnes ? Ah, tiens, encore des lasagnes. Tu dois aimer beaucoup ça, fit-elle en souriant.

L'enfant hocha la tête, sérieux comme un pape.

— Attends, il y a peut-être autre chose que des lasagnes, dit-elle en replongeant dans le congélateur. Lasagnes, lasagnes… Ah ! fit-elle, triomphante, en atteignant le fond. Du hachis parmentier ! Oh ! et encore du hachis parmentier ! Dis donc, c'est très varié comme menu. Un peu trop, non ?

Elle lui adressa un large sourire et, à sa grande surprise, Arthur se mit à rire. Pas un éclat de rire, non, plutôt un gloussement étouffé qui resta coincé en travers de sa gorge faute d'entraînement. Un bruit étrange et attendrissant, qui avait le goût d'une petite victoire. Elle avait fait rire cet enfant muet et triste et elle en ressentit une joie inversement proportionnelle à la petitesse du son émis par le garçonnet. Elle brandit deux plats en l'air.

— Alors, lasagnes ou hachis parmentier ?

Il désigna sa main droite.

— Va pour les lasagnes.

Elle enfourna le plat dans le micro-ondes et ouvrit l'unique placard à la recherche des assiettes. Elle constata que la batterie de cuisine était réduite au minimum : quatre assiettes, quatre verres, deux bols, deux tasses, une casserole et une poêle. Même constat dans le bac à couverts : tout allait par quatre et était neuf. Elle trouva cette vaisselle déprimante : ça ne sentait pas le nouveau départ mais l'installation précipitée dans une nouvelle vie.

— On mange où ? demanda-t-elle à Arthur.

Il n'y avait pas de place dans la cuisine et pas de salle à manger.

Il tendit le doigt vers la table basse du salon.

— OK.

Elle disposa le couvert. Arthur la suivit comme son ombre, le livre toujours dans les bras.

Dix minutes plus tard, ils étaient assis par terre devant un plat de lasagnes fumant. Arthur avait posé *L'Île au trésor* juste derrière lui, comme s'il craignait de s'en éloigner.

— Eh ben en fait, je comprends pourquoi tu aimes ça. C'est bon.

L'enfant hocha la tête.

— Quand j'étais petite, commença Bérénice, et Arthur leva la tête, attentif, ma mère faisait souvent des lasagnes. Mais elle ne faisait pas des lasagnes traditionnelles, non, elle faisait des lasagnes-surprises. Tu sais ce que c'est ?

Il secoua la tête.

— Des lasagnes dans lesquelles on ne sait jamais ce qu'on va trouver. Parfois il y avait des épinards, parfois des aubergines, parfois du jambon, parfois des crevettes, parfois des champignons... Elle variait en fonction de son humeur. Et une fois, tu sais ce qu'elle a fait ?

Nouvelle dénégation.

— Des lasagnes au chocolat.

Il écarquilla les yeux.

— C'était... divin. Le meilleur dessert que j'aie jamais goûté de ma vie. C'était tellement bon que je lui demandais d'en refaire tout le temps. Et elle acceptait souvent. Et maintenant que je suis adulte, c'est le gâteau qu'elle me fait toujours quand je suis un peu triste ou fatiguée. Ou quand c'est mon anniversaire.

Arthur avait cessé de manger, fourchette en l'air, et il buvait ses paroles, fasciné. Bérénice songea soudain que ses parents étaient en instance de divorce et que sa mère semblait avoir déserté sa vie. Dans le discours d'Aurélien, elle n'apparaissait que lorsqu'il parlait de la séparation. Où était-elle ? Elle avait l'impression que seul Aurélien avait la garde. Elle se mordit soudain les lèvres. N'avait-elle pas fait une bévue en parlant de sa propre mère ? Elle se demandait si elle devait rattraper le coup et comment, lorsque Arthur la tira d'embarras en se remettant à manger. Elle soupira intérieurement, soulagée.

Une fois la table débarrassée, Bérénice envoya Arthur se brosser les dents pendant qu'elle faisait la vaisselle.

— On va lire dans ta chambre ? proposa-t-elle lorsque l'enfant sortit de la salle de bains.

Ils s'installèrent sur le lit d'Arthur.

— Tu veux que je te fasse la lecture ?

Il acquiesça avec enthousiasme et, à la grande surprise de Bérénice, il se blottit tout contre elle, la tête contre son épaule.

— « Monsieur Trelawney (notre châtelain), le docteur Livesey, et tous ces messieurs m'ayant demandé d'écrire en détail l'histoire de l'*Île au trésor...* » commença-t-elle à mi-voix.

Au début, Arthur lisait le texte en même temps

qu'elle, mais il finit par fermer les yeux, bercé par le rythme régulier des mots. Bérénice sentait son poids léger contre son bras et l'odeur de son shampoing. *Pourquoi les enfants sentent-ils naturellement bon alors que les adultes, rarement ?* songea-t-elle. Les enfants avaient une odeur particulière, et si elle avait été poète ou gnangnan, elle aurait dit que c'était celle de l'innocence. Elle baissa la voix. Leurs respirations se mirent à l'unisson. Le souffle d'Arthur se fit de plus en plus lent et profond et lorsqu'elle parvint à la fin du chapitre III, elle se rendit compte qu'il dormait, roulé en boule contre elle.

Elle se dégagea doucement et l'installa confortablement sans le réveiller. Elle contempla un instant sa frimousse et sentit un étrange sentiment, mélange de tristesse et de résignation, l'envahir. Si elle avait gardé cet enfant, en 2004, ressemblerait-il à Arthur ? Serait-il roux comme lui ? Aurait-il hérité les prunelles bleues de son père ou vertes de sa mère ? Ou aurait-il eu des yeux d'une couleur indéfinissable, à mi-chemin entre le bleu et le vert ? Elle essaya de ne pas penser à cet enfant jamais né dont elle gardait la cicatrice imprimée sur son cœur. Depuis que Juliette était maman, la question de la maternité avait refait surface avec intensité, la renvoyant à sa propre histoire, à cet « incident » comme l'avait baptisé le médecin, à cet « accident » comme disaient les gens pour parler d'une grossesse non désirée, à cette blessure mal refermée qu'elle n'évoquait jamais. Avait-elle envie d'être mère ? Elle le pensait. Mais pour ça, il fallait d'abord trouver un père. Et tomber amoureuse, ce qui compliquait sérieusement la tâche. La conversation avec Juliette lui revint en mémoire : était-elle vraiment incapable d'aimer un homme parce que son père l'avait abandonnée ? Et puis d'ailleurs est-ce que c'était vraiment ce qui s'était passé ? Son père était peut-être mort. Ou c'était un espion russe. Elle avait soudain l'impression que tous les scénarios qu'elle s'était soigneusement interdit d'échafauder lorsqu'elle était enfant s'invitaient dans son imagination. Elle les chassa en soupirant puis quitta la chambre d'Arthur après avoir vérifié que la veilleuse était bien allumée.

Une fois dans le salon, elle regarda vraiment autour d'elle pour la première fois. Elle n'avait pas pris le temps d'examiner les lieux depuis son arrivée, mais maintenant qu'Arthur dormait, la curiosité prenait le dessus. Elle jeta un coup d'œil à sa montre : un peu plus de 22 heures. Elle avait donc le temps de visiter l'appartement. Elle se demanda un instant si elle en avait le droit, puis elle songea qu'après tout elle n'avait pas l'intention de fouiller dans les placards, juste de regarder un peu à quoi il ressemblait. Pour avoir un aperçu de la vie d'Aurélien.

Premier constat, il était petit pour un trois-pièces, impression renforcée par l'absence totale de couloir. Toutes les pièces donnaient sur le salon sommairement meublé, dans lequel on entrait directement. Lorsqu'il lui avait fait visiter l'appartement avant de partir, Aurélien n'avait pas ouvert la porte de sa chambre, et pour cause, elle n'avait pas besoin de s'y rendre. Mais voilà qu'à présent qu'elle était seule, la porte fermée agissait sur elle comme celle du château de Barbe-Bleue. Elle posa la main sur la poignée, hésitante. C'était mal élevé de fouiner chez les gens. Mais d'un autre côté, il n'en saurait rien. Elle jeta un coup d'œil par-dessus son épaule comme pour vérifier que personne ne l'épiait, puis elle pesa doucement sur la poignée. Contrairement au conte de Perrault, la poignée céda sans offrir la moindre résistance. Elle poussa la porte, le cœur battant un peu plus vite. La pièce était plongée dans la pénombre, seulement éclairée par la lueur de la lune et de l'éclairage public qui transperçait la vitre. Elle cligna des yeux pour s'habituer à l'obscurité et tâtonna à la recherche d'un interrupteur. Elle le trouva à la deuxième tentative et alluma le plafonnier.

La chambre était minuscule, plus encore que celle d'Arthur, et ne comportait qu'un matelas posé à même le sol et... des piles et des piles de cartons, alignés le long de deux des murs comme une armée un peu inquiétante. Elle devina que toute la vie d'Aurélien était empaquetée là. Elle laissa son regard errer autour d'elle : hormis le matelas et les cartons, elle repéra quelques fringues au sol, un tas de papiers et, de l'autre côté, le long du mur de gauche, des bacs sans couvercles. Elle s'approcha, curieuse, pour voir ce qu'ils contenaient.

Des photos.

Des dizaines, voire des centaines de tirages noir et blanc de toutes les tailles.

Bérénice s'empara du premier qui lui tomba sous la main. Le cliché, un peu plus grand qu'un format A3, représentait un entrepôt désaffecté et tagué. Elle le reposa et examina les suivants : tous mettaient en scène des lieux désaffectés. Usines, maisons, châteaux, gares, ruines mangées par la nature qui reprenait ses droits, édifices en partie écroulés, bâtiments vidés de leur fonction première et rendus au néant... Le deuxième point commun de ces photos était la poésie mélancolique qui s'en dégageait, comme si chaque lieu disait : « Tu vois que tout peut tomber dans l'oubli, nous ne sommes rien d'autre que des comètes de passage. » Bérénice parcourut les différents bacs, subjuguée. Ces clichés la transportaient ailleurs, loin de ce petit appartement parisien. Ils représentaient un aller simple pour le cerveau d'Aurélien. Qu'est-ce qui pouvait bien pousser un homme à ne photographier que des lieux abandonnés ? Sans présence humaine autre que les vestiges laissés par une occupation qu'elle devinait parfois très ancienne ?

Elle était en train de contempler une photo saisissante, qui représentait une bibliothèque désaffectée dans laquelle se dressait encore un piano à moitié éventré, lorsqu'une voix tout près d'elle la fit sursauter.

— J'ai pris ce cliché en Pologne.

Elle pivota, surprise, et un peu honteuse d'être prise en flagrant délit. Mais Aurélien n'avait pas l'air de s'en soucier.

— Je ne vous ai pas entendu rentrer.

Il haussa les épaules.

— Vous étiez fascinée apparemment. Je prends ça comme un compliment.

— C'est vous qui avez pris toutes ces photos ?

— Oui. C'est ma passion depuis plus de dix ans. (Il tendit le doigt vers le cliché qu'elle tenait toujours en main.) C'était une espèce de manoir abandonné en Pologne. J'ai pris d'autres clichés ce jour-là. (Il farfouilla dans le bac.) Celui-ci, par exemple.

Il lui tendit la photo d'une verrière en fer forgé en partie dévorée par une impressionnante vigne vierge.

— J'adore vos photos, fit Bérénice. Vous les vendez ?

Il lui jeta un regard surpris.

— Non. J'ai toujours considéré que c'était plus un passe-temps qu'autre chose.

— Comment vous trouvez ces lieux ?

— Avec Internet, c'est facile maintenant. Mais le tout premier, je suis tombé dessus par hasard. J'avais une vingtaine d'années et j'étais en vacances en Bretagne avec des potes. On s'était mis en tête d'aller picoler dans une baraque soi-disant hantée. Vous savez ce que c'est à cet âge-là...

Bérénice songea qu'elle avait rencontré Aurélien dans ces eaux-là. Elle chassa cette pensée et se contenta d'acquiescer.

— Cette maison n'était pas vraiment hantée, évidemment. En revanche, elle était bel et bien abandonnée. Mais elle n'était pas vide. Les anciens occupants avaient laissé des souvenirs derrière eux, des objets qui avaient plus ou moins bien résisté aux ravages des années. Et je me rappelle très bien avoir songé que ces murs gardaient une trace de la trace des pas de gens que je ne connaîtrais jamais mais dont la présence demeurait, fugace, comme celle des fantômes. Je suis revenu le lendemain, en plein jour. Et avec mon appareil photo. Je voulais saisir ça, ces vestiges dans les vestiges. C'est pour ça que j'aime bien les lieux où il reste des objets plutôt que les lieux complètement vides. Même si parfois c'est surréaliste ou un peu flippant, comme celle-là... Où est-elle ?

Il souleva un bac pour accéder à celui qui se trouvait dessous et qui contenait des photos plus petites.

— Ah, voilà.

Il lui tendit un cliché qui représentait un hangar entièrement vide, éclairé par deux rayons rectilignes de soleil qui se déversaient par deux hautes fenêtres aux carreaux brisés. Sauf qu'en y regardant de plus près, l'entrepôt n'était pas tout à fait désert :

dans le coin en bas à droite étaient alignées trois poupées outrageusement fardées et nues. L'effet était étrange et dérangeant. Bérénice frissonna, ce qui n'échappa pas à Aurélien.

— Oui, hein ? Ces poupées étaient comme ça quand je suis entré, je n'ai touché à rien. On se demande qui les a laissées là et pourquoi.

Bérénice examina le cliché de plus près. Il y avait quelque chose de rituel dans la façon dont les poupées étaient couchées côte à côte. Comme un message énigmatique.

— Vous devriez en faire quelque chose. Les exposer.

Il haussa les épaules.

— Je n'ai pas le temps. Et puis j'ai arrêté de prendre des photos depuis…

Il laissa sa phrase en suspens. *Depuis que sa femme est partie*, compléta silencieusement Bérénice. Bien des choses avaient cessé depuis le départ de cette femme qu'elle découvrait en creux, dans tous les manques qu'elle avait laissés derrière elle. Deux êtres en ruine, songea-t-elle soudain. Un enfant pétri de TOC et privé de l'usage de la parole, un homme qui ne prenait plus de photos et qui se nourrissait exclusivement de lasagnes.

Elle fut soudain frappée par l'idée qu'elle ne connaissait pas Aurélien. L'homme avec qui elle conversait n'avait rien à voir avec le fantasme qu'elle avait tissé au fil des années et au gré de ses rencontres avec lui. Elle avait imaginé un homme solaire et charismatique à qui tout réussissait et avait prêté ses traits aux héros des romances historiques qu'elle écrivait. Or, voilà qu'en réalité c'était un homme qui avait subi des revers, et qui semblait se débattre dans une vie qui était partie de travers. Quand ? Comment ? Que s'était-il passé entre la dédicace à la Fnac où il couvait sa femme enceinte d'un regard adorateur qui lui avait retourné les boyaux et maintenant, où il se retrouvait seul avec son fils et un congélateur plein de lasagnes ? Elle n'en avait aucune idée.

Et en contemplant ses clichés, elle se disait que ce qu'elle découvrait de lui était à mille lieues de ce qu'elle avait pu imaginer. Totalement différent, oui, mais nettement plus intéressant.

Elle avait envie d'en savoir davantage mais une espèce de pudeur la retenait.

— Comment ça s'est passé avec Arthur ? demanda Aurélien, la tirant de ses réflexions. Je suis passé le voir en rentrant et j'ai vu qu'il dormait.

— Très bien. On a mangé des lasagnes après avoir longuement débattu, répondit-elle, ce qui fit sourire Aurélien.

— C'est par phases. Avant les lasagnes, il y a eu le hachis parmentier, et avant ça, les nouilles sautées. J'ai abandonné toute velléité de le convaincre de manger autre chose. Il faut choisir ses combats.

Bérénice se contenta d'acquiescer.

— Je lui ai fait la lecture et il a fini par s'endormir.

— Je suis soulagé que tout se soit bien passé.

— Et vous, votre concert ?

— Sans intérêt. Mais il faut bien bosser.

Un silence plana entre eux, que Bérénice finit par rompre.

— Je vais rentrer.

Ils gagnèrent le salon, où elle récupéra son trench et son sac. Elle était en train d'enfiler son imper noir lorsqu'elle prit une décision brutale.

— J'ai quelque chose à vous dire, fit-elle en le regardant droit dans les yeux.

— Oui ?

— Voilà. Ça va vous paraître absurde, mais en fait, on se connaît.

— Comment ça ?

— On s'était déjà croisés avant que ma mère me demande de garder Arthur l'autre jour.

Elle lut de l'incompréhension sur son visage.

— Ah bon ? Mais où ? Et quand ?

— Écoutez, c'est assez embarrassant, mais je trouve ridicule de ne pas vous le dire.

Il opina en silence, attendant la suite.

— Voilà, on s'est rencontrés la première fois à une fête chez votre cousin en 1999.

— Chez mon cousin ? Théo ?

— Non, Max. On était dans la même classe en terminale.

Aurélien la dévisageait toujours, un peu interdit, et elle comprit qu'il ne la remettait pas.

— On s'est embrassés dans la salle de bains

après avoir fumé un joint. Et puis on s'est croisés de nouveau en 2004, enchaîna-t-elle rapidement.

Elle ne voulait pas l'entendre dire que ça ne lui rappelait toujours rien.

— À *La Loco*. On... on a baisé dans les toilettes.

Il se figea.

— À votre décharge, vous n'aviez pas consommé que de l'alcool, ce qui explique peut-être pourquoi vous avez oublié.

— Je..., commença-t-il.

— Et puis on s'est croisés une troisième fois. En 2009. Vous étiez en dédicace à la Fnac. Je vous ai acheté un bouquin. Sur le jazz.

— Je suis très gêné de vous avoir oubliée plusieurs fois comme ça. Je... je ne sais pas quoi dire.

— Il n'y a rien à dire. Je vous raconte juste ça parce que je trouve la situation un peu embarrassante. Mais pas autant que le fait que vous ne me reconnaissiez jamais, c'est vrai.

Elle avait dit ça avec un sourire mais elle ressentait quand même un curieux pincement au niveau du cœur.

— Voilà. Sur ce, je m'en vais. Bonsoir, Aurélien.

Il mit un peu de temps à répondre et elle ne sut pas déchiffrer ce qu'elle lisait dans ses prunelles claires.

— Bonsoir, Bérénice.

La porte se referma sur son orgueil un peu malmené. Elle n'avait pas atteint le rez-de-chaussée que son portable se mit à vibrer.

Un merci infini pour avoir gardé Arthur. Je ne vous oublierai plus, promis. A.

Bérénice fit taire sa déception : si, comme l'avait prédit Juliette, il se souvenait d'elle uniquement parce qu'elle avait gardé son fils, tant pis.

11

Bérénice passa les jours suivants à s'occuper le plus possible, histoire d'éviter de penser aux deux sujets de fond qui tournaient en sourdine dans sa tête : son blocage et Aurélien. Le premier ne semblait pas en voie de se résoudre — même si elle avait suivi le conseil de Juliette et s'était quand même rendue à la piscine, surmontant l'odeur du chlore, les malotrus qui nagent en plein milieu de la ligne et la crainte d'attraper des verrues plantaires. Hélas, elle n'avait pas trouvé l'inspiration au fond du bassin, juste des courbatures. Quant au deuxième, il s'était brièvement manifesté le vendredi matin. Il lui avait envoyé un texto lui disant qu'elle avait oublié *L'Île au trésor* chez lui. Elle avait répondu qu'elle le prêtait à Arthur aussi longtemps qu'il le souhaitait, il l'avait remerciée et leur échange en était resté là.

Le samedi après-midi, elle profita du beau temps qui avait l'air d'être parti pour durer pour faire une longue balade avec Valentine afin que Juliette puisse faire la sieste. Alors qu'elle s'était assise pour lire sur la pelouse du bassin de l'Arsenal, le bébé endormi dans le landau, la jeune mère installée à ses côtés avec deux enfants en bas âge engagea la conversation, la prenant pour la mère de la petite. Bérénice la détrompa tout de suite mais en conçut une espèce de malaise indéfinissable. Depuis quelque temps, la question de la maternité semblait se poser plus souvent que d'habitude et elle se sentait renvoyée à son statut de nullipare avec plus d'acuité que d'ordinaire.

Elle passa la soirée du samedi au *Va comme j'te pousse* et après deux verres de chardonnay, elle accepta de participer au pari sur le client muet de Bernard : elle inscrivit son nom et une date sur le petit carnet des filles. Ce faisant, elle constata qu'elle n'était pas la seule à s'intéresser à cette curieuse situation : deux autres habitués avaient eux aussi inscrit leurs noms sous ceux de Sandrine, Nathalie et Valérie.

— On pourrait pimenter un peu tout ça, proposa-t-elle, et essayer de deviner pourquoi il vient voir un psy sans lui parler.

Sandrine leva la tête de la tireuse à bière.

— Bonne idée. Je vais demander aux filles ce qu'elles en pensent.

Cinq minutes plus tard, Sandrine, Nathalie, Valérie, qui avait momentanément déserté la cuisine, la laissant aux mains du commis, et Bérénice brainstormaient, agglutinées au bout du comptoir.

— Moi je suis sûre que c'est une histoire d'amour

qui a mal tourné, fit Nathalie à mi-voix. Sa femme est partie avec quelqu'un d'autre. Un sultan, tiens. Ou un milliardaire américain.

Les trois autres lui lancèrent un regard perplexe.

— Ben quoi, se défendit-elle. Bérénice écrit des romances et moi j'en lis.

Comme pour appuyer ses propos, elle écrivit : « Sa femme est partie avec un homme riche et célèbre », puis elle reposa le stylo sur le bar avec un geste décidé, comme pour dire « tout est possible, non, mais ».

Bérénice réprima un rire.

— Moi je pense qu'il a vécu un traumatisme, dit Sandrine. Sa femme est partie avec son psy. C'est pour ça qu'il n'arrive pas à parler. Il sait qu'il le devrait mais il ne parvient pas à s'y résoudre.

— Et pourquoi sa femme ? demanda Valérie. Ça pourrait être son mec. Il a l'air gay, non ?

Les autres accordèrent à la remarque l'attention qu'elle méritait, c'est-à-dire trois secondes.

— Non, répondirent-elles à l'unisson.

Valérie haussa les sourcils. Sandrine attrapa le stylo.

— Bon. Je note donc : « A vécu un événement traumatisant en rapport avec un psy. » À toi, poursuivit-elle en tendant le carnet à Valérie.

— Mmm, fit cette dernière en jouant avec le stylo. Peut-être qu'il est gay et qu'il ne le sait pas.

— Non, répondirent les trois autres en chœur.

— Je vous trouve bien sûres de vous. Moi je

crois que c'est une possibilité. « A peur d'avouer qu'il est gay », écrivit-elle avant de tendre le carnet et le stylo à Bérénice.

— Rasoir d'Ockham, constata cette dernière. La théorie la plus simple est la plus probable.

— Et donc ?

— Il ne parle pas parce qu'il ne le peut pas. Il a eu la langue tranchée.

Les trois autres la considérèrent un instant en silence puis Nathalie et Valérie éclatèrent de rire.

— Ben quoi ? C'est possible. C'est peut-être un ancien espion dont la dernière mission a mal tourné. Ou un soumis qui a fait don de sa langue à sa domina.

— Tu parles d'un rasoir d'Ockham ! fit Valérie en gloussant.

— Je crois que ton boulot déteint sur toi, constata Nathalie.

— Je ne trouve pas cette idée si saugrenue, la soutint Sandrine. Après tout, on a vu des choses plus étranges que ça.

— Ah, merci, fit Bérénice en inscrivant « A la langue tranchée » sur le petit carnet.

Au moins, même si elle n'était plus capable d'écrire une ligne, elle semblait toujours capable de faire démarrer son imagination au quart de tour. Ça, pour inventer des vies aux gens, elle était très forte. Mais pour trouver des réponses aux questions sur la sienne, de vie, il n'y avait plus personne.

Et elle commanda un troisième verre de chardonnay.

***

Le lundi matin, lasse de ses propres tergiversations, elle décida d'appeler enfin son éditrice au secours. Elle savait qu'elle aurait dû le faire plus tôt, mais elle avait été retenue par l'espoir que tout s'arrangerait d'un coup de baguette magique et par l'idée qu'elle était une mauvaise élève, qu'elle avait failli et qu'elle allait se faire gronder. Elle savait que c'était idiot mais elle ne pouvait s'empêcher de le penser. Elle passa un bon quart d'heure à contempler son téléphone portable avant de choisir d'envoyer un mail que, malgré sa brièveté, elle mit un temps fou à rédiger.

De : berenicespyros@gmail.com
À : leilahamani@editionsducœur.fr

Chère Leila,

Ceci est un appel au secours. Je suis engluée dans la rédaction de *Captive du châtelain*. Serait-il possible que nous en parlions ?

Bises.

Bérénice

La réponse lui parvint deux minutes plus tard.

De : leilahamani@editionsducœur.fr
À : berenicespyros@gmail.com

Si tu es libre pour déjeuner, je t'attends à 13 heures Chez Claude.

L.

Bérénice soupira, à la fois soulagée et angoissée. Et si Leila n'avait pas de solution ? Et si elle lui disait qu'elle n'était pas étonnée et que sa carrière était terminée ? Et si elle rompait le contrat ? Et si... ? Elle chercha à faire taire les voix de mauvais augure qui pépiaient dans sa tête en s'occupant de ses plantes. Elle était en train d'arroser son ficus lorsque le Capitaine Haddock cria tout à trac :

— Rrrrrrévolution ! Rrrrrévolution !

Elle sursauta, surprise.

— Encore ? Tu ne veux pas changer de disque ?

— Le socialisme ou la morrrrrt ! hurla le perroquet en agitant sa crête.

— Tu deviens un peu violent, dit-elle en s'approchant de la cage.

Elle tendit le doigt pour caresser le plumage chamarré et le volatile émit un drôle de son de contentement.

— Et voilà que tu ronronnes à présent. Un perroquet marxiste qui se prend pour un chat. On aura tout vu.

— Tout ! Tout est fini entrrrrre nous ! reprit l'oiseau.

— Tante Hélène avait vraiment des goûts de chiotte. Tu n'aurais pas un vrai conseil à me donner, plutôt ? Quelque chose qui puisse m'éclairer. Et qui ne soit pas politique ! se hâta-t-elle d'ajouter.

Mon Dieu, je suis folle, songea-t-elle. *Je suis en train de discuter avec un perroquet. Encore quelques jours à ce régime et je vais finir à Sainte-Anne.*

Le Capitaine Haddock plongea son minuscule œil perçant dans ses prunelles claires, gonfla son jabot et brailla :

— Si la vie te donne des citrrrrons, fais des marrrrgarritas !

Bon sang. Voilà qu'il parlait comme un aphorisme Facebook. Elle n'était pas au bout de ses peines.

Elle prit un Vélib' pour se rendre *Chez Claude*, le bistrot où elle avait l'habitude de déjeuner avec Leila. Elle longea le canal Saint-Martin en goûtant la douceur de l'air. Paris était belle en ce début de mois de mai fleuri. Il régnait une étrange atmosphère sur la ville, une ambiance presque estivale. Toutes les femmes avaient troqué leurs chaussures fermées contre des sandales, et les jupes raccourcissaient en même temps que les jours rallongeaient. On voyait moins de cravates et plus de mocassins. Et comme toujours lorsque le beau temps prenait ses quartiers d'été, Bérénice avait l'impression de voir plus de couples et de femmes enceintes. Remarquait-on davantage ces dernières parce que leurs ventres n'étaient plus dissimulés par les lourdes étoffes d'hiver ? Ou y était-elle plus attentive parce que c'était ce qu'elle désirait sans oser se l'avouer ?

Elle trouva une place à la borne Vélib' la plus proche du bistrot et pénétra *Chez Claude* à 13 heures pétantes. Elle cligna un instant des yeux pour s'accoutumer à la semi-pénombre ; Leila était déjà installée à leur table habituelle, en vitrine, devant deux verres de vin blanc.

— J'ai pris la liberté de commander pour toi, fit-elle après lui avoir fait la bise. Vu ton mail, je me suis dit que tu en avais besoin.

Bérénice se laissa tomber sur la chaise plus qu'elle ne s'assit.

— Merci.

— Bon, raconte. Qu'est-ce qui se passe, exactement ?

C'était une des nombreuses choses que Bérénice appréciait chez elle : sa capacité à aller droit au but. Elle lui raconta tout par le menu. Elle détailla même tout ce qu'elle avait essayé de faire pour retrouver l'inspiration. Elle s'interrompit uniquement pour commander le plat du jour. Leila l'écouta sans dire un mot.

— Et c'est tout ? fit-elle une fois que Bérénice eut tout déballé.

— Comment ça, tout ? C'est beaucoup, non ? Voire dramatique.

— Non. Pas du tout.

Bérénice leva les yeux de son verre.

— Comment ça ?

— C'est juste courant, constata Leila en attaquant sa salade César. Tous les auteurs y passent à un moment ou à un autre. La panne sèche. L'impression que rien ne sort comme il faut ou que le texte est embourbé.

— Tout le monde ?

— Oui, tout le monde. C'est normal. Le processus créatif connaît des hauts et des bas. Un auteur n'est pas une machine et l'inspiration ne se commande pas.

Bérénice inspira profondément avant de poser la question qui l'avait menée jusque-là.

— Et comment on s'en sort ?

— On ne s'en sort pas toujours.

— Hein ? Je le savais, je vais devoir trouver un autre job.

— Tu ne vas rien devoir du tout. Calme-toi. Bois. Mange, ça va refroidir.

Bérénice obtempéra.

— Je vais t'expliquer un truc. Tous les auteurs sont différents. À tout point de vue. Vous avez chacun votre méthode, vos tics et vos manies, et vous avez aussi une longévité différente. Il y a les auteurs qui sont ceux d'un seul livre. En général je les repère tout de suite. Ils donnent tout dans leur premier bouquin et on sait déjà qu'ils n'ont pas d'univers. Ils sont plus nombreux que ce qu'on croit. Il y a ensuite les auteurs capables d'écrire plusieurs bouquins mais sans se renouveler. Ceux-là finissent par arrêter d'écrire ou, si ça marche, restent enfermés à vie dans le même genre et se répètent d'un roman à l'autre : mêmes thèmes, personnages qui se ressemblent, style qui stagne. Et puis il y a ceux qui écrivent toute leur vie avec une vraie capacité de renouvellement et une marge de progression importante.

— Et moi, j'appartiens à quelle catégorie ? La deuxième ?

— Non. La troisième.

— Tu en es sûre ?

Leila lui lança un regard amusé.

— Insinuerais-tu que je connais mal mon métier ?

— Non, bien sûr, répondit précipitamment Bérénice. Mais…

— Mais tu écris dans un genre codifié ? Tu penses que tu ne te renouvelles pas ?

— Oui.

— Ce n'est pas vrai. Tu es parvenue à utiliser tous les codes à ta manière et à les détourner. Tu as beau écrire de la romance historique, tes héroïnes ne sont jamais des oies blanches, tes personnages masculins sont nuancés et tu maîtrises parfaitement la construction narrative. Sans parler du style.

— Tu dis ça pour me faire plaisir.

— Non. Je te le dis parce que je le pense. Et je vais t'avouer autre chose, une chose que je ne t'ai jamais dite. Je sais, depuis le premier contrat que j'ai signé avec toi, qu'un jour tu partiras pour écrire autre chose. Et je crois que ce temps-là est arrivé.

Bérénice se figea, les couverts en l'air.

— Pardon ?

— J'ai toujours su que la romance historique ne serait qu'un passage, une façon pour toi de mettre le pied à l'étrier et de faire tes armes. Tu n'es pas bloquée, Bérénice. Tu es prête à écrire autre chose.

Bérénice avait l'impression d'avoir été projetée dans une autre dimension. De tout ce qu'aurait pu lui dire Leila, c'était la chose la plus invraisemblable.

— Mais quoi ?

Leila haussa les épaules.

— Aucune idée. Un roman féministe, un drame, un récit initiatique, *La Légende des siècles*, que sais-je ? Ce que tu veux.

Ce que je veux.

L'idée était terrifiante.

Et, elle devait bien l'avouer, exaltante.

— Je... j'ai peur, avoua-t-elle. Je suis rassurée par les codes, je l'avoue. Écrire une romance historique, c'est comme enfiler une paire de charentaises. Et j'aime l'assurance du happy end.

— Il est temps d'enfiler une paire d'escarpins. Ou de cuissardes. Ou de derbys. Et la romance n'a pas le monopole du happy end. Je pense que les codes t'empêchent d'écrire à présent. Il est temps de voler de tes propres ailes. J'ai été ravie d'être celle qui t'a découverte et permis de grandir.

Une idée traversa soudain l'esprit de Bérénice.

— Mais... et le contrat ? Et l'avance ?

— On va tout laisser en suspens pour le moment. On avisera plus tard. Sache juste que je n'attends plus ton manuscrit. Je te laisse le temps de digérer tout ça et de voir ce que tu veux faire. Si tu parviens à écrire *Captive du châtelain*, je le publierai avec plaisir. Sinon, tant pis. Et si tu écris autre chose, je veux être la première à lire le manuscrit.

— Je... je ne sais pas quoi dire. (Elle inspira profondément et se jeta à l'eau.) Je ne suis pas sûre d'avoir autre chose à écrire.

Leila la regarda comme s'il lui était soudain poussé un troisième œil.

— Tu racontes vraiment n'importe quoi. Arrête de stresser. Contente-toi d'écrire.

— Mais sur quoi ?

— Je ne sais pas, moi, inspire-toi de ta vie, tiens, raconte l'histoire d'une femme qui n'a pas de père, comme toi.

Bérénice se figea.

— C'est bizarre que tu dises ça. J'ai passé plus de trente ans à essayer de ne pas me poser de questions sur mon père, ce qui n'a pas été facile, et voilà que depuis quelques jours, alors que je croyais le sujet définitivement enterré, la question a resurgi plusieurs fois.

— Les choses n'arrivent jamais par hasard. Tu veux un café ?

Bérénice opina. Elle était sidérée par le tour qu'avait pris la conversation. Elle était arrivée avec une boule au ventre en se disant que Leila allait l'engueuler et la coacher, et voilà qu'au lieu de ça cette dernière lui rendait en quelque sorte sa liberté. Qu'allait-elle en faire ?

12

Bérénice décida de rentrer chez elle à pied pour mettre de l'ordre dans ses idées. Même si elle avait soulevé d'autres questions, la conversation avec Leila l'avait soulagée et lui permettait de se concentrer sur le problème qui avait surgi ces derniers jours de manière tout à fait inattendue.

Son père.

Ou plutôt son absence de père.

Bérénice avait grandi seule avec sa mère. D'aussi loin qu'elle s'en souvienne, jamais personne n'avait brisé le duo fusionnel qu'elles formaient. Sa mère était une femme enjouée mais paradoxalement solitaire. Elle avait peu d'amis et Bérénice ne lui avait jamais connu aucune relation sentimentale. Elle tenta de rassembler ses souvenirs : était-il possible que quelque chose lui ait échappé ? Un homme avait-il tenu un rôle important dans la vie de sa mère ? Quelqu'un qu'elle aurait présenté comme un ami mais qui aurait pu être plus que ça ? Elle avait beau réfléchir, elle ne voyait personne. Elle avait eu plusieurs fois envie, quand elle était gamine, d'évoquer l'idée d'un éventuel beau-père avec sa mère. Mais pour ça, peut-être aurait-il fallu déjà parler du grand absent, de celui dont elle ne savait strictement rien. Et elle pressentait, avec son intuition d'enfant, que c'était une question à éviter. Dans leur famille réduite à sa mère, ses grands-parents et tante Hélène, personne ne l'avait jamais évoqué et elle avait suivi le mouvement. Tout le monde faisait comme s'il était normal que Cassandre élève seule sa fille et que sur les fiches de renseignements soient systématiquement rayées d'un trait diagonal les mentions « nom, prénom, profession du père ». Et elle avait donc décidé une bonne fois pour toutes l'année de ses neuf ans de ne rien questionner : ni l'absence, ni le fait qu'elle portait le nom de sa mère à une époque où c'était peu courant, ni le « de père inconnu » sur son extrait de naissance. C'était comme ça. Sa mère lui suffisait. Cassandre lui vouait un amour profond et inconditionnel, de même que ses grands-parents. Elle n'avait pas souvenir de s'être jamais réellement disputée avec sa mère. Elle était à la fois sa mère, son amie, sa confidente — même si, avec le temps, elle lui racontait moins de choses qu'avant et lui avait même sciemment dissimulé certaines choses. Mais ce n'était pas pour la blesser, non au contraire, c'était pour l'épargner. Et c'était peut-être pour ça qu'elle ne lui avait jamais demandé de lui parler de son père, pour ne pas éveiller chez sa mère un souvenir forcément douloureux.

Elle en était là de ses réflexions lorsque son portable se mit à sonner. Elle le tira des profondeurs de son tote bag.

Aurélien.

Enfin, songea-t-elle.

— Bonjour, Bérénice.

— Bonjour. Vous allez bien ?

— Très bien. La raison de mon appel va peut-être vous surprendre, mais voilà… Je vais à la Maison européenne de la photographie pour le journal cet après-midi. Ça vous dirait de m'accompagner ? Il y a une expo sur Harry Callahan, et je me suis dit que ça vous brancherait peut-être. C'est un photographe américain dont le travail est très intéressant. Je sais que je vous préviens au dernier moment et je comprendrais très bien si vous n'étiez pas libre…

— Si, je suis libre. Et ça me ferait très plaisir de vous accompagner.

— Super. J'y serai d'ici une grosse demi-heure.

Bérénice consulta sa montre puis leva le nez pour regarder où elle se trouvait. Tout à ses réflexions, elle n'avait pas fait attention à l'endroit où elle était. Boulevard Voltaire. C'était largement jouable.

— Moi aussi, répondit-elle.

Elle raccrocha, le sourire aux lèvres. La perspective de passer quelques heures en compagnie d'Aurélien lui plaisait beaucoup et lui permettrait de laisser momentanément de côté l'épineuse question de son géniteur.

Elle sortit ses écouteurs de la pochette dans

laquelle elle les avait rangés avec sa batterie de secours, sélectionna Nina Simone dans les artistes et lança la lecture aléatoire. Les premières mesures de *Revolution* retentirent dans ses oreilles. *C'est un complot ou quoi ?* Mais elle sourit et tourna rue du Chemin-Vert pour rejoindre le boulevard Beaumarchais. Elle décida de couper par la place des Vosges. Se balader à Paris était certainement le plus grand plaisir de sa vie, et même si elle connaissait le quartier par cœur, elle ne se lassait jamais de l'arpenter. Elle traversa la place, passa sous l'arcade et arriva rue de Birague. Elle s'arrêta un instant pour admirer un collage coloré qui avait poussé sur un des murs. Les recoins de la capitale étaient pleins de ces œuvres de street art éphémères vouées à une admiration fugace de la part de ceux qui les remarquaient. Elle s'arracha à sa contemplation, emprunta la rue de Rivoli, bondée comme à son habitude et atteignit la Maison européenne de la photographie à l'heure dite. Elle aperçut de loin Aurélien qui était déjà là. Il portait un jean noir et une chemise blanche et, quand il tourna la tête vers elle, elle sentit un curieux sentiment se déployer. Elle commença par essayer de le faire taire avant de se raviser. C'était un frémissement curieux et nouveau mais ce n'était pas désagréable, loin de là. Pourquoi s'en priver ?

Un sourire lumineux, un peu de travers, éclaira

les traits d'Aurélien lorsqu'il la vit. Il ôta ses lunettes de soleil et se pencha pour lui faire la bise.

— Je suis ravi que vous… On peut se tutoyer, peut-être, non ?

— On peut.

— Ça me fait plaisir que tu aies pu me rejoindre.

— Moi aussi. Je n'ai jamais mis les pieds ici.

— Il y a un commencement à tout. Je pense que tu vas adorer le travail de ce photographe, fit-il en l'entraînant vers l'entrée.

Effectivement, Bérénice adora. Était-ce le talent réel de l'artiste, sa façon de photographier la ville et sa femme, ou le fait d'écouter Aurélien lui expliquer certains détails et la guider dans sa découverte ? Un peu des trois, certainement. Aurélien prit quelques notes pendant l'expo pour rédiger un article.

— On va boire un verre ? proposa-t-il en sortant.

— Avec plaisir.

Ils s'installèrent dans un pub non loin. La terrasse avait été prise d'assaut et ils se réfugièrent dans la pénombre de la salle.

— Je ne sais pas si tu as remarqué mais tous les pubs parisiens sentent le renfermé, constata Bérénice. Ce n'est pas le cas en Angleterre. C'est bizarre, non ?

— Voire le moisi, renchérit-il. Peut-être que c'est une obligation. Genre, tu veux ouvrir un pub, tu cherches un local au-dessus d'une cave qui pue.

Il commanda deux bières au bar et s'installa en face d'elle.

— Comment va Arthur ? demanda Bérénice.

Aurélien haussa les épaules.

— Ça va. Il adore le bouquin que tu lui as prêté, au fait. Il a passé tout le week-end à le lire et j'ai dû me gendarmer pour qu'il ne l'emporte pas à l'école ce matin.

— Tant mieux. Il appartenait à mon grand-père. Moi aussi je l'ai lu des dizaines de fois.

Un silence s'installa.

— Je..., commença Aurélien. Je voulais te parler de ce qui s'est passé jeudi soir.

Bérénice fronça les sourcils.

— Qu'est-ce qui s'est passé jeudi soir ?

— Ce que tu m'as raconté, ce qui s'est passé entre nous.

— On n'est pas obligés. Je te l'ai juste dit parce que je trouvais la situation absurde et pas parce que j'attendais quelque chose de toi.

— Je sais bien, mais... je voulais m'excuser.

Elle hocha la tête en silence.

— Je... C'est pas très facile à dire, mais voilà, je... J'ai longtemps mené une vie de fêtard, tu sais. Et je consommais pas mal de trucs pas nets.

Bérénice se souvint du joint qu'ils avaient partagé dans la salle de bains de Max.

— J'avais l'habitude quand je sortais de boire et de prendre des cachets, ou parfois de la coke. Ça a duré quelques années. Jusqu'à ce que je rencontre ma... bref. Ça explique certainement pourquoi je ne t'ai pas reconnue. À plusieurs reprises. C'est ce que je voulais te dire. Ça n'excuse rien, mais ça explique.

— Franchement, Aurélien, je ne te demande ni explications ni excuses.

Il plongea ses prunelles bleues dans les siennes et elle comprit que non seulement il était sincère, mais qu'en plus cette mise au point était importante pour lui.

— Mais j'accepte les deux, acheva-t-elle.

Il eut l'air soulagé.

— Qu'est-ce que tu as fait alors, depuis notre rencontre chez Max ? Comment tu es devenue écrivain ?

— J'ai eu mon bac, j'ai fait une prépa scientifique à Henri-IV et j'ai intégré les Mines. Jusque-là tout allait bien. Et puis j'ai décroché un job d'ingénieur dans le développement durable. Je pensais naïvement que j'allais sauver la planète, mais en fait je passais mes journées à calculer des risques. J'ai commencé à mourir à petit feu de l'intérieur sans comprendre pourquoi je me sentais de plus en plus mal. Sans compter que j'avais l'impression de m'habiller comme une hôtesse de l'air.

Aurélien se mit à rire.

— Et puis un jour, je me suis dit que je ne pouvais plus vivre comme ça. Me lever tous les matins, me taper des trajets délirants métro plus RER, supporter les incivilités, la violence quotidienne, celle qu'on subit sans la voir mais à laquelle on ne peut pas être indifférent... Bref, j'ai appelé ma mère et je lui ai dit : « Maman, j'ai bien réfléchi, je vais démissionner. » Elle a répondu : « Enfin. J'ai mis une bouteille de champagne au frais il y a six mois dans l'attente de cet instant. Viens la boire. » On était dimanche, il était 10 heures, j'ai sonné chez ma mère et on a descendu la bouteille toutes les deux. Le lundi matin, je posais ma lettre de démission sur le bureau du DRH.

— C'était courageux.

— Sur le coup, pas tant que ça. J'avais vingt-sept ans, un CV prestigieux, pas d'enfants et de l'argent de côté. Et je pensais vraiment chercher un job d'ingénieur. Sauf que j'ai commencé d'abord par prendre un congé sabbatique de six mois, pendant lequel j'ai passé beaucoup de temps à lire, à me promener, à voyager et à observer le monde depuis la terrasse des cafés. Autant de choses que je n'avais jamais eu le temps de faire et qui se sont révélées vitales pour moi. Au bout de six mois, j'ai compris que je ne pourrais plus jamais bosser en entreprise. J'ai dit ça à ma mère et à ma grand-mère, qui se sont montrées très compréhensives. Ma grand-mère a répondu un truc du genre : « C'est de famille. » Je ne sais pas si l'indépendance est vraiment dans les gènes mais j'ai réfléchi à ce que je pourrais bien faire seule. J'ai vaguement caressé l'idée de monter une pâtisserie mais j'ai reculé devant l'ampleur de la tâche. J'avais toujours eu envie d'écrire. J'avais même commencé des romans quand j'étais ado.

Alors un matin, je me suis mise devant mon ordi et j'ai écrit une histoire. Voilà.

— Et ça a marché du premier coup ?

— Oui.

— Mais tu écris quoi exactement ?

— Des romances historiques.

Bérénice attendit le jugement qui manquait rarement de suivre quand elle annonçait ça, mais Aurélien se contenta de hocher la tête.

— Je n'en ai jamais lu.

— Pas grave, répondit-elle avec un sourire.

— Et tu arrives à en vivre ?

— Oui. Mais j'écris beaucoup et depuis cinq ans, je vis chez ma grand-mère, à qui je paye un loyer ultra-modéré. Mais je peux dire que je vis de ma plume, oui, ce qui est un luxe inouï.

— Je vois très bien ce que tu veux dire. Être indépendant et ne répondre à personne, j'en rêve.

— Ah bon ? Ce n'est pas ça au journal ?

— Non. Ce n'est pas ça du tout. Tout est dicté par les actionnaires. La marge de manœuvre des journalistes est ultra-limitée. En gros, je couvre ce qu'on me dit de couvrir et parfois on me dit même comment le faire. Ce n'était pas le cas quand je bossais dans la presse musicale, mais les temps changent et le métier aussi. Je suis déjà content d'avoir un job. Internet nous fait beaucoup de mal. Tout le monde est journaliste, tout le monde veut de l'info nouvelle en continu, personne ne prend de recul. Or, le taf d'un journaliste, normalement, c'est l'analyse. Mais pour ça, il faut prendre le temps et le temps, tout le monde s'en fout.

— Le temps est devenu un luxe.

— Exactement. Et ça me mine. J'ai l'impression de ne plus faire le boulot pour lequel je me suis engagé quand j'avais vingt ans. Ça fait vieux con de dire ça, hein ?

— Tu parles à une nana qui a lâché son job à cinq mille euros par mois pour écrire des histoires d'amour parce qu'elle en avait marre de ressembler à une hôtesse de l'air, alors…

Aurélien se mit à rire.

— J'aimerais bien faire autre chose, ou du moins faire ce métier autrement, revenir en arrière, mais j'ai bien peur que ce soit impossible. Et puis ma vie privée est un tel bordel en ce moment. Je ne peux pas tout faire.

Bérénice acquiesça. Elle avait envie de lui poser des questions plus personnelles mais elle n'osa pas.

Une alarme retentit.

— Ah, il faut que j'aille chercher Arthur à l'école. Tu remontes vers Bastille ?

La perspective de passer un peu plus de temps avec Aurélien n'était pas pour lui déplaire mais il avait l'air déjà ailleurs, pressé de récupérer son fils.

— Non, j'ai une course à faire dans le quartier, mentit-elle.

Ils sortirent du pub et furent aveuglés par la lumière.

— Bon, ben, à bientôt, fit Aurélien en se penchant pour lui faire la bise.

— À bientôt.

Bérénice le regarda s'éloigner vers le carrousel de la place Saint-Paul. Même s'il n'avait pas l'air de s'intéresser à elle plus que ça, elle était contente qu'il soit entré dans sa vie.

13

— Je ne comprends pas qu'il fasse aussi chaud.

Ariane agitait devant son visage un grand éventail noir peint à la main.

— On est début mai et se croirait en août. Ce n'est pas possible une chaleur pareille. Quand tu penses que certains voudraient nous faire croire que le réchauffement climatique est un complot des Illuminati...

Bérénice opina.

— Tu veux boire quelque chose ?

— Il doit y avoir de la bière au frigo. Et du rosé. Je suis faible, j'en ai acheté, alors que le rosé, comme chacun le sait, c'est un vin qu'on ne boit pas avant juillet normalement.

— Tant que tu n'as pas de rosé pamp', la taquina Bérénice.

— Ah ! non, je résiste. Le rosé pamp', ce n'est pas avant le 1er juillet, quoi qu'il arrive. Si on se met à boire du rosé pamp' en mai, c'est la révolution.

L'obsession de sa grand-mère pour les saisons amusait beaucoup Bérénice. En dehors de la consommation des huîtres pendant les mois en *r*, Ariane avait des idées très arrêtées sur le calendrier des fruits et des légumes, voire sur celui des alcools. Il y avait ceux d'hiver — les eaux-de-vie et les vins capiteux — et ceux d'été — les vins légers, le pastis et le rosé. Cette rigueur s'appliquait aussi à sa garde-robe : Bérénice venait de passer une heure à ranger les vêtements d'hiver de sa grand-mère dans des housses en plastique gain de place pour qu'elle puisse sortir sa garde-robe d'été. Celle de printemps n'avait servi à personne cette année.

Bérénice sortit une bouteille de rosé et la déboucha avec dextérité.

— Ça te dit qu'on aille au ciné ? demanda Ariane après avoir bu une gorgée de vin.

— Si tu veux. Voir quoi ?

— Je ne sais pas. J'ai oublié d'acheter le *Pariscope*. Regarde sur ton téléphone.

— Tu sais bien que je ne me sers pas d'Internet sur mon téléphone.

— Eh bien, prends le mien.

Bérénice acquiesça mais ne fit pas mine de bouger. Elle contemplait son verre, les yeux dans le vague.

— Qu'est-ce qui se passe, ma chérie ? finit par demander Ariane.

— Est-ce que tu as connu mon père ? lança-t-elle tout à trac.

Ça faisait plusieurs jours qu'elle tournait et retournait la question dans sa tête, incapable de se décider à la poser à sa mère. Après mûre réflexion, elle s'était dit que sa grand-mère avait peut-être des réponses à ses questions.

Ariane se figea et cessa brusquement d'agiter son éventail. Elle plongea ses prunelles vertes — le trait que partageaient toutes les femmes de la famille — dans celles de Bérénice, qui soutint son regard, le cœur battant.

— Oui, finit-elle par dire. Un peu.

Ce fut au tour de Bérénice de se figer. Elle eut l'impression que le temps s'arrêtait et que plus rien ne bougeait, ni les aiguilles de l'horloge de la cuisine, ni le voilage qu'agitait une brise très légère. Le réfrigérateur cessa de ronronner et les rires des enfants de la voisine qui jouaient dans l'allée s'interrompirent. Cela dura une fraction de seconde puis la vie reprit son cours normal.

— Est-ce que... est-ce que tu peux me parler de lui ?

— Je ne sais pas. Je pense qu'il vaudrait mieux que ce soit ta mère qui le fasse. C'est son histoire — et la tienne. Pas la mienne. J'ai vécu tout ça en spectatrice et il y a des choses que j'ignore.

Bérénice hocha la tête. Elle comprenait très bien l'attitude de sa grand-mère.

— Est-ce que tu peux au moins me dire comment il s'appelait ?

Ariane hésita une fraction de seconde.

— Gilles.

Bérénice eut l'impression de recevoir un uppercut dans le ventre. Le souffle lui manqua. Comment un simple prénom pouvait-il la mettre dans un tel état ? Ce n'était rien, un prénom, juste un assemblage de lettres. Mais non, elle se leurrait et elle le savait bien. Un prénom c'était bien plus que ça, c'était une personne qui prenait vie avant de prendre corps.

— Pourquoi tu me poses la question maintenant ?

— Je ne sais pas, répondit lentement Bérénice. Je crois que la bonne question serait plutôt : pourquoi je ne l'ai pas posée avant ? J'ai attendu trente-quatre ans…

— Ta mère m'avait donné des consignes au cas où tu m'aurais posé des questions quand tu étais petite. Mais je n'ai pas eu besoin de les appliquer. Tu n'as jamais rien demandé. Au début, je trouvais ça étrange. À partir du moment où tu as été scolarisée, je m'attendais à ce que ça survienne d'un instant à l'autre, un peu comme quand on sait qu'on doit subir une opération sans gravité mais désagréable. Mais non. Le fait que tes camarades de classe aient presque tous un père ne t'a jamais poussée à poser des questions. C'est vrai aussi que tu étais une enfant très solitaire. Vous viviez quasiment en autarcie Cassandre et toi.

Bérénice avait l'impression en écoutant sa grand-mère de visiter la vie de quelqu'un d'autre. C'était vrai qu'elle avait longtemps été introvertie. Elle avait du mal à aller vers les autres. Sa première véritable amie avait été Juliette, rencontrée en cinquième pendant un voyage scolaire en Angleterre. Elles s'étaient ensuite retrouvées dans la même classe de quatrième et ne s'étaient pas quittées depuis. Elle avait véritablement commencé à devenir plus sociable quand elle avait intégré les Mines. L'effet grande école poussait à frayer avec les autres. Elle ne s'était pas transformée brutalement en fêtarde très entourée mais elle avait peu à peu élargi son cercle de connaissances et s'était même fait quelques amis, qu'elle avait gardés par la suite. Mais la période dont parlait sa grand-mère lui paraissait très lointaine.

— C'était quoi les consignes de maman ?

— Ce que je viens de faire. Ne répondre à rien et te renvoyer à elle. Après t'avoir dit que oui, tu avais un papa comme tout le monde, mais pas tout à fait comme les autres.

— Bon. Je suppose que je dois donc aller affronter maman.

— Tu en parles comme si tu devais monter sur un ring. Ta mère attend que tu lui poses des questions depuis trente ans, tu sais. Je pense qu'elle sera soulagée d'en parler enfin.

— Vous évoquez le sujet, parfois ?

— Jamais. Tu sais ce que dit Chateaubriand : « Tant que le cœur conserve des souvenirs, l'esprit garde des illusions. » Ça a beau être un geignard insupportable, il a raison. Et je pense que ta mère a préféré ne jamais souffler sur les cendres de ses souvenirs.

*
* *

Bérénice frappa à la porte de sa mère en montant. Suite à la conversation avec sa grand-mère, elle lui avait envoyé un texto pour savoir si elle avait un client. Cassandre avait répondu par la négative.

— Entre, cria sa mère.

Bérénice la trouva au salon, le nez dans un gros dossier.

— Je suis en train de m'occuper de la paperasse. C'est une plaie. Sers-toi quelque chose à boire, fit-elle en levant le nez.

— Je viens de boire un verre de rosé chez Moune.

Cassandre jeta un coup d'œil à la montre qu'elle portait suspendue au cou comme les infirmières pendant la guerre.

— Déjà ? Mais il est à peine 17 heures.

— Tu sais très bien que pour Moune, il est toujours l'heure de l'apéro.

— Mmm, se contenta de répondre Cassandre.

Bérénice songea soudain qu'elle ne l'avait jamais entendue dire du mal de sa mère. Ni de personne, d'ailleurs. Quand elle voulait marquer sa désapprobation, Cassandre se contentait de garder le silence.

Bérénice s'assit en face d'elle.

— Je peux te parler ?

— Bien sûr, répondit-elle en repoussant le dossier. La compta attendra.

— Tu devrais prendre quelqu'un.

— Je finirai peut-être par le faire. De quoi tu voulais me parler ?

Bérénice contempla un instant sa mère, ses cheveux

courts bruns et bouclés, ses grands yeux verts dissimulés derrière sa gigantesque monture, son teint pâle : les femmes de la famille avaient davantage pris du côté irlandais de la grand-mère d'Ariane que du côté grec des Spyros. Malgré la chaleur, elle portait un cardigan vert oversize par-dessus une blouse jaune. Bérénice avait toujours trouvé sa mère attendrissante et pour la première fois, elle devina chez elle quelque chose de différent qu'elle était bien en peine de nommer.

Elle prit une profonde inspiration.

— Je voudrais savoir qui est mon père.

Cassandre blêmit et se raidit imperceptiblement. Un silence plana.

— Je vais avoir besoin de boire quelque chose, finit-elle par dire en se levant.

Bérénice s'attendait à ce qu'elle aille faire du thé mais elle ouvrit le placard qui contenait les bouteilles d'alcool et en sortit le whisky. Bérénice se mordit la lèvre pour ne pas lui rappeler qu'il était à peine 17 heures. L'heure n'était pas à la plaisanterie.

Cassandre revint avec la bouteille et deux verres, qu'elle remplit généreusement.

— Je finissais par croire que tu ne me poserais jamais cette question et que je n'aurais jamais à raconter cette histoire.

— Tu aurais préféré ?

— Non, répondit-elle en la regardant bien en face. Il faut que les choses soient dites. C'est mieux.

Bérénice but une gorgée de whisky et le goût tourbé de l'alcool envahit son palais.

— Qu'est-ce que tu veux savoir exactement ?

Bérénice réfléchit un instant.

— Tout. Absolument tout ce que tu voudras bien me révéler.

— D'accord.

Elle fit tourner le verre épais entre ses doigts, comme pour y puiser du courage ou de l'inspiration.

— J'ai rencontré ton père quand j'avais vingt ans. J'étais en DEUG de psycho et pour gagner de l'argent, j'avais trouvé un temps partiel comme secrétaire dans un cabinet médical. Je travaillais deux jours par semaine et un samedi sur deux. Ton père était un des généralistes du cabinet. Le plus jeune. Il avait trente ans. Il était belge. Il s'appelait Gilles.

Elle se tut un instant, perdue dans ses souvenirs. Bérénice était suspendue à ses lèvres. Elle n'osait pas respirer trop fort de peur de l'interrompre et de couper le fil de son récit.

— Au début, je ne lui adressais la parole que pour lui donner ses rendez-vous. Il n'y avait pas d'informatique à l'époque. J'inscrivais les rendez-vous dans de grands agendas à l'ancienne. Chaque médecin avait le sien. Tous les jours, je reportais les rendez-vous sur une feuille que je leur donnais quand ils arrivaient. C'était un assez gros cabinet, avec plusieurs généralistes, un kiné, un dentiste… Je rangeais aussi les dossiers des patients et je répondais au téléphone. Je n'avais pas vraiment le temps de chômer ni de discuter avec les médecins, pour qui de toute façon j'étais transparente. J'étais la secrétaire, point. Je pense qu'au bout de deux ans, certains ne connaissaient toujours pas mon prénom. Mais pas ton père, non. Lui, il était aimable et il avait toujours un mot personnel pour moi. Quand je travaillais le samedi, on avait plus de temps pour bavarder. Et puis un jour, il m'a invitée à dîner. Et on est sortis ensemble. Ça a duré quelques mois. On se voyait un à deux soirs par semaine. Parfois moins. Il avait beaucoup de travail, je jonglais entre mes études et mon job... J'étais très jeune. Je n'ai pas su décrypter les signes qui auraient dû m'alerter. Il ne m'a jamais donné son numéro de téléphone, par exemple. À l'époque, il n'y avait pas de portable, on échangeait les numéros de fixe : il avait le mien mais je n'avais pas le sien. Je ne suis jamais allée chez lui. Mais je ne me posais aucune question. J'acceptais tout sans réfléchir parce que j'étais très amoureuse de lui.

Elle but une gorgée de whisky. Son regard s'était fait lointain, comme si elle voyait défiler ses souvenirs dans son esprit.

— Et puis au bout de quelques mois, je suis tombée enceinte. Je prenais pourtant la pilule. Je ne l'ai jamais oubliée. Jamais. Quand je le lui ai annoncé, il s'est décomposé. Il m'a tout de suite demandé d'avorter. Je lui ai dit que j'y avais déjà réfléchi et que c'était hors de question. Je ne voulais pas subir un avortement, d'autant plus que je ne voyais pas où était le problème. On sortait ensemble depuis près de huit mois, on était amoureux, on pouvait bien avoir un enfant. Je pouvais terminer mes études avec un bébé, il avait un bon job... J'étais tellement naïve, fit-elle en secouant la tête. Il est entré dans une colère noire. Il m'a dit qu'on ne sortait pas ensemble mais que j'étais sa maîtresse. Qu'il était marié et qu'on se voyait les soirs où sa femme, qui était infirmière, était de garde de nuit à l'hôpital. Qu'il était hors de question que j'aie cet enfant et que si je le gardais, de toute façon, il ne le reconnaîtrait pas.

Bérénice était tétanisée. Elle n'avait pas eu de père pendant plus de trente ans et voilà que celui qu'elle se découvrait était un menteur et un manipulateur. Elle aurait presque préféré ne rien savoir.

— Je n'ai pas cédé, dit Cassandre en relevant le menton et en plongeant ses prunelles claires dans celles de sa fille. C'était mon corps, ma vie, ma fille. J'ai démissionné du cabinet médical et j'ai trouvé un emploi chez une fleuriste. J'ai raconté toute l'histoire à ta grand-mère, qui m'a soutenue sans poser de questions ni jamais remettre en cause mon choix. Tes grands-parents ont été exemplaires. Et ton père... ton père a disparu de ma vie.

Sa voix se brisa un peu.

Bérénice comprit soudain ce qu'était cette chose différente qu'elle avait perçue pour la première fois chez sa mère un peu plus tôt.

De la vulnérabilité.

Sa mère était une femme frêle caparaçonnée dans ses vêtements trop grands et qui dissimulait sa fragilité sous les couleurs criardes et l'encombrement de son appartement. Elle s'était réfugiée dans un monde rassurant qu'elle avait façonné de toutes pièces pour se tenir loin du chagrin.

— Est-ce que… est-ce que tu regrettes ? demanda Bérénice.

— Quoi donc ?

— De m'avoir gardée.

— Jamais, répondit Cassandre d'une voix claire et nette en la regardant droit dans les yeux. Je n'ai jamais regretté ma décision un seul jour de ma vie. Tu es la meilleure chose qui me soit arrivée. Je t'aime de manière inconditionnelle, Bérénice. Tu as rempli ma vie de lumière et de joie. N'en doute jamais.

Bérénice sentit les larmes lui monter aux yeux. Sa mère se leva, la rejoignit et la serra dans ses bras. Elle sentait la figue et le santal, odeurs qui pour Bérénice étaient à jamais associées aux bras rassurants de sa mère.

— Ne pleure pas, ma chérie, ne pleure pas.

— Je ne pleure pas, mentit Bérénice en reniflant. Je trouve juste que la vie est injuste.

— Elle l'est. Injuste. Terrible. Mais aussi excitante et magnifique. Et courte, ma chérie, terriblement courte. Nous n'avons pas de temps à perdre avec les regrets et les remords. La vie est ce qu'elle est. Et nous sommes ce que nous sommes.

— Est-ce que... est-ce que tu sais ce qu'il est devenu ?

— Non. Je n'ai pas cherché à le savoir. Mais si tu veux le retrouver, je te donne son nom.

Bérénice réfléchit un instant. Voulait-elle le retrouver ? Rien n'était moins sûr.

14

— Tu en fais une tête, constata Sandrine en voyant Bérénice s'asseoir au comptoir.

Le *Va comme j'te pousse* était désert en ce soir de semaine. Il y avait juste une femme entre deux âges en train de boire un verre tout en pianotant furieusement sur son smartphone.

— J'ai besoin d'un truc fort. Un whisky.

Puisqu'elle avait commencé au whisky, autant continuer sur sa lancée.

Sandrine lui jeta un regard curieux mais la servit sans rien dire. Elle remplit le verre presque jusqu'au bord.

— Bois. Je sais que tu ne conduis pas pour rentrer.

Bérénice sirota le liquide ambré. Elle avait l'impression d'être en train de noyer dans l'alcool un chagrin aux contours flous. Pourquoi les révélations de sa mère l'attristaient-elles à ce point ? Elle aurait dû s'en moquer, après tout. Toute cette histoire s'était passée il y avait près de trente-cinq ans et avait nettement plus affecté sa mère qu'elle. À moins qu'elle ne se leurre. « On ne grandit pas impunément sans père », avait-elle lu un jour dans un magazine féminin. Peut-être que parfois ces articles disaient vrai.

Elle avait appelé Juliette à peine sortie de chez Cassandre mais le portable de son amie était sur messagerie. C'est alors qu'elle avait décidé d'aller au café : la perspective de ruminer toute seule chez elle avec pour seule compagnie un perroquet trop bavard ne l'enchantait guère.

Le cours de ses réflexions fut interrompu par son téléphone.

Aurélien.

Elle était tellement perturbée que la vision de son prénom sur l'écran ne lui fit ni chaud ni froid.

— Allô ?

— Bonsoir, Bérénice. Arthur est chez mes parents. Du coup, je peux avoir une vraie soirée d'adulte et je me demandais si ça te dirait de prendre un verre.

— J'ai pris un peu d'avance, répondit Bérénice. Je suis au *Va comme j'te pousse*.

— Je peux te rejoindre ?

— Bien sûr.

Bérénice raccrocha, s'empara de son verre et descendit du tabouret sur lequel elle était juchée.

— Un ami me rejoint, expliqua-t-elle à Sandrine. Je vais m'installer au fond.

— Pas de problème.

Une dizaine de minutes plus tard, Aurélien fit son apparition. Il traversa la salle pour la rejoindre, un sourire au coin des lèvres, et Bérénice songea que, toute chamboulée qu'elle était, elle était contente de le voir.

Il lui fit la bise et s'assit en face d'elle. Sandrine surgit aussitôt.

— Tiens, mais c'est notre habitué du matin. Tu ne m'avais pas dit que vous vous connaissiez.

— Une longue histoire, répondit Aurélien. Je vais prendre une pinte.

— Ça marche.

Sandrine s'éloigna, non sans leur jeter un regard curieux par-dessus son épaule.

— Ça me fait plaisir de te voir, fit Bérénice.

Aurélien lui adressa un sourire en coin qui gagna ses yeux.

— Moi aussi. C'est la première fois depuis une éternité que je peux aller prendre un pot comme ça le soir.

— Comment va Arthur ?

— Si on considère qu'il a accepté d'aller dormir chez mes parents sans faire de crise et que, d'après les messages réguliers que m'envoie ma mère, tout se passe bien, je peux dire qu'il va bien. De là à penser qu'il va mieux…

Il se rembrunit.

— Parlons d'autre chose, veux-tu ? Tu viens souvent ici ?

— Tous les jours. Prendre un café, un verre, parfois le plat du jour. Leur tête de veau est fabuleuse. La meilleure de Paris.

— Je déteste la tête de veau. On dirait du vomi.

— Tsss, tu ne sais pas ce qui est bon. Leur bœuf bourguignon n'est pas mal non plus.

— Ah, voilà qui me parle davantage. Tu les connais bien, alors ?

— Oui. Ce sont trois sœurs, elles ont repris le bar de leur père qui est parti se dorer la pilule je ne sais plus où. À Majorque peut-être. Un endroit de ce genre.

Aurélien la considéra, surpris.

— Elles sont sœurs ? Elles ne se ressemblent pas du tout.

— Elles ont chacune une mère différente. Leur père a eu une vie assez rocambolesque. On pourrait en faire un roman.

Bérénice baissa les yeux sur son verre de whisky, dont le niveau avait fortement diminué.

— Tout va bien ? demanda Aurélien.

— Eh bien, je… j'ai eu une conversation assez perturbante avec ma mère.

Il la considéra un instant en silence.

— Tu n'es pas obligée de me raconter. Mais si tu en as envie, je suis là.

Elle réfléchit un instant. Une partie d'elle se disait qu'ils ne se connaissaient pas assez pour qu'elle lui fasse des confidences, mais l'autre songeait qu'elle pouvait lui faire confiance. Et puis, techniquement, ils se connaissaient depuis plus de quinze ans, non ? Elle décida de se jeter à l'eau.

— Je… j'ai grandi sans père. Ma mère m'a élevée toute seule. Ça ne m'a jamais posé de problème particulier. Certains ont des frères et sœurs, d'autres n'ont pas de grands-parents, moi je n'avais pas de père, c'était comme ça. Et puis récemment, le sujet a refait surface dans ma vie. D'abord comme ça, au détour d'une conversation. Et puis de manière plus insistante. Et j'ai compris que je ne pouvais plus faire l'économie d'une discussion avec ma mère, qu'il fallait que je lui pose toutes les questions que je ne lui avais pas posées quand j'étais enfant.

Elle s'interrompit un court instant.

— Le problème, reprit-elle, c'est que lorsqu'on pose des questions d'adulte, on obtient des réponses d'adulte.

Elle porta son verre à ses lèvres. Aurélien l'écoutait avec attention, le regard rivé au sien. Elle but une gorgée de whisky, puis une deuxième. Aurélien l'arrêta à la troisième en posant gentiment la main sur son bras.

— Je ne sais pas ce que tu as appris ce soir, mais ce verre de whisky ne mérite pas d'être maltraité de la sorte, fit-il en souriant.

Bérénice reposa son verre, un peu penaude.

— Qu'est-ce qui t'a chamboulée à ce point ?

— Je ne sais pas vraiment. Peut-être d'être obligée d'affronter la réalité. Tant que je ne posais pas de questions, je pouvais me mentir. Imaginer que cet homme avait eu de bonnes raisons de disparaître de la vie de ma mère et de ne pas faire partie de la mienne.

— A-t-on jamais de bonnes raisons d'abandonner un enfant ?

— Je suppose que non. Sauf si on meurt. Ou qu'on est un espion russe, répondit-elle avec un petit rire. Tout ça est très enfantin, n'est-ce pas ? Je suppose que c'est pour ça que je ne voulais pas savoir.

— Et la réalité, alors ? C'est quoi ?

— Une banale histoire d'adultère.

— Aucune histoire n'est banale, affirma Aurélien en buvant une gorgée de bière. Ça a dû être dur de grandir sans père.

— Ben justement, non. J'ai une mère géniale. Compréhensive, attentionnée, drôle, disponible. Ne pas avoir de père ne m'a pas manqué. Enfin, du moins, je le pensais. Ce n'est que maintenant que je me rends compte qu'il y a un truc qui cloche chez moi et que ça vient peut-être de là.

— Qu'est-ce qui cloche ?

— Eh bien, disons que ma vie sentimentale n'a jamais été au beau fixe. Je n'ai pas de père et je n'arrive pas à avoir de mec. Ou plutôt, je ne veux pas de mec. Je suis un cliché, non ?

Aurélien haussa les épaules.

— Avoir une vie sentimentale chaotique, c'est un peu le lot de tout le monde, non ? Quelles qu'en soient les raisons. Il n'y a que dans les téléfilms que M6 passe à Noël que les histoires d'amour sont faciles.

Bérénice se mit à rire.

— Tu n'as pas tort.

— Je peux te poser une question ?

— Mmm.

— Pourquoi est-ce que cette histoire te bouleverse autant ? Puisque grandir sans père n'a pas été spécialement difficile pour toi ?

— C'est une bonne question. Je crois que ce qui me déstabilise le plus, c'est de découvrir que ma mère a souffert. Dans mon esprit c'était comme si le binôme qu'on forme depuis trente-quatre ans était l'alpha et l'oméga. Comme s'il n'y avait rien eu pour elle avant. Or, si, il y a eu une histoire difficile. Je n'avais jamais, même en rêve, incarné cet homme. Pour moi, il n'existait pas, point. On m'aurait dit que ma mère était l'Immaculée Conception, je l'aurais cru. Et voilà, maintenant qu'il a un nom, qu'il a pris corps pour moi. Je ne peux plus faire l'autruche. Je suis obligée de me dire que je partage une partie de son code génétique. J'ai peur que ça remette plein de choses en question dans ma vie. Tu vas voir que je vais commencer à me demander si mon goût pour la choucroute, que je suis la seule à aimer dans la famille, vient de lui.

— Tu devrais peut-être le retrouver et le rencontrer, suggéra Aurélien. Justement pour éviter ce genre de fantasme. Tu pourrais alors découvrir que ton goût pour la choucroute ne vient que de toi, ce qui, franchement, quand on sait à quel point ce plat est dégueulasse, ne m'étonnerait pas !

Bérénice ne put s'empêcher de rire.

— Tu n'aimes pas la tête de veau, tu n'aimes pas la choucroute... Es-tu vraiment fréquentable ?

Aurélien se contenta de sourire, de ce sourire légèrement de travers qui faisait battre le cœur de Bérénice un tout petit peu plus vite.

— Tu crois vraiment que je devrais le chercher ? poursuivit-elle. Je n'ai que son nom.

— Je crois qu'on ne gagne rien à vivre dans les hypothèses et les doutes. Quelles que soient les raisons pour lesquelles il ne t'a pas reconnue, tu as le droit d'avoir sa version des faits et de savoir qui il est. Même s'il ne t'a jamais manqué en tant que personne, juste en tant que figure, il est la pièce manquante d'un puzzle qui mérite d'être achevé. Et je peux t'aider à le retrouver si tu veux.

Bérénice demeura un instant silencieuse.

— Tu as tes deux parents, toi ? finit-elle par demander.

— Oh ! oui. Deux parents bien présents, un frère plus jeune, une enfance de gosse de riches dans un arrondissement qui vote à droite. Ma mère n'a jamais travaillé, elle bridgeait le week-end, mon père bossait comme un dingue et jouait au golf le dimanche après la messe. Tu vois, moi aussi je suis un cliché.

Il dit ça sur un ton un peu amer que Bérénice n'eut pas le temps de relever.

— Qu'est-ce que tu vas faire, alors ?

— Tu veux dire, à part terminer ce verre de whisky ?

— Tu l'as déjà fini.

— À part en recommander un autre ?

— C'est déjà fait. J'ai fait signe à la serveuse.

— Tu es un homme plein de ressources.

Aurélien se mit à rire.

— Commander à boire discrètement fait partie de mon Top 3 de talents cachés.

— Ah oui ? Et quels sont les deux autres ?

— J'imite très bien l'otarie.

Bérénice pouffa.

— Je ne te crois pas.

— Femme de peu de foi. Regarde.

Aurélien se redressa, leva le nez et se mit à pousser des *oink-oink* tonitruants tout en battant des mains. Le groupe qui s'était installé non loin leur jeta des regards réprobateurs. Bérénice éclata de rire. Voir un homme adulte, plutôt beau gosse, faire l'otarie dans un bar sans se soucier du regard des autres était à la fois drôle, touchant… et curieusement sexy.

— Alors, convaincue ?

— Complètement. Et ton talent numéro 3 ?

— J'ai gagné trois fois d'affilée le concours de mangeurs de hot-dogs de la charmante bourgade d'Annay-sur-Serein, dans l'Yonne.

— Il y a beaucoup de mots étranges dans cette phrase. Je vais m'arrêter sur le plus étonnant. Un concours de mangeurs de hot-dogs ? Mais pourquoi ?

— Pour la beauté du geste. Enfourner une saucisse molle dans un pain sans saveur le plus vite possible, crois-moi, il y a une espèce de poésie dans ce geste, c'est limite un happening artistique.

Bérénice riait tellement que les larmes lui montèrent aux yeux.

— Et les artistes ont combien de temps pour exposer leur art à la face du monde ? Enfin, du monde… Il y a combien d'habitants à, où ça, déjà ? Annay-sur-Bidule.

— Annay-sur-Serein. Deux cent trente-neuf habitants au dernier recensement. Mais le concours attire des gens de tout le coin. Du coup la population double. Et on a dix minutes.

— Et donc, en dix minutes, tu en manges combien ?

— 22 la première fois, 25 les deux fois suivantes.

— Eh bien, félicitations. C'est… c'est…, je cherche le bon mot, mais bizarrement, il m'échappe.

— Le mot que tu cherches est « génial », répondit-il, les yeux pétillants. Et très utile. Quand les femmes apprennent que j'ai trois médailles de meilleur mangeur de hot-dogs d'Annay-sur-Serein, elles tombent toutes comme des mouches.

— Ça aussi, c'est interpellant. Comment diable t'es-tu retrouvé à Annay-sur-Serein ?

— C'est une longue histoire. Et moins intéressante que mon interprétation de l'otarie. Je fais aussi une excellente imitation de l'éléphant en rut, si ça t'intéresse. Mais attention, uniquement l'éléphant d'Asie.

Le reste de la soirée passa comme un charme.

Lorsqu'ils finirent par quitter le bar aux alentours de minuit, Bérénice était ivre, mais légère. Aurélien la raccompagna jusque devant chez elle.

— J'ai passé une excellente soirée. Merci, fit Bérénice.

— Plaisir partagé. Attends, je vais taper ton code, fit-il en voyant qu'elle s'y reprenait à deux fois.

La porte cochère s'ouvrit dans un cliquetis. Aurélien se pencha pour lui faire la bise et Bérénice eut l'impression que ses lèvres s'attardaient un peu plus que nécessaire. Lorsque la lourde porte claqua derrière elle, il n'avait pas bougé.

15

Le réveil fut difficile le lendemain matin. Bérénice prétexta la gueule de bois pour ne surtout pas réfléchir à son père. Elle commença par avaler deux comprimés d'ibuprofène et trois bols de café, prit une douche, gronda son orchidée blanche, qui, au contraire de ses congénères colorées, ne voulait pas fleurir et nettoya la cage du Capitaine Haddock.

Elle était en train de se demander si elle devait enfermer son orchidée dans un placard pour la punir de ne pas fleurir — elle avait lu dans un magazine que cette méthode pour le moins peu orthodoxe donnait des résultats d'enfer — lorsque son téléphone sonna.

— Désolée, ma biche, mais j'avais égaré mon portable. Je l'ai cherché partout et j'ai fini par le trouver dans le lave-vaisselle. Si cette enfant ne se met pas à faire ses nuits, je vais finir par foutre le feu à l'appart.

— Aucun problème. Je t'appelais juste pour te dire que j'ai posé des questions à maman et que je sais qui est mon père.

— Ne m'en dis pas plus. Tu es chez toi ?

— Oui. Je suis en train d'avoir une discussion très sérieuse avec mon orchidée blanche.

— Euh… tu es sûre que c'est toi au bout du fil et pas ta mère ?

— Oh ! ça va, hein. Moi au moins je ne mets pas mon téléphone dans le lave-vaisselle.

— Tu as raison. Un partout, la balle au centre. J'arrive. Cette conversation mérite d'être tenue de vive voix. Fais du thé. Et un truc normal, pas une cochonnerie de ta mère !

Un quart d'heure plus tard, quand Juliette sonna, le thé achevait d'infuser et après mûre réflexion, l'orchidée avait été envoyée au placard.

— Bonjourrrrr ! Bonjourrrrr ! brailla le perroquet lorsque Juliette pénétra dans le salon, Valentine endormie dans le porte-bébé contre son ventre.

— Bonjour, sale bête. Et arrête de crier comme ça, tu vas réveiller l'enfant terrible.

— Parrrrdon ! Parrrrdon ! fit l'animal en gonflant le jabot.

— Je suis en train d'avoir une conversation avec un oiseau, constata Juliette sur un ton atterré. Juste après toi qui parles à tes plantes. Cet appartement est maraboutė, ce n'est pas possible.

Bérénice haussa les épaules.

— Tu t'arrêtes à des détails.

— Bon, et si tu me racontais ?

Bérénice s'exécuta et rapporta à Juliette l'intégralité de la conversation qu'elle avait eue avec sa mère. Elle lui rapporta aussi la soirée avec Aurélien et la proposition qu'il lui avait faite de l'aider à retrouver son père. Juliette l'écouta sans l'interrompre. Elle avait trouvé une position confortable sans ôter Valentine du porte-bébé, rencognée dans un angle du canapé.

— Bon, fit Bérénice une fois qu'elle eut terminé. D'après toi ? Est-ce que je dois chercher mon père ?

— Oui.

— Pour quoi faire ?

— Pour avoir sa version de l'histoire. Ne va pas t'imaginer que je ne crois pas ta mère. Mais tu sais très bien qu'il y a toujours deux versions dans une histoire et que...

— La vérrrité est ailleurrrrs ! glapit le Capitaine Haddock, les prenant toutes deux par surprise.

— Cet oiseau me flippe vraiment, commenta Juliette, la main sur le cœur. Tu devrais t'en débarrasser. En faire un ragoût.

— Tu es cruelle. Et je ne vois pas en quoi il est flippant.

— Il me répond quand je lui parle, il finit mes phrases et tu trouves ça normal, peut-être ?

— J'ai arrêté de m'interroger sur la normalité de ce perroquet depuis longtemps. Je finis par penser qu'en mourant, une partie de l'âme de ma tante a migré dans son corps.

— Tu plaisantes, n'est-ce pas ? Dis-moi que c'était une blague, je ferai semblant d'en rire et je ne serai pas obligée d'appeler Sainte-Anne.

— Bien sûr que je plaisante. Il n'empêche qu'on est quand même en droit de se poser la question.

— Je préfère considérer que cette conversation n'a pas eu lieu. Tu es quasiment la seule amie qui me reste, je ne veux pas te perdre et passer toute ma vie avec un bébé qui pleure.

— Elle ne pleurera pas toute sa vie. Elle va grandir.

— On ne sait jamais. Je pourrais me retrouver coincée éternellement dans la même journée, comme dans *Un jour sans fin*, tu sais, le film avec la marmotte.

— Et à part ça, c'est moi qu'on devrait enfermer ? C'est vraiment le roquefort qui dit au camembert : « Tu pues. »

— Attends, j'ai lu sur un forum de mamans que la fille de l'une d'entre elles a fait ses nuits à six ans. Six ans ! Tu te rends compte ? C'est dans une éternité ! En six ans, on change de président de la République, trois fois de coiffure, on peut prendre ou perdre vingt kilos, divorcer deux fois, trouver enfin un job... Six ans, c'est une vie ! C'est...

— Calme-toi. Tu hyperventiles, là. Tu veux un sac en papier ?

— Je veux surtout retrouver ma vie ! Je veux être de nouveau mince et fraîche, aller au cinéma, prendre un billet pour Rome au dernier moment, faire l'amour avec mon mari, dormir le dimanche matin, ne pas vérifier dix fois par jour si je n'ai pas une tache de vomi sur la manche ou les seins qui coulent, et ne pas être obligée de souffler dans un éthylotest chaque fois que je croise la concierge.

Bérénice lui lança un regard désemparé.

— Hein ?

— C'est une manière de parler. Elle croit tout le temps que je suis bourrée alors qu'en fait je suis ivre de fatigue.

— Bon. Il faut trouver une solution. Et d'abord tu dois arrêter de traîner sur les forums. Je te l'ai déjà dit.

— Excuse-moi mais voir que d'autres souffrent autant que moi, voire davantage, ça me fait un bien fou. C'est cathartique.

— Je pense au contraire que c'est anxiogène, mais bon. Ça en est où la place en crèche ?

Juliette la regarda comme si elle avait proféré une énormité.

— Tu crois vraiment que je vais avoir une place en crèche ? Je ne travaille pas et les crèches du quartier sont pleines. Valentine a été refusée partout et je suis huitième sur liste d'attente dans une crèche à l'autre bout de l'arrondissement. C'est un cauchemar. On m'avait prévenue que la garde à Paris c'était un enfer, mais je n'avais pas mesuré à quel point. Parlons plutôt de ton père, veux-tu ? Sinon, je vais faire une crise d'angoisse et je ne peux pas prendre de Lexomil, j'allaite.

Bérénice fit tourner sa tasse entre ses mains.

— Je suis terrorisée à l'idée de le retrouver, je crois.

— Tu l'as googlé ?

— Non.

— Non ? Mais pourquoi ? C'est la première chose que j'aurais faite à ta place.

— Je ne sais pas. J'ai peur, je crois. Je ne suis pas certaine de vouloir savoir. Mais en même temps, j'en meurs d'envie.

— Fais-le. Avec moi, ce sera plus facile.

Bérénice lui jeta un regard incertain puis se leva pour aller chercher son ordinateur portable sur son bureau.

Elle se rassit à côté de Juliette.

— Tu crois que c'est une bonne idée ?

— B., ma chérie, tant que tu ne l'auras pas fait, tu vas ruminer. Il faut que tu résolves cette histoire pour avancer.

— Oui. Tu as raison. OK.

Elle ouvrit l'ordinateur et tapa « Gilles Mertens » dans la barre de recherche. Juliette se pencha pour regarder l'écran par-dessus son épaule.

Au bout de vingt minutes de recherches, elles n'étaient pas plus avancées. Il y avait bien quelques Gilles Mertens en France mais aucun n'avait l'âge et la profession requis. Cassandre ayant précisé qu'il était belge, Bérénice étendit la recherche à la Belgique, mais là surgit le problème inverse : la liste des Gilles Mertens était longue comme un jour sans pain.

— On ne va pas y arriver, fit Bérénice.

Elle constata à sa grande surprise qu'elle était déçue.

— Tu ne m'as pas dit qu'Aurélien t'avait proposé de l'aide ?

— Si. Mais que pourrait-il faire d'autre ?

— Il est journaliste. Il doit savoir où chercher les infos. Et il connaît peut-être des gens qui connaissent des gens, etc.

— Je vais lui demander.

— Et d'ailleurs, tu en es où avec lui ?

— Comment ça ?

— Oh ! ça va, arrête de jouer les idiotes. Ce mec te fait palpiter depuis des années.

— Eh bien..., commença Bérénice. C'est très étrange, mais plus je le connais, plus je l'apprécie vraiment et moins je frémis comme une adolescente en le voyant.

— Certainement parce que tu n'en es plus une. Je n'ai jamais cru à ces histoires de papillons dans le ventre.

— Toi non plus ? Tu parles comme ma grand-mère.

— Qui est certainement la femme la plus sensée de cette famille de fous. Elle ne discuterait pas avec son orchidée, elle. Elle est où, d'ailleurs, ton orchidée blanche ? fit-elle en regardant autour d'elle.

— Dans le placard, marmonna Bérénice en détournant le visage.

— Où ça ?

— Dans le placarrrrrd ! répéta le perroquet.

Juliette se figea, interloquée.

— Je… je ne veux pas savoir. Mais je me demande quand même pourquoi c'est toi que le destin a mise sur mon chemin et pas une amie normale.

— Le karma est une chienne, répondit Bérénice. Tu as dû faire des trucs inavouables dans une vie antérieure. Genre manger des bébés pandas. Et maintenant tu le payes.

Comme pour lui donner raison, Valentine ouvrit un œil et se mit à pleurer.

— Nourris-la et puis on ira se balader, tiens, ça m'occupera.

— Profites-en pour envoyer un texto à Aurélien, ordonna Juliette en dégrafant le porte-bébé. Il est temps de régler cette histoire une bonne fois pour toutes.

16

— Je ne sais pas si c'est une bonne idée, répéta Bérénice pour la troisième fois en attachant sa ceinture.

— Tu es sûre que tu ne veux pas que je conduise ? demanda Aurélien, pour la troisième fois lui aussi. Tu ne m'as pas l'air vraiment dans ton assiette.

— Je vais très bien. Je suis hyper calme, rétorqua Bérénice en tentant maladroitement de régler le siège. Mais pourquoi est-ce que Juliette est aussi grande, bordel ?

Aurélien lui jeta un regard qui en disait long.

— Quoi ?

— Tu m'as l'air en effet très calme. Et pour info, la molette pour rapprocher le siège est de l'autre côté.

Bérénice soupira et posa les deux mains à plat sur le volant.

— OK. Tu as gagné. Tu peux conduire.

— Pour tout te dire, ça me rassure. J'avais peur que tu emboutisses la voiture avant même de quitter le garage, fit-il en descendant.

Il contourna le véhicule et Bérénice descendit à son tour. Elle se glissa à la place du passager, attacha sa ceinture et regarda Aurélien régler rapidement siège et rétroviseur avant de démarrer.

— Je ne sais pas si c'est une bonne idée.

— Tu l'as déjà dit. Et je croyais que tu avais pris ta décision.

— Oui. Non. Peut-être. Je ne sais pas.

Les quinze jours qui venaient de s'écouler avaient été riches d'atermoiements. Aurélien avait demandé à un ami détective privé qui lui devait un service de retrouver Gilles Mertens, et ce dernier avait remonté sa trace en deux coups de cuillère à pot : l'ancien médecin généraliste avait pris sa retraite dans un petit hameau non loin de Pornichet. Bérénice avait passé des jours et des jours à se demander si elle devait le contacter, si elle devait aller le voir, si ça valait vraiment la peine de lui parler. Et s'il refusait de la voir ? Et s'il avait même oublié qu'il avait une fille quelque part ? Et si... ?

Après de nombreux brainstormings avec Juliette, puis Aurélien, puis Cassandre, qui tentait d'observer une neutralité qui mettait Bérénice à rude épreuve, elle avait décidé de se rendre chez Gilles mais sans le prévenir de son arrivée. Aurélien ne trouvait pas l'idée brillante. Il avait essayé de la convaincre de téléphoner, mais Bérénice s'y était refusé avec obstination.

— Si je l'appelle, il pourra refuser de me voir.

— Mais s'il n'est pas là ?

— On ira manger des huîtres sur le front de mer.

— Tu vas le prendre par surprise et ça ne tournera peut-être pas à ton avantage.

— M'en fiche, avait-elle répondu, butée, le nez dans son café.

Ils avaient passé pas mal de temps ensemble ces derniers jours. Bérénice se levait parfois plus tôt pour prendre un café avec lui avant qu'il parte au boulot. Elle aimait ce tacite rendez-vous matinal. Nathalie, qui assurait le service du matin cette semaine, les regardait sans faire de commentaires mais Bérénice était certaine qu'elle n'en pensait pas moins. Elle avait pourtant l'impression d'être en train de se faire un ami en tout bien tout honneur. Aurélien n'avait jamais une parole ou un geste qui aurait pu lui donner à penser qu'il imaginait autre chose qu'une amitié entre eux et elle trouvait ça à la fois un peu frustrant et étrangement satisfaisant. Il avait l'air de l'apprécier pour sa conversation, ce qui ne lui était pas arrivé depuis des années. Il était intelligent, curieux et cultivé, et elle avait avec lui des discussions différentes de celles qu'elle tenait avec Juliette. Elle s'était soudain rendu compte qu'elle n'avait pas d'ami homme et qu'elle n'en avait jamais eu. Même Rodolphe, avec qui elle était sortie pendant trois ans, n'avait jamais été son ami. C'était une sensation nouvelle et agréable.

De discussions en doutes, Bérénice avait fini par se décider. Aurélien avait insisté pour l'accompagner et la date avait été choisie en fonction de son emploi du temps et de celui de sa mère, qui avait emmené Arthur en week-end pour l'Ascension, comme convenu. Bérénice avait revu l'enfant deux fois pendant ces quinze derniers jours et elle avait l'impression qu'il allait mieux. Il était plus souriant et il avait commencé à communiquer avec elle par des petits mots qu'elle gardait au fond de son sac à main.

La voix d'Aurélien tira Bérénice de ses réflexions.

— On y va ou pas ?

Elle tressaillit et le regarda. Il avait mis le contact mais n'avait pas bougé. Elle plongea son regard vert dans ses prunelles claires et prit une profonde inspiration.

— On y va.

— Juliette a vraiment des goûts de chiotte en matière de musique, commenta Bérénice en farfouillant dans la boîte à gants. Non mais, qui écoute Michel Sardou de nos jours ? Oh mon Dieu, fit-elle en sortant un CD.

— Quoi donc ?

— Elle a gardé le premier album des Spice Girls ! Il faut écouter ça.

— Ou pas ! s'alarma Aurélien. N'étant pas une jeune fille prépubère en 1998, je refuse d'écouter ça.

— Oh ! allez, sois bon joueur. C'est ça ou le best of de Demis Roussos.

— Et tu es sûre que cette femme est ton amie ?

Tu devrais arrêter de la fréquenter. Quiconque a de tels goûts musicaux est potentiellement dangereux. Et ne t'avise pas de mettre ce CD dans le lecteur ! la prévint-il en tendant la main vers elle.

— Trop tard !

Bérénice appuya d'un geste triomphal sur le bouton « play » et les premières mesures de *Wannabe* emplirent l'habitacle.

— Je vais mourir avant la fin de ce trajet, gémit Aurélien.

— Ne me dis pas que tu n'as jamais écouté les Spice Girls.

— Jamais. Je pense que j'ai toujours été trop poilu pour être leur cœur de cible.

— Les Spice Girls, ça a été toute mon adolescence. Avec Juliette on achetait tous les singles, tous les albums, on les a vues en concert chaque fois qu'elles venaient à Paris. On avait chacune notre préférée, celle à qui on voulait ressembler.

— Laisse-moi deviner. Toi, c'était Geri Halliwell.

— Pourquoi ? Parce qu'elle est rousse ?

— Tu lui ressembles un peu, je trouve.

— Ah bon ? De loin par temps de brouillard, non ?

— Non, il y a quelque chose, les cheveux, les yeux clairs, l'air mutin…

Aurélien détourna un instant les yeux de la route pour la dévisager.

— Non, sérieusement, maintenant que j'y pense, je trouve que c'est assez évident.

— Eh bien, quand j'étais ado, j'aurais donné ma collection entière de romances de Nora Roberts pour ressembler à Victoria, qui ne s'appelait pas encore Beckham à l'époque.

— Bof. Elle n'est pas sexy du tout. On dirait la reine des glaces.

— On n'a pas forcément bon goût quand on a dix-sept ans, répliqua Bérénice en haussant les épaules. Et toi, tu écoutais quoi quand tu étais ado ?

— La même chose que maintenant. Du jazz. Du rock. Mais surtout du jazz. Le grand amour de ma vie. Le seul qui résiste au temps, ajouta-t-il.

Bérénice lui jeta un coup d'œil à la dérobée. Ils avaient beau avoir passé du temps ensemble ces dernières semaines, elle n'avait toujours pas osé lui poser de questions sur sa femme, ou plutôt son ex-femme. Elle était aussi absente de son discours qu'elle l'était de sa vie.

— C'est étrange, tu ne trouves pas, la façon dont les gens passent dans nos vies, alors que les choses restent ? poursuivit-il sans lui laisser le temps de répondre. Je veux dire par là que si on aime le bleu par exemple, ou David Bowie, il y a peu de chances pour que ça nous passe. Alors que les gens dont on tombe amoureux, eh bien, dans la plupart des cas, on les désaime.

— Je ne sais pas, je n'ai jamais été amoureuse.

Aurélien lui lança un regard surpris.

— Jamais ?

— Jamais. Il doit y avoir un truc qui cloche chez

moi. Je suis peut-être mal configurée, va savoir. J'ai réussi à sortir pendant trois ans — mon record, jamais réitéré — avec un homme que je n'aimais pas. C'est peut-être pour ça que mon idole était Victoria Beckham. La reine des glaces, c'est moi.

— Je ne te trouve pas reine des glaces. Du tout.

— Mais tu as certainement raison, enchaîna Bérénice qui, pour une raison qu'elle ne s'expliquait pas, n'avait pas envie de s'engager sur ce terrain-là. Les histoires d'amour finissent mal, en général.

Un silence s'installa, seulement rompu par les rengaines des Spice Girls.

— Je peux te demander quelque chose ? finit par dire Bérénice.

— Dis toujours. Je me réserve le droit de ne pas répondre.

Mais son sourire contredisait ses propos.

— Qu'est-ce qu'il s'est passé avec ta femme ? Quand je t'ai vu en dédicace en 2009, vous aviez l'air très amoureux. Très très amoureux, même. Du genre un peu dégoulinant gênant, si tu vois ce que je veux dire. Tu n'es pas obligé de répondre, ajouta-t-elle précipitamment.

Il garda le silence un instant et elle eut soudain peur qu'il lui en veuille d'avoir mis le sujet sur le tapis.

— J'ai rencontré Sabine en 2008, finit-il par dire sans quitter la route des yeux.

Sabine. Je ne connaissais même pas son prénom.

— Dans une soirée, le truc banal. J'ai eu un coup

de foudre pour elle et je crois que c'était réciproque. Même si j'ai compris bien plus tard que les raisons qui nous poussent à aimer quelqu'un ne sont jamais très claires. Je pense, avec le recul, qu'il y a eu un malentendu dès le départ entre nous. Je voulais l'épouser et fonder une famille, je ne m'en étais pas caché. Elle a suivi le mouvement mais je pense qu'au fond, ce n'était pas ce qu'elle voulait. Elle n'a pas osé ou elle n'a pas su me le dire, ou elle a préféré me faire plaisir par facilité, par lâcheté, que sais-je. Les motivations des gens nous échappent toujours. On a beau vivre avec quelqu'un et l'aimer du plus profond de son âme, on ne sait pas à quoi il rêve dans le secret de son cœur.

Bérénice hocha la tête. Sa mère avait porté le secret de sa naissance pendant trente-quatre ans. Et sa grand-mère, pardonné ses frasques à son mari pendant des décennies. Nul ne savait ce qui se dissimulait derrière les portes fermées.

— Toujours est-il qu'elle est vite tombée enceinte et que nous nous sommes mariés. J'étais le plus heureux des hommes, et je pensais vraiment que la vie était facile. J'avais toujours eu tout ce que je voulais. Études, boulot, les filles, puis Sabine… Rien ne m'avait jamais résisté. Je n'avais pas fait l'expérience de la douleur.

L'expérience de la douleur. Bérénice songea qu'elle aussi ignorait ce dont il s'agissait. Elle avait bien fait en sorte de ne jamais éprouver le moindre chagrin. Elle avait ressenti une véritable souffrance à la mort de son grand-père mais elle avait l'impression que c'était un chagrin naturel et inévitable. Si elle avait un grand-père, ce n'était pas de son fait. Il était là, point. En revanche, elle était responsable du fait de tomber amoureuse et de se retrouver éventuellement en position de se faire larguer et donc de souffrir. Ce qu'elle avait toujours soigneusement évité.

— L'attitude de Sabine a changé peu après la naissance d'Arthur, poursuivit Aurélien d'une voix plus basse. Elle ne voulait pas s'en occuper ; elle prétendait qu'elle ne savait pas s'y prendre et qu'il ne l'aimait pas. Elle pleurait beaucoup. Elle a perdu beaucoup de poids. Elle dormait tout le temps. Quand j'ai fini par comprendre qu'elle faisait une dépression post-partum, Arthur avait déjà sept mois. Sept mois d'enfer pour nous tous mais surtout pour Sabine. Je... je n'ai pas été à la hauteur.

Sa voix se brisa. Bérénice posa spontanément la main sur la sienne et la pressa brièvement.

— Je ne sais pas si les choses auraient été différentes si j'avais réagi plus tôt. Peut-être pas. Sabine a entamé une thérapie et j'ai essayé de l'épauler du mieux possible. Elle a formé un lien avec Arthur, mais étrangement, notre relation s'est transformée. Elle s'est éloignée de moi. Comme si elle me tenait pour responsable. Parce que c'était moi qui voulais vraiment un enfant, pas elle. Ou parce que je n'avais pas su l'épauler comme il fallait. Je ne sais pas.

— Elle avait vraiment dit qu'elle ne voulait pas d'enfant ?

— Pas en des termes aussi précis. Elle disait qu'elle ne se sentait pas forcément prête, qu'on devrait peut-être attendre un peu. J'avais dit : « OK, pas de pression. » Et puis un matin, elle m'a annoncé qu'elle était enceinte.

Il s'interrompit un instant, comme s'il revivait la scène, près de huit ans plus tôt.

— Elle n'avait pas l'air enchantée plus que ça, reprit-il, mais sur le coup, j'ai mis ça sur le compte de la surprise. Elle a fini par guérir de sa dépression mais entre nous, plus rien n'a jamais été comme avant. Je... je la sentais glisser loin de moi, de manière inexorable et c'était affreux, vraiment affreux.

Il déglutit, le regard toujours rivé sur la route.

— J'ai essayé de la rattraper de toutes les façons possibles, par des attentions, des discussions, j'ai même proposé qu'on entame une thérapie de couple, mais rien n'a suffi. Je n'ai pas suffi, constata-t-il sur un ton plus bas. Notre vie sexuelle s'est délitée puis est devenue inexistante. Elle a commencé à me tromper.

Un silence. Bérénice était suspendue à son récit, à la fois touchée qu'il lui fasse des confidences aussi intimes et peinée pour lui. Il finit par reprendre, d'une voix rauque, comme si les mots lui faisaient mal :

— Je l'ai accepté comme une punition que j'aurais

méritée. Je la devinais dans les bras d'un autre et je me disais que c'était mon châtiment pour ce que je lui avais infligé. Jusqu'au jour où j'en ai eu assez. Je lui ai dit que je ne supportais plus la vie absurde que nous menions. À quoi bon rester ensemble quand on ne partage même plus les repas ? Elle m'a regardé froidement et m'a dit : « Si c'est ce que tu veux. » Puis elle a pris son sac et son manteau et elle est partie. Elle a quitté notre vie en trois secondes. Trois secondes… Mais en réalité, dans sa tête, elle était partie depuis longtemps.

— Mais… et Arthur ?

Ce que Bérénice vit à cet instant dans ses yeux la foudroya. De la peine à l'état pur.

— Elle n'a jamais voulu la garde. Elle m'a dit il y a environ trois mois de ça, quand elle est enfin venue chercher ses affaires dans notre ancien appartement, qu'elle n'avait jamais voulu d'enfant et qu'elle me le laissait donc puisque j'y tenais tant.

Bérénice était abasourdie. Pouvait-on vraiment abandonner son enfant ? Puis elle se souvint du but de leur voyage et elle ravala son indignation. Oui, on le pouvait, la preuve. L'amour maternel ou paternel n'était pas livré avec la naissance de l'enfant.

— Je suis désolée.

Aurélien hocha la tête en silence. Bérénice tourna le visage vers la vitre. Ils étaient toujours sur l'autoroute qui menait à Nantes et le paysage défilait, monotone. Une pensée lui vint soudain.

— Arthur était là quand sa mère a dit ça ?

— Non. On essayait de faire gaffe, de ne pas nous disputer devant lui. Pourquoi tu me demandes ça ?

Bérénice ne répondit pas. Elle n'était pas psy. Mais un enfant qui s'arrêtait de parler juste au moment où sa mère criait à son père qu'elle ne voulait pas de lui, il y avait toutes les chances du monde pour que ce soit lié.

Il garda le silence un instant puis lui jeta un regard intrigué.

— En fait j'en sais rien. C'était un soir tard, il devait être couché.

Bérénice devina qu'il essayait de se rappeler les détails de la scène.

— On était dans la cuisine tous les deux. Je me rappelle qu'on essayait de chuchoter pour ne pas le réveiller... mais c'est vrai qu'il aurait très bien pu se relever pour faire pipi sans qu'on s'en rende compte. Et s'il s'était relevé... il aurait pu nous entendre... Oh putain.

Il tenait le volant tellement fort que ses articulations blanchirent.

— Oh ! putain, répéta-t-il. Je... Il faut que je m'arrête. J'ai besoin de m'aérer.

Bérénice regarda Aurélien s'éloigner en direction des toilettes. Ils s'étaient arrêtés sur la première aire d'autoroute, et il avait quasiment bondi hors de la voiture, ce qui avait au moins eu le mérite de mettre fin au silence crispé qui s'était installé entre eux et qu'elle n'avait pas cherché à rompre.

Elle hésita un instant sur la conduite à tenir. Il faisait beau, comme dans toute la France, et le ciel bleu et dégagé formait un contraste violent avec ses pensées, qui étaient toutes tournées vers Aurélien. Elle descendit à son tour de la voiture, et emprunta la direction qu'avait prise Aurélien.

Lorsqu'elle parvint devant les toilettes, elle découvrit Aurélien, assis sur un muret, la tête dans les mains. Elle posa une main légère sur son épaule et il ne se dégagea pas. Enhardie par sa réaction, elle s'assit à ses côtés et passa le bras autour de ses épaules.

Elle devina qu'il pleurait en silence, sans sanglots, sans ostentation, juste des larmes qui coulaient sans bruit. Elle ne dit rien, elle ne fit rien de plus que de le serrer contre elle.

Lorsqu'il finit par relever la tête, il avait les yeux secs.

— Je suis désolé.

— De quoi ? Il n'y a aucune raison.

— De me donner en spectacle comme ça. Mais j'ai tout raté. Mon couple a pris l'eau pendant des années avant que j'accepte que c'était fini, mon fils est malheureux comme les pierres, je ne fais pas du tout le job que j'avais choisi… Comment, mais comment tout a dérapé ?

Elle resserra son étreinte sur son épaule.

— Je n'ai pas la réponse à cette question. Mais

peut-être que c'est juste la vie. La vie, ça dérape. C'est marrant parce que j'ai essayé de contrôler la mienne pendant des années. Mais elle m'a échappé quand même...

Il lui lança un regard perplexe. Bérénice décida de se lancer. Qui sait ? Ça le divertirait peut-être de sa peine.

— La raison pour laquelle j'ai commencé à m'interroger sur mon père, ce n'est pas ma vie sentimentale merdique. Ça, c'est juste le deuxième effet Kiss Cool. Le premier, c'est que je suis en panne d'écriture depuis des mois. Et que ça m'a fait pas mal cogiter. J'ai compris que je ne pouvais pas tout contrôler et apparemment ni mon inspiration ni mon cerveau. Moi aussi je suis une enfant gâtée, tu sais. La vie m'a toujours donné tout ce que je désirais. Et j'ai longtemps cru que si on voulait quelque chose, il suffisait de s'en donner les moyens. J'ai intégré l'école que je voulais, j'ai trouvé un super poste qui s'est révélé être un job de merde et un mec qui avait tout pour lui mais qui était en fait le mec le plus ennuyeux de la Terre, et je les ai quittés la même année. Sans me poser plus de questions que ça. J'ai enchaîné les mecs sans réfléchir, j'ai gagné pas mal d'argent sans avoir l'impression de me fatiguer... Et puis soudain, la machine s'est grippée. De manière moins dramatique que toi, certes. Mais elle est bien grippée quand même.

Aurélien hocha la tête.

— Parfois je me dis que c'est ma faute, que

j'ai loupé un truc, que je n'ai pas été assez ceci ni suffisamment cela. Parfois au contraire, je suis en colère contre Sabine et je lui en veux de n'avoir rien fait pour se sortir de là.

— Sauf qu'en fait, elle s'est sortie de là, constata Bérénice.

Il lui lança un regard interrogateur.

— Elle était piégée — quelles qu'en soient les raisons — et elle a fait en sorte de se dépêtrer de la toile d'araignée. Même si c'est toi qui lui as demandé de partir, c'est elle qui t'y a poussé. Elle a quitté une vie qui ne lui convenait pas. De son point de vue à elle, elle s'est donc sortie de là. Enfin, je dis ça, mais je n'en sais rien, ajouta-t-elle précipitamment. Après tout, je n'ai pas une grande expérience du couple.

Il haussa les épaules.

— On n'est pas obligé d'avoir eu un cancer pour comprendre la peur de mourir, non ? Ce que tu dis n'est pas idiot. Disons que ça me fait réfléchir.

Ils restèrent assis un moment en silence. Seul leur parvenait, assourdi, le bruit des véhicules qui circulaient sur l'autoroute de l'autre côté de la rangée d'arbres.

— On repart ? finit par dire Aurélien.

— Je passe aux toilettes d'abord.

Lorsqu'elle en sortit, Aurélien avait disparu. Bérénice le chercha des yeux en direction de la Twingo et finit par l'apercevoir, debout sur un des bancs fixés aux tables à pique-nique. Il avait sorti son smartphone, qu'il brandissait devant lui. Bérénice crut pendant une fraction de seconde qu'il cherchait du réseau avant de comprendre ce qu'il faisait.

Il prenait une photo.

Il lui avait dit ne pas avoir touché un appareil depuis le départ de sa femme.

Sans bien savoir pourquoi, l'idée qu'il photographie un coin de cette aire d'autoroute banale fit naître en elle une joie diffuse.

17

Ils arrivèrent devant la maison du père de Bérénice sur le coup de 14 heures. Ils avaient fait un nouvel arrêt pour manger un sandwich et mettre de l'essence, et Bérénice avait acheté à la boutique de l'aire d'autoroute un best of de jazz. Aurélien avait soupiré de soulagement quand elle avait remplacé le CD des Spice Girls qui tournait en boucle.

— Tu es sûr que c'est là ? demanda Bérénice en regardant la grande maison qui se dressait sur leur droite.

Le jardin était bien entretenu et des canards barbotaient dans une petite mare. Leurs cancans leur parvenaient malgré les vitres fermées de la voiture.

— Ma réponse n'a pas varié depuis la dernière fois que tu m'as posé la question. Oui, c'est bien ici, répondit Aurélien.

— Bon. Je fais quoi ?

— On est venus pour que tu ailles lui parler, je te rappelle.

— Mmm. Maintenant qu'on est là, je ne suis pas

certaine que ce soit une bonne idée. Il va peut-être me claquer la porte au nez. Ou m'insulter. Ou me donner à manger aux canards. Tu ne trouves pas qu'ils ont l'air vindicatifs ?

— Est-ce que tu veux que je t'accompagne ?

— Non, non, non. Je suis une grande fille. Enfin, je crois. Enfin, je croyais. Je ne sais plus.

— Bérénice, fit gentiment Aurélien en posant ses grandes mains sur les siennes, qui disparurent comme avalées.

Elle leva les yeux vers lui.

— Tout va bien se passer. Au pire, effectivement, il refusera de te parler et on repartira aussi sec. On ira se balader sur la plage, on mangera des huîtres pour le goûter en buvant du vin blanc et en se lamentant sur nos vies. D'accord ?

— D'accord. Tu as raison.

Elle prit une profonde inspiration et ouvrit la portière.

— S'il m'ouvre, tu veux bien checker régulièrement par texto que tout se passe bien ?

— C'était prévu.

— Merci.

Elle inspira une deuxième fois et sortit de la voiture. Elle emprunta l'allée gravillonnée qui menait au perron. Au fur et à mesure qu'elle s'éloignait d'Aurélien, ce dernier la voyait redresser les épaules comme un brave petit soldat. Elle grimpa les quelques marches qui la séparaient de la porte d'entrée et sonna.

Quelques minutes plus tard, la porte s'ouvrit sur un homme d'une soixantaine d'années, aux cheveux poivre et sel et aux yeux noisette dissimulés derrière des lunettes à monture métallique.

— Oui ? fit-il.

— Bonjour. Je... je...

Bérénice se tut. Elle n'avait même pas songé à la manière dont elle devrait se présenter. Que dire à l'homme qui vous a conçue sans le savoir puis a choisi de vous abandonner ?

— Je suis votre fille, finit-elle par lâcher dans un souffle.

Il se figea et Bérénice le vit blêmir. Elle se raidit, s'attendant à ce qu'il la congédie sans autre forme de procès. Le silence s'éternisa et elle s'apprêtait à tourner les talons d'elle-même lorsqu'il finit par retrouver l'usage de la parole.

— Je t'attendais, dit-il.

Et il s'effaça pour la laisser entrer.

Bérénice hésita un instant puis se tourna vers la voiture. Aurélien lui fit un signe de la tête qu'elle prit pour un encouragement. Elle pivota de nouveau et emboîta le pas à son père.

La porte d'entrée ouvrait sur un couloir étroit et sombre qui débouchait sur une très grande pièce à vivre, assombrie par des voilages trop épais.

— Assieds-toi, fit Gilles en désignant un canapé en cuir marron. Tu veux un café ?

Bérénice acquiesça machinalement. Il disparut dans la pièce voisine et elle en profita pour jeter un coup d'œil autour d'elle. Le salon était assez tristement meublé : du cuir, de l'acajou, du teck, des matières nobles mais sinistres. Les murs blancs étaient nus, à l'exception d'un magnifique planisphère ancien fixé près d'une bibliothèque pleine à craquer. Il régnait une atmosphère résolument étrangère dans cet endroit.

Gilles revint avec deux tasses pleines de café fumant, qu'il posa sur des dessous-de-verre sur la table basse.

— Merci.

Il s'assit dans le fauteuil en face d'elle.

Un silence gêné s'abattit sur eux. Bérénice en profita pour examiner son père. Il avait des traits réguliers et de beaux yeux : c'était plutôt un bel homme malgré l'âge et la petite bedaine, elle ne pouvait le nier, mais elle avait beau chercher, ses traits ne lui rappelaient rien. Elle ne se retrouvait pas en lui. Elle ne savait pas si elle devait en éprouver du soulagement ou de la déception.

— Je ne sais même pas comment tu t'appelles.

Même si elle s'en doutait, cet aveu fit à Bérénice l'effet d'un coup de poing.

— Bérénice.

— Bérénice, répéta-t-il. C'est joli. Et original.

— Merci. Je le dirai à maman, répondit-elle sèchement.

Elle s'en voulut aussitôt d'avoir mêlé sa mère à la conversation. Elle n'était pas venue pour cette dernière mais pour elle.

— Comment va-t-elle ? demanda Gilles.

— Bien.

Elle était venue pour avoir des réponses et voilà qu'elle se découvrait curieusement réticente à faire la conversation.

— Je..., commença Gilles, le nez dans sa tasse. Je ne sais pas quoi dire.

— Moi non plus, avoua Bérénice.

Il leva les yeux vers elle et un faible sourire éclaira ses traits réguliers. Leur aveu mutuel sembla alléger soudain l'atmosphère.

— Je pensais que tu viendrais sonner à ma porte plus tôt que ça.

— Je n'en avais jamais éprouvé le besoin avant maintenant. Je ne me suis renseignée sur ton compte que très récemment.

Il lui lança un regard surpris.

— Cassandre ne t'avait jamais parlé de moi ?

— Jamais.

— Je suppose que c'était mieux ainsi... La situation était... compliquée.

Bérénice laissa le silence regagner ses droits.

— Pourquoi... qu'est-ce que... ?

Il s'interrompit, à court de mots.

— Pourquoi je suis là ? Qu'est-ce que j'attends ? compléta Bérénice à sa place. Je suis là pour comprendre d'où je viens. Je n'attends pas grand-chose, juste ta version des faits, je suppose.

— Que t'a raconté ta mère ? Non, je ne veux

pas savoir, ajouta-t-il en levant la main. Ma version des faits…

Il réfléchit un instant, les yeux dans le vague.

— C'était il y a longtemps. J'étais jeune. Ta mère était très jolie, très séduisante… je… je suis tombé sous son charme. Et, par facilité, j'ai omis de lui dire que j'étais marié. Sur le coup, je me disais que ce n'était pas grave. Après tout, la vie est remplie d'arrangements avec la réalité.

— On n'est pas obligé de mentir.

Mais aussitôt que ces mots eurent franchi ses lèvres, Bérénice songea qu'elle aussi s'arrangeait régulièrement avec la vérité. Sauf qu'elle voulait croire qu'elle ne le faisait que pour les choses sans importance.

— Je ne suis pas fier de moi, tu sais. J'ai passé ma vie à essayer de la chasser de ma mémoire. En vain. Quand je n'arrivais pas dormir ou quand ma vie devenait difficile, je ne pouvais pas m'empêcher de penser à elle et à ce que j'avais fait. Parfois je me disais que vu les circonstances elle n'avait pas dû garder l'enfant — toi donc. Il m'arrivait aussi de me demander si c'était un garçon ou une fille. Je calculais l'âge que devait avoir cet enfant et je me demandais s'il me ressemblait.

— Mais tu n'as jamais eu l'idée de te renseigner.

Il secoua la tête.

— Je suis un homme lâche, Bérénice. Ta mère a été une parenthèse dans ma vie. Mais je n'avais jamais envisagé de faire ma vie avec elle. Jamais.

Bérénice se crispa. Même si elle s'y attendait, elle trouvait la remarque blessante. Elle sentit monter en elle un sentiment qui ressemblait à s'y méprendre à de la colère.

— Ça aurait été sympa de le lui dire plus tôt.

— Mais on n'avait jamais parlé d'avenir. Elle n'avait pas l'air de vouloir quoi que ce soit. Je pensais vraiment que ce que je lui donnais lui suffisait.

— Sauf que si elle n'avait pas toutes les données de l'équation…

Gilles hocha la tête lentement, les yeux dans le lointain.

— Je me suis comporté comme un salaud. Je… j'ai des remords, tu sais. Je ne sais toujours pas, à mon âge, si j'ai fait le bon choix ce jour-là. Il m'arrive de me demander ce qui se serait produit si j'avais réagi différemment.

— C'est un peu facile, non ?

— Oui. Tu as raison. J'ai laissé ta mère dans la merde, je t'ai abandonnée et je suis retourné à ma petite vie bien rangée. Je n'ai jamais quitté ma femme, mais je l'ai beaucoup trompée. J'ai fini par comprendre que quelque chose ne fonctionnait pas depuis le début avec elle. Mais tu n'es pas là pour m'entendre raconter tout ça.

— Je ne sais pas pourquoi je suis là. Je pense que je voulais vérifier que je n'avais rien raté. Apparemment, non.

Il eut l'air blessé par sa remarque.

— Je mérite tes reproches et ta colère. Crois-moi,

si c'était à refaire, je m'y prendrais différemment. Mais on ne peut pas refaire le chemin à l'envers. Est-ce que… est-ce que ta mère s'est mariée ?

— Non. Est-ce que tu as d'autres enfants ? demanda Bérénice tout à trac.

— Oui. Nous avons eu trois enfants.

Elle se crispa encore un peu plus. Elle avait vécu sans père pendant trente-quatre ans et voilà qu'elle découvrait qu'elle avait aussi des demi-frères ou sœurs. Ça faisait beaucoup.

— Et ma femme est morte il y a trois ans. Un cancer.

— Je suis désolée.

Le silence reprit ses droits. Comme si chacun digérait les informations données par l'autre.

— C'est bizarre, reprit lentement Bérénice. J'ai vécu pendant plus de trente ans sans vouloir savoir qui était mon père. Et puis tout d'un coup, sans que je comprenne bien pourquoi, il est devenu important de le découvrir. Et maintenant que je le sais…

— Maintenant que tu le sais ?

— Je pense que ça n'avait pas vraiment d'importance. J'ai une mère géniale. Elle m'a donné à elle seule plus d'amour que certains enfants n'en reçoivent jamais de leurs deux parents. Elle a compensé ton absence au centuple. Et mon grand-père a été une figure masculine pour moi.

Gilles baissa la tête.

— Il est clair qu'avec moi tu n'as pas raté grand-chose.

— Et pourtant... Pourtant je ne peux pas m'empêcher de me demander si tu aimes la choucroute.

— La choucroute ? répéta-t-il, surpris.

— Oui. Est-ce que tu aimes la choucroute ?

— C'est mon plat préféré. Depuis toujours.

Bérénice sentit une drôle d'émotion frémir au plus profond de son âme, quelque chose d'inconnu et de déstabilisant.

— On fait quoi maintenant ? demanda-t-elle à mi-voix, comme si la question était plus pour elle-même que pour son père.

— Je ne sais pas.

— Moi non plus.

— Ce que je sais, en revanche, c'est que je ne peux pas rattraper le temps perdu. Tu as grandi sans moi. C'est comme ça. La vie est une succession de choix plus ou moins heureux et de hasards parfois désastreux. J'assume ma part de responsabilité mais je ne peux pas défaire ce que j'ai fait.

Bérénice acquiesça.

— Je ne sais pas si j'ai besoin d'un père. Mais s'il y a bien une chose que ces dernières semaines m'ont apprise c'est que je ne sais pas grand-chose, acheva-t-elle avec un petit rire amer. Toutes mes certitudes ont été mises à mal.

— Bienvenue dans ma vie.

Bérénice se demanda s'il avait fait exprès d'employer une expression à double sens.

— J'aimerais bien..., commença Gilles.

— Oui ? fit-elle en voyant qu'il ne poursuivait pas.

— Apprendre à te connaître.

Bérénice ferma les yeux et réfléchit un instant. Pourquoi était-elle venue ici si ce n'est parce qu'elle avait déjà décidé de faire entrer cet homme dans son existence ?

Elle rouvrit les yeux.

— J'adore la choucroute, répondit-elle.

18

Lorsque Bérénice se glissa sur le siège du passager, Aurélien lui jeta un regard inquiet.

— Tu n'as pas répondu à mes textos. J'étais sur le point de venir sonner.

— Désolée, se contenta de répondre Bérénice.

— Ça s'est bien passé ?

— Je n'ai pas envie d'en parler.

— Pas de problème.

Aurélien lui lança un dernier regard interrogateur, mit le contact et fit marche arrière. Bérénice se rencogna contre la vitre, les yeux dans le vague. Elle se sentait épuisée comme si elle avait couru un marathon.

Elle ne demanda pas à Aurélien où ils allaient. Ça n'avait aucune importance. Elle voulait juste s'éloigner de la villa de son père et essayer de ne pas penser à la conversation qui venait de se dérouler. Elle fut tirée de sa rêverie par l'éclat éblouissant du soleil qui transperçait le pare-brise. Elle constata alors qu'Aurélien venait de se garer.

— Oh. C'est la plage ?

— Mmm. Je me suis dit qu'un tour à la mer ne pourrait pas te faire de mal.

Bérénice descendit de voiture et prit une profonde inspiration. L'air était peu iodé et une brise légère mais soutenue faisait gonfler sa jupe. Elle traversa le front de mer sans même regarder si Aurélien la suivait et s'arrêta devant le muret qui bordait la plage. Son regard se perdit à l'horizon. La mer, parfaitement étale, brillait sous le soleil de l'après-midi, qui projetait ses rayons aveuglants. Bérénice fouilla dans son tote bag à la recherche de ses lunettes de soleil.

— C'est beau, murmura-t-elle en les enfilant.

— On descend ? demanda Aurélien, qui l'avait rejointe.

Elle acquiesça en silence et dévala les quelques marches qui menaient à la plage. Sitôt sur le sable, elle ôta ses sandales et se dirigea vers la mer, ses chaussures à la main.

Aurélien marchait à côté d'elle, pieds nus aussi. Bérénice ne s'immobilisa que lorsque l'eau lui lécha les pieds.

— Ouh, c'est froid.

— On n'est qu'en mai, répondit Aurélien.

Les pieds solidement plantés dans le sable mouillé et dense, il regardait l'eau lui lécher les chevilles par intermittence.

— C'est vrai. Et on est en Bretagne.

— Techniquement, on est en Pays de la Loire, la reprit-il.

— Tu pinailles, répondit Bérénice en souriant.

Elle sentait la tension qui l'habitait depuis le départ de Paris se dissiper enfin, sous l'effet du soleil et du bruit du ressac. Elle regarda autour d'elle. La plage était presque déserte à l'exception d'une femme qui promenait son chien et d'un coureur isolé.

Elle recula un peu et s'assit dans le sable, juste assez loin pour que l'eau ne l'atteigne pas. Aurélien s'installa à côté d'elle.

— Je ne vais pas assez à la mer, constata Bérénice. D'une manière générale, je ne quitte pas assez Paris. Par paresse ou par désintérêt, je ne sais pas. J'aime tellement cette ville. C'est mon monde. Et toi, tu voyages beaucoup ?

— Avant, oui. (Bérénice songea qu'il y avait clairement une vie d'avant et une vie d'après pour Aurélien.) Je continue à faire de petits déplacements pour le boulot. Mais neuf fois sur dix, je m'en passerais bien. Je me retrouve dans des endroits improbables, genre le trou du cul de la Picardie, pour interviewer des branleurs de dindons.

Bérénice lui lança un regard curieux.

— Au propre ou au figuré ?

— Au propre, hélas. C'est un vrai métier. Si tu lis le papier que j'ai écrit dessus il y a huit ou neuf mois, tu apprendras tout ce qu'il y a à savoir sur cette merveilleuse activité.

— C'est… je ne sais pas…, fit Bérénice qui faisait de son mieux pour réprimer un fou rire.

— Oh ! mais vas-y, tu peux le dire. C'est très

con. Je sais. Je suis le champion des papiers débiles. L'orgasme du cerveau, c'était moi aussi.

— Ah, mais ça, ça me paraît beaucoup moins con. Et beaucoup plus intéressant. On sait que c'est un organe mal connu et beaucoup plus performant que ce qu'on croit.

— Si tu le dis. Tout ça pour dire que moi aussi je quitte peu Paris. Et que c'est beau ici. J'y suis venu il y a très longtemps. Je crois me souvenir qu'on pouvait manger des huîtres à toute heure dans un super restau pas très loin d'ici. *Le Grain de Folie*, il s'appelait, il me semble.

— Mmm. C'est une bonne idée. Il est quelle heure ?

— L'heure de boire du vin blanc. Viens, fit Aurélien en se levant.

Bérénice l'imita et épousseta sa jupe. Elle se rendit soudain compte qu'Aurélien la dévisageait.

— Quoi ? J'ai quelque chose sur le nez ?

— Non. Je ne sais pas si c'est la luminosité particulière de la plage, mais je n'avais jamais remarqué que tes cheveux avaient cette teinte si particulière. *Strawberry blond*. Le « blond fraise », comme disent les Anglais.

Bérénice sentit son cœur s'accélérer légèrement.

— C'est marrant, c'est ce que tu m'as dit le jour où on s'est rencontrés, dit-elle sur un ton qu'elle espérait égal.

— Ah bon ? On va dire que j'ai de la suite dans les idées, alors.

— Ou que tu ressors toujours les mêmes trucs.

— Serais-tu en train de m'accuser de manquer d'originalité ?

— Cruellement, rétorqua Bérénice mais elle souriait.

— Je pourrais vivre ici, je crois, constata Bérénice, qui ne parvenait pas à détourner les yeux de l'océan. Ils étaient installés sur la terrasse du restaurant face à la mer, une bouteille d'excellent muscadet bien entamée devant eux.

— Je ne crois pas, non. Il fait un froid de canard polonais ici l'hiver. Et c'est désert.

Bérénice haussa les épaules.

— J'ai un faible pour les stations balnéaires hors saison.

— Dit celle qui ne fout jamais les pieds en dehors de Paris. Voire en dehors du 11e arrondissement.

— Tu exagères. Il m'arrive d'aller dans le 10e. Et jadis, j'étais une grande aficionada du 16e.

— Quelle drôle d'idée. Que peut-on bien aller faire dans le 16e arrondissement de son plein gré ? Et crois-moi, je sais de quoi je parle, j'y suis né.

— J'allais draguer, avoua Bérénice, à qui l'excellent muscadet déliait la langue plus qu'elle ne l'aurait souhaité.

Aurélien éclata de rire.

— Draguer dans le 16e arrondissement ? Ce n'est pas une hérésie, c'est carrément une perversion. Tu peux m'expliquer ce choix pour le moins incompréhensible ?

— Tu vas me trouver débile.

— Maintenant que je sais que tu allais draguer dans le 16e, plus rien ne peut me surprendre.

— C'est à cause du métro.

— Du métro ?

— J'habite non loin de la ligne 9.

— Tu veux dire que si tu avais habité non loin de la ligne 12, tu serais allée draguer à Issy-les-Moulineaux ?

Bérénice lui lança un regard penaud.

— Ben, peut-être, oui.

— Et qu'est-ce que tu draguais dans le 16e, à part du thon friqué ?

— Tu es très mauvaise langue. J'ai dragué de tout : du minet arrogant, du quadra en costard, du trentenaire fatigué, des bruns, des blonds, des roux, des châtains, des sympas, des idiots, des bavards, des silencieux, des riches, des je ne sais pas, des trop parfumés, des qui puaient des pieds, des sans-caleçons, des grands, des petits, des gros, des mous, des fermes… je crois que l'humanité est la même dans le 16e qu'ailleurs. Et une fois à poil, un homme reste un homme.

— J'ai comme l'impression que tu n'es pas allée juste quelques fois draguer dans le 16e.

— Ouais. Ça m'évitait de me lancer dans une relation amoureuse. J'ai longtemps cru que l'amour ce n'était pas pour moi. Que mon cœur ne battrait jamais plus vite en voyant un homme venir à ma rencontre. Que les histoires d'amour, c'était pour les autres, et surtout pour les films et les romans.

— C'est paradoxal pour quelqu'un qui écrit des histoires d'amour, constata Aurélien en attaquant le plateau de fruits de mer que la serveuse venait de déposer devant eux.

— Et c'est tout mon problème actuel. Tu aimes les bulots ?

— Non, je te les laisse. À condition que tu me les échanges contre les bigorneaux.

— Je n'en mange pas, j'ai l'impression de perdre mon temps. Il faut galérer trois plombes pour réussir à sortir une espèce de ver de mer sans goût. C'est de la bouffe zéro rentabilité.

Aurélien se mit à rire.

— Tu es une femme très drôle, je trouve.

— Ah bon ? Je suis surtout une femme en plein questionnement. Écrire une dix-neuvième histoire d'amour ou autre chose ? Essayer de bâtir une relation avec mon père ou laisser tomber ? Mettre de la vinaigrette ou du citron sur mes huîtres ?

— Ni l'un ni l'autre. Les huîtres se mangent nature. Et tu as oublié : draguer dans le 16e ou à Issy-les-Moulineaux ?

— Ah, non, ça j'ai laissé tomber. C'est bien la seule décision que j'aie réussi à prendre ces dernières semaines.

— Et je pense que tu as bien fait. Rien de bon ne peut sortir de la ligne 9.

— Et toi ? demanda Bérénice. Tu dragues ?

Aurélien poussa un petit rire étranglé.

— Je ne vois pas trop quand j'en aurais le temps. Ça fait plus de quinze mois que je consacre toute mon énergie à Arthur et que j'essaie de conserver une vie à peu près normale malgré les difficultés.

— Je peux te poser une question personnelle ?

— Je ne porte jamais de caleçon, répondit Aurélien. Et je ne pue pas des pieds.

Bérénice éclata de rire.

— OK, c'est bon à savoir. Mais c'est une autre question que j'avais en tête.

— Vas-y.

— Tu es toujours amoureux de ton ex-femme ?

Aurélien lui lança un regard intrigué, comme s'il se demandait pourquoi elle posait la question.

— Mmm. Non. Je pense que j'ai cessé de l'aimer il y a longtemps en fait, mais que je me suis accroché au souvenir de l'amour que je lui portais. C'est difficile de se dire qu'on a foiré sa grande histoire d'amour.

— Ce n'était peut-être pas ta grande histoire d'amour.

— Tu crois qu'il y a des gradations ? On aurait droit à une petite, une moyenne et une grande ?

Bérénice haussa les épaules.

— Je pense que certaines personnes sont plus douées que d'autres pour les sentiments. Et qu'il n'y a pas de quota. Ou alors, s'il y en a, j'ai manifestement loupé le jour où on les a distribués, vu que moi j'attends toujours.

— Et tu attends quoi exactement ? Le prince charmant ?

— Ouais. Qui viendrait garer sa licorne sous ma fenêtre. Non, j'attends de tomber amoureuse d'un homme... cool.

— Un homme cool ? Et c'est tout ? Les nanas ont toujours des listes de quarante pages contenant toutes les qualités qu'elles attendent d'un homme et toi, tu veux juste un homme cool ?

— Et drôle. Ça fait deux qualités. Ça ne suffit pas ?

— Avec aussi peu d'exigences, c'est étonnant que tu ne sois pas déjà mariée avec deux enfants.

— Que veux-tu que je te dise ? C'est un des mystères de la vie. Avec les pruneaux.

— Les pruneaux ? demanda Aurélien, perplexe.

— Tu n'as jamais remarqué que dans les supermarchés, il n'y a jamais de rupture de stock de pruneaux ? Tous les autres produits sont en rupture de temps en temps. Combien de fois, alors que tu es en rade de PQ par exemple, paf, il n'y en a plus à Franprix ? Je veux dire, on trouve des emplacements vides au rayon biscottes ou bûchettes de chèvre, mais jamais au rayon pruneaux. Jamais.

— Et... ? demanda prudemment Aurélien.

— La question existentielle que je me pose, c'est : qui achète des pruneaux ?

— Ben… pas moi en tout cas. J'aime bien ça mais je n'en achète jamais.

— Ha ! Tu vois, fit Bérénice en levant un index triomphal. Le concept même du pruneau est déjà un mystère. Comment quelqu'un a eu l'idée de sécher une prune pour en faire un pruneau ? Personne n'en mange, personne n'en achète, et pourtant on en trouve partout, acheva Bérénice en terminant son troisième verre de vin.

Aurélien éclata de rire.

— Tu as raison, c'est une question grave.

— On reprendrait une bouteille ?

— On ne va surtout jamais pouvoir reprendre la route.

— C'est un hôtel-restaurant. Ils doivent certainement avoir des chambres libres, proposa Bérénice.

Aurélien lui lança un regard énigmatique.

— On peut demander.

— Je suis désolé, mais nous n'avons plus qu'une chambre disponible, annonça l'élégant réceptionniste après avoir vérifié sur son ordinateur.

— On la partage ? demanda Aurélien.

— Oui, répondit Bérénice dont le cœur battit un petit peu plus vite à cette idée.

La chambre était petite et donnait sur la mer, que l'on ne devinait plus à cette heure avancée de la nuit mais dont on entendait le bruissement. Bérénice ouvrit la fenêtre et prit une profonde inspiration.

Elle sentit soudain la présence d'Aurélien tout près d'elle. Ils n'avaient pas allumé la lumière et sa silhouette sombre se découpait, éclairée par les réverbères du front de mer.

Bérénice avait un peu trop bu, et la proximité d'Aurélien accentuait son ivresse. Elle sentait son parfum et la chaleur de sa peau.

— Tu ne m'as pas raconté ce qui s'est passé avec ton père.

Il parlait à voix basse, comme pour ne pas troubler la quiétude de la nuit.

— Rien de spécial, répondit-elle, le regard tourné vers la mer. Il a confirmé l'histoire que m'a racontée ma mère. Il m'a dit qu'il avait des remords, mais pas forcément de regrets. Et… et il aime la choucroute, acheva-t-elle sur un ton plus bas.

Elle sentit les larmes lui monter aux yeux. Ah non, c'était trop bête, elle n'avait pas pleuré jusqu'à présent et voilà que c'était cet instant que ses émotions choisissaient pour refaire surface. Elle s'essuya furtivement les joues. Et soudain, sans qu'elle sache comment, elle se retrouva dans les bras d'Aurélien. Il posa une main légère sur sa nuque et elle enfouit son visage dans son T-shirt. Il sentait bon, un mélange de parfum, d'air marin et d'une odeur indéfinissable qui devait être la sienne. Elle donna libre cours à ses larmes et il la berça en silence.

Et ce fut elle qui chercha ses lèvres. Il lui rendit

son baiser comme un homme affamé mais ce fut lui qui recula le premier.

— Bérénice, je ne sais pas si c'est une bonne idée, murmura-t-il, ses lèvres tout contre les siennes. Tu es bouleversée.

— Et j'en suis ravie, répondit-elle en se pressant contre lui. Pour une fois que j'éprouve quelque chose de vif et de profond, je ne veux surtout pas que ça s'arrête. J'ai envie de toi, Aurélien. Nous sommes grands tous les deux, et nous avons suffisamment vécu pour savoir que nous pouvons passer cette nuit ensemble sans que ça nous oblige à quoi que ce soit. Zéro pression, zéro question.

Il resta immobile une fraction de seconde. Elle ne devinait pas ses traits dans l'obscurité de la pièce, mais elle entendait son souffle et elle sentait son cœur battre sous la paume de sa main.

Et ce fut lui qui l'embrassa.

19

Bérénice fut réveillée par la sonnerie de son portable. Elle ouvrit un œil, vaguement désorientée, et les souvenirs de la veille lui revinrent en mémoire tout d'un coup. Son père, la plage, le dîner arrosé et… Aurélien, qui dormait à ses côtés. Le temps qu'elle parvienne à localiser son téléphone, il avait arrêté de sonner, pour reprendre aussitôt de plus belle. Elle sortit du lit, attrapa son tote bag et en extirpa l'engin.

— Allô ?

— Ah, Bérénice, tu es où ? demanda sa mère sur un ton qui l'alarma aussitôt.

— À Pornichet. Qu'est-ce qui se passe ?

— Ta grand-mère est à l'hôpital. Elle a fait un malaise.

— Hein ? Quand ça ?

— Ce matin.

Bérénice consulta le réveil posé sur la table de chevet. Il était presque 10 heures.

— Elle a chuté dans sa salle de bains et perdu

connaissance, poursuivit sa mère. J'ai appelé les pompiers et ils l'ont emmenée à la Pitié.

— Elle a repris connaissance ?

— Oui, assez vite. Ils sont en train de l'examiner pour comprendre ce qui s'est passé, mais... oh, ma chérie, j'ai un mauvais pressentiment.

Bérénice comprit que sa mère se retenait pour ne pas pleurer.

— J'arrive, maman. J'en ai pour quatre heures de route. Un peu plus peut-être.

— Ne fais pas de bêtises sur le trajet. Inutile de rouler trop vite.

— Promis.

Bérénice raccrocha et découvrit, en pivotant vers le lit, qu'Aurélien était réveillé et en train de s'habiller.

— J'ai tout entendu, fit-il. On file.

Le trajet du retour se déroula dans une ambiance étrange, à mille lieues de celle qui avait présidé à l'aller. Bérénice était silencieuse, dévorée par l'angoisse, et Aurélien ne tenta pas de faire la conversation. Elle n'avait pas non plus envie de débriefer ce qui s'était passé entre eux et était soulagée que la situation lui permette de ne pas aborder le sujet. D'un point de vue purement sexuel, la nuit avait été une réussite et même si elle avait bu la veille, elle s'en souvenait parfaitement. Mais se retrouver dans les bras d'Aurélien avait été très étrange. Une partie d'elle avait l'impression d'avoir attendu cet instant pendant des années, mais l'autre était pétrifiée par la trouille. Elle lui avait certes affirmé pendant le dîner qu'elle voulait tomber amoureuse mais elle n'était pas certaine du tout d'être prête. Sans compter que, n'étant pas dans la tête d'Aurélien, elle ne savait pas s'il avait pris cette nuit pour une parenthèse — le cadre et la situation s'y prêtaient à merveille, et c'était d'ailleurs ce qu'elle lui avait proposé — ou si elle lui plaisait assez pour qu'il envisage d'entamer une relation avec elle. Il était de son côté englué dans une situation personnelle bien compliquée, entre le divorce pas encore prononcé et les problèmes d'Arthur. Rien ne lui disait qu'il avait envie d'une relation. Après tout, elle n'avait même pas eu l'impression qu'il la draguait. Elle étouffa un soupir. Elle se sentait en proie à la plus grande des confusions. Elle ne savait pas ce qu'elle voulait.

De toute façon, la priorité était sa grand-mère et elle était perversement reconnaissante à l'angoisse de l'empêcher de penser à la situation avec Aurélien.

Quant à ce dernier, il ne disait rien non plus, concentré sur la conduite. Elle lui avait laissé le volant de manière tacite au moment de quitter l'hôtel, et elle se laissait porter en rongeant son frein.

Ils firent le trajet en un temps record et Bérénice espéra que Juliette ne recevrait pas de notification d'excès de vitesse. Une fois qu'ils eurent pénétré dans Paris, elle se mit à piaffer inconsciemment chaque fois que la voiture était arrêtée à un feu rouge ou prise dans un ralentissement. Aurélien finit par s'arrêter devant l'hôpital de la Pitié-Salpêtrière un peu après 15 heures.

— Je vais rendre la voiture à Juliette, annonça-t-il. File voir ta grand-mère et donne-moi des nouvelles.

— Merci.

Bérénice se glissa hors de la voiture et appela sa mère, qui lui avait envoyé des textos laconiques pour la tenir au courant durant tout le trajet. Les examens étaient toujours en cours, et sa mère toujours aux urgences, dont le bâtiment se dressait juste à droite de l'entrée. Bérénice trouva sans encombre la salle d'attente.

— Ah, te voilà, ma chérie, fit Cassandre en se levant.

Elle était pâle derrière ses lunettes gigantesques et Bérénice, en la serrant dans ses bras, eut l'impression qu'elle était encore plus menue que d'habitude.

— Des nouvelles depuis tout à l'heure ?

— Toujours rien. Ils lui ont fait des prises de sang, un scanner, des radios diverses... Je vois bien qu'ils cherchent quelque chose et ça m'inquiète.

— C'est normal qu'ils cherchent quelque chose, vu qu'elle a fait un malaise. Elle est restée longtemps inconsciente ?

— Je ne sais pas vraiment. Je lui ai téléphoné comme tous les matins vers 8 heures, elle était levée et en pleine forme. Et quand je suis descendue chercher le journal une demi-heure plus tard, je l'ai trouvée évanouie sur le sol de sa salle de bains.

— Elle s'est blessée en tombant ?

— Rien de grave apparemment, si j'en crois les pompiers. Une estafilade au menton.

Bérénice s'assit sur une chaise en plastique inconfortable à côté de sa mère. Maintenant qu'elle était arrivée, l'angoisse se faisait plus sourde, comme si le simple fait d'être sur place arrangeait un peu les choses.

— Tu… tu as vu ton père ? demanda Cassandre.

— Oui.

— Et ça s'est passé comment ?

Bérénice ne répondit pas tout de suite.

— C'était bizarre. Je me suis retrouvée face à un étranger à qui je dois cinquante pour cent de mon code génétique. Et mon amour de la choucroute, manifestement.

— Je ne suis pas certaine que ce soit héréditaire, ce genre de choses, répondit Cassandre avec un petit sourire triste. Est-ce que… Est-ce que ça t'a fait du bien de le voir ? Est-ce que ça a répondu à tes questions ?

— Je ne sais pas, répondit sincèrement Bérénice. Est-ce que ça m'a fait du bien ? Non. Mais pas de mal non plus. C'est comme s'il était la réponse à une question que je ne me posais pas. Tu comprends ce que je veux dire ?

— Je crois. Tu n'avais pas vraiment besoin de lui dans ta vie.

— C'est ça. Sauf qu'en fait, je n'en suis pas si sûre.

Tu es une mère formidable mais il m'a peut-être manqué quelque chose.

Cassandre hocha la tête en silence.

— Quant à mes questions…, poursuivit Bérénice. Oui, je suppose qu'il y a répondu. Il a surtout confirmé ta version de l'histoire. J'avoue que j'ai toujours du mal à comprendre comment on peut agir comme il l'a fait. Je trouve ça tellement égoïste. Et irresponsable.

— Il avait ses raisons.

Ce fut au tour de Bérénice d'acquiescer sans répondre.

— Est-ce qu'il… qu'il a parlé de moi ? finit par demander Cassandre d'une voix hésitante.

Quelque chose dans le ton de sa voix fit dresser l'oreille de Bérénice.

— Il m'a demandé de tes nouvelles. Et il voulait savoir si tu étais mariée.

Cassandre hocha la tête comme pour elle-même.

— Il est toujours aussi beau ?

— Comme je ne l'ai pas connu avant, je ne sais pas. Il est pas mal conservé pour un homme de son âge. Et il a tous ses cheveux.

Cassandre laissa échapper un petit rire.

— C'était sa grande hantise, tu sais. Perdre ses cheveux. Je suis contente d'apprendre que ce n'est pas arrivé.

— Eh bien, tu n'es pas rancunière. Vu ce qu'il t'a fait, la moindre des choses aurait été de lui souhaiter de prendre du bide — remarque, il en a un peu — et de ne plus avoir un poil sur le caillou.

Cassandre sourit.

— Tu sais, ma chérie, dans la vie les choses sont souvent plus compliquées qu'elles n'en ont l'air.

Bérénice fronça les sourcils, surprise par la réponse de sa mère. Et puis soudain elle additionna ses silences, l'absence d'hommes dans sa vie, et une pensée trop incroyable pour être formulée lui traversa l'esprit.

— Qu'est-ce que... ?

Cassandre baissa les yeux sur ses mains et joua avec sa bague.

— Maman... ne me dis pas que tu l'aimes encore ? demanda Bérénice sur un ton horrifié.

Cassandre leva la tête et plongea ses prunelles vertes si semblables à celles de sa fille dans celles de Bérénice.

— Si, répondit-elle simplement. Je l'ai aimé tous les jours de ma vie. Et je crois que je l'aimerai jusqu'à mon dernier souffle.

Bérénice resta coite un instant.

— Mais...

— Comment c'est possible ? acheva sa mère à sa place. C'est comme ça. Je n'ai pas d'explication. Je sais juste que l'amour, parfois ça fait mal. Et il arrive qu'on passe à côté. C'est un domaine dans lequel on ne maîtrise rien. Les motivations des autres, même de ceux qu'on aime, nous demeurent à jamais étrangères. Nous sommes tous des énigmes de passage, des étoiles filantes dont certaines brillent davantage que d'autres. Ton père aura été une comète fulgurante dans ma vie et son passage a laissé derrière elle de la poussière d'étoiles. Et toi.

— Et tu ne regrettes pas... ?

— Regretter quoi ? D'avoir aimé profondément un homme qui m'a trahie et qui t'a abandonnée ? Tu vas me prendre pour une folle, mais non. Ce que j'ai éprouvé pour ton père a été si intense que ça efface tout le reste. Je préfère avoir vécu ça, même s'il est parti, plutôt que rien. Et puis, je t'ai eue, toi et rien que ça, ça valait tout le chagrin et toutes les larmes.

— Je ne sais pas comment tu fais pour prendre les choses comme ça. Avec autant de philosophie.

— Je n'ai pas choisi, ma chérie. Je ne crois pas que la volonté surmonte tout, tu sais. Quand je vois arriver des consultants remontés comme des horloges, qui me disent : « Je veux ça et donc je vais y arriver », je sais qu'ils courent à la catastrophe. Le volontarisme ne mène pas à grand-chose. On ne peut pas lutter contre le courant. La vie nous mène, la vie nous fait et nous défait. On fait juste ce qu'on peut avec les moyens qui nous sont donnés. Une fois qu'on a compris ça, on va beaucoup mieux.

— Je crois que c'est pour ça que je n'ai jamais été vraiment amoureuse. Parce que j'ai trop peur d'être abandonnée comme toi.

— Mais, ma chérie, tout le monde est abandonné un jour ou l'autre. La seule question à se poser, c'est : « Est-ce que ça vaut le coup de vivre ce qui précède ? » Si la réponse est oui, alors il faut foncer.

Bérénice hocha la tête en silence. Ce que disait sa mère était plein de bon sens, mais était-elle capable de se sortir d'années de fonctionnement complètement différent, elle qui avait passé sa vie à se dire qu'il suffisait de vouloir pour pouvoir ? Pouvait-elle suffisamment lâcher prise pour tomber amoureuse pour de bon ?

— Et Aurélien ? demanda sa mère comme si elle lisait dans ses pensées.

— Quoi, Aurélien ?

— Tu lui as dit ?

— Dit quoi ? louvoya Bérénice qui avait parfaitement compris à quoi sa mère faisait allusion.

— Ce qui s'est passé en 2004.

— Non.

— Il a le droit de savoir.

— Je sais. Mais je ne suis pas prête.

Cassandre sembla sur le point de répliquer, mais elle en fut empêchée par l'arrivée d'un médecin, qui franchit les portes battantes qui donnaient sur les salles d'examen, un dossier à la main.

— Madame Spyros ?

— Oui, répondirent Cassandre et Bérénice à l'unisson, tout en se levant.

— Je suis le docteur Benjamin. J'ai les résultats

des analyses de votre mère... et grand-mère, je suppose.

Elles acquiescèrent de nouveau de concert.

— Le malaise était sans doute dû à une chute brutale de tension liée aux médicaments qu'elle prend pour son insuffisance veineuse. Mais en faisant des examens complémentaires, nous avons découvert une tumeur importante au sein gauche.

— Quoi ? s'exclama Bérénice.

Cassandre blêmit.

— Est-ce que c'est cancéreux ?

— Il est trop tôt pour le dire, mais au vu de la taille et de l'aspect de la tumeur, c'est une éventualité. La tumeur est trop importante pour qu'on se contente d'une ponction. Nous allons l'ôter et procéder à une biopsie. En fonction des résultats de cette dernière, nous aviserons. Votre mère... et grand-mère va être transférée au service gynécologique.

— Est-ce qu'on peut la voir ?

— Dès qu'elle sera dans sa chambre. Vous pouvez aussi lui apporter des affaires. Si vous avez la moindre question, n'hésitez pas, conclut-il avant de tourner les talons et de disparaître de nouveau, avalé par l'énorme fourmilière.

Bérénice et sa mère échangèrent un regard abasourdi.

— J'avais un mauvais pressentiment, se contenta de dire Cassandre à mi-voix.

— Moune est une battante, fit Bérénice en essayant de refouler ses larmes. Elle va s'en sortir.

— Oui. Oui, elle va s'en sortir, répéta Cassandre d'une voix ferme. Ne pleure pas. Bon. Tu veux bien aller chercher ses affaires ?

Bérénice comprit que sa mère s'était mise en mode cheftaine de brigade de scouts. Inutile de discuter dans ces cas-là.

— Oui. Qu'est-ce que je rapporte ?

— Une chemise de nuit. Une trousse de toilette. N'oublie pas son parfum, elle ne peut pas vivre sans. Une tenue de rechange pour quand elle sortira. Son sudoku. Le livre qu'elle est en train de lire — il est posé sur sa table de nuit. Ses lunettes.

— D'accord. Si tu penses à autre chose, envoie-moi un texto.

— Et je t'enverrai le numéro de sa chambre quand je l'aurai. Je me demande si elle peut manger ce qu'elle veut… Achète-lui une religieuse au café sur le chemin au cas où.

Son dessert préféré.

— Pas de problème. À tout à l'heure.

À sa sortie de l'hôpital, Bérénice fut accueillie par un soleil radieux qui la prit par surprise, comme si elle avait oublié pendant ces quelques heures qu'un été très précoce s'était abattu sur Paris. Pourquoi le ciel ne s'était-il pas mis à l'unisson de la nouvelle qui venait de s'abattre sur elle comme un coup de massue ? Il y avait quelque chose d'injuste dans ce beau temps qui continuait à régner sur la capitale. Bérénice se dirigea vers la station Vélib' juste devant l'entrée. Elle posa son tote bag dans le panier, déverrouilla un vélo à l'aide de son passe… et se mit à pleurer à chaudes larmes.

Sa grand-mère, sa Moune, ne pouvait pas mourir. Elle sentait le sol se dérober sous ses pieds à cette idée. Elle se cramponna au guidon du vélo, soudain pliée en deux, privée de souffle à l'idée qu'elle puisse se retrouver orpheline de grand-mère. C'était tellement inconcevable que nul mot n'existait pour désigner cet état. Comment vivrait-elle sans Ariane ? Sans son rire, ses lubies, sa franchise désarmante, ses expressions si personnelles, sa façon de citer toujours un auteur ou un autre, son désintérêt du qu'en-dira-t-on ? Sa grand-mère était, avec sa mère, le deuxième pilier de sa vie. Elle avait certes été proche de son grand-père, mais n'avait pas connu avec lui cette complicité qui était le fondement de sa relation avec Ariane. Elles se comprenaient à demi-mot, parfois davantage encore qu'avec sa propre mère.

— Mademoiselle ?

Une voix lui parvint de très loin.

— Mademoiselle ?

Elle leva la tête. Une femme ronde entre deux âges la dévisageait, inquiète.

— Vous allez bien ? Vous avez besoin d'aide ?

— Non. Non. Je vous remercie. C'est… ça va passer.

— Vous êtes sûre ?

— Certaine, fit Bérénice en s'essuyant les yeux du revers de la main. Merci beaucoup.

La femme lui lança un dernier regard soucieux avant de s'éloigner, non sans se retourner une fois. Bérénice lui adressa un sourire qu'elle espéra rassurant, puis elle pêcha ses lunettes de soleil au fond de son tote bag, enfourcha son vélo et roula vers la Seine.

20

En début de soirée, Bérénice se retrouva curieusement désœuvrée. Sa mère et elle avaient quitté l'hôpital vers 20 heures après avoir aidé Ariane à s'installer. Cette dernière avait un moral d'acier.

— J'ai soixante-dix-huit ans et encore plein de choses à vivre. Pas question de me laisser arrêter par une saloperie de tumeur. Je veux notamment me taper un petit jeune de cinquante ans avant de mourir. C'est dans ma *bucket list*. Ça, voir une aurore boréale et assister à un concert de Coldplay. Pas forcément dans cet ordre.

— Coldplay ? s'était étonnée Bérénice. Mais pourquoi ?

— Parce que Chris Martin est canon. C'est une bonne raison, non ?

Bérénice avait quitté l'hôpital un peu rassérénée. Sa grand-mère était en pleine forme et ça lui donnait l'espoir que la suite — quelle qu'elle soit — se déroulerait pour le mieux.

Cassandre prétexta des choses à faire et disparut dans son appartement ; Bérénice la soupçonnait de vouloir pleurer loin d'elle. Comment lui en vouloir ? Elle-même avait eu son moment d'abattement un peu plus tôt. Elle farfouilla dans son frigo avant de décider qu'elle n'avait pas faim. Elle était en train de se demander si elle ne ferait pas mieux d'aller prendre un verre au *Va comme j'te pousse* pour éviter de déprimer seule chez elle, lorsque son téléphone se mit à sonner.

Aurélien. Elle n'avait pas vraiment eu le temps de penser à lui dans l'après-midi.

— Allô ?

— Tu es chez toi ?

— Oui.

— Je suis en bas. Je peux monter ?

— Bien sûr. Je t'ouvre.

Deux minutes plus tard, Aurélien s'encadrait dans sa porte d'entrée. Il se pencha vers elle et déposa un baiser léger sur ses lèvres.

— Alors, ta grand-mère ?

— Elle a une tumeur au sein. Possiblement cancéreuse. Ils l'ont gardée. On en saura plus dans quelques jours.

— Ah, merde ! Je suis vraiment désolé.

— Merci. Je... je suis certaine qu'elle va s'en sortir.

Mais elle ne put s'empêcher de se mettre à pleurer. Aurélien l'attira à lui et la serra étroitement dans ses bras. Elle enfouit le visage dans son T-shirt.

— Je suis désolée, je crois que je me suis mouchée dans ton T-shirt, fit-elle quelques minutes plus tard.

— Je l'aime pas celui-là de toute façon, répondit-il en souriant.

Bérénice se mit à rire.

— Tu veux boire quelque chose ?

— Avec plaisir.

Elle se dirigea vers le coin cuisine.

— Du vin ? Une bière ?

— Une bière, c'est très bien. C'est joli chez toi, constata Aurélien en regardant autour de lui. J'aime bien ces dessins.

Il désignait trois dessins de la même main accrochés sur le même mur.

— Merci. C'est un jeune dessinateur spécialisé dans le dessin d'architecture. Je lui ai passé commande pour celui-là. C'est ma maison.

Aurélien considéra un instant en silence les autres dessins puis gagna la cage du Capitaine Haddock, qui dormait, perché sur sa patte droite, la tête basculée légèrement de côté.

— Il est beau ce perroquet, fit-il en contemplant son plumage coloré.

— Il est surtout très bavard. Enfin, quand il ne dort pas. Tiens, dit-elle en lui tendant une bière.

— Merci. Bérénice, à propos de la nuit dernière…

— Oui ?

— Je me disais que même si tu as dit que ce n'était qu'une nuit comme ça…

— Je n'ai pas tout à fait dit ça.

— Peu importe. Je te trouve très sympa, et très

jolie, et je me disais qu'on aurait pu essayer de... d'essayer... tu vois.

— Tu veux dire, de sortir ensemble ?

— Oui.

Bérénice prit une profonde inspiration. Il venait de lui proposer ce qu'elle avait l'impression d'avoir attendu toute sa vie, mais elle ne pouvait pas accepter comme ça. Pas sans lui avoir dit ce qu'elle avait gardé pour elle.

— Aurélien..., commença-t-elle. Je ne t'ai pas tout dit.

Il lui lança un regard intrigué.

— Comment ça ? À quel propos ?

— Je t'ai raconté comment on avait couché ensemble en 2004.

— Dans les toilettes de *La Loco*, oui.

— Tu étais déchiré, j'étais très excitée, dans le feu de l'action, on n'a pas utilisé de préservatif.

Il se contenta d'opiner. Manifestement, il ne voyait pas où elle voulait en venir.

— Suite à ça, je... je suis tombée enceinte.

Aurélien se figea. Elle le sentit se raidir à côté d'elle.

— Et j'ai décidé d'avorter. J'avais vingt-deux ans, je venais de terminer mes études, c'était... Bref...

Il la dévisageait, l'air interloqué.

— Mais... mais pourquoi tu ne m'as rien dit puisque tu savais qui j'étais ?

Bonne question.

— Je ne sais pas. Je ne voulais pas te donner

l'impression de te faire du chantage. De toute façon, je ne voulais pas cet enfant.

C'était faux. Elle aurait gardé ce bébé sans hésiter si Aurélien avait été amoureux d'elle.

— Je suis... je ne sais pas quoi dire. Pourquoi tu me dis ça maintenant ?

— J'en ai marre de garder les choses pour moi, répondit Bérénice en haussant les épaules. De mentir. De m'arranger avec la vérité.

— Il y a eu d'autres arrangements avec la vérité, me concernant ?

Bérénice baissa les yeux. Elle pouvait ne rien lui dire, mais elle en avait assez. Cette histoire avait assez duré.

— J'ai été amoureuse de toi pendant quinze ans.

— Pardon ?

— Je suis tombée amoureuse de toi quand tu m'as embrassée dans la salle de bains de Max.

Aurélien la considéra un instant, incrédule.

— Et quand on s'est croisés chez ta mère ? Tu m'aimais encore ?

— Je crois que oui.

— Mais alors, quand tu es venue garder Arthur ? Tu l'as fait pour te rapprocher de moi ?

— Non. Je l'ai fait pour te rendre service. C'est peut-être la même chose, je te l'accorde.

Aurélien se leva brusquement.

— Je... je suis abasourdi. Et me dire tout ça avant qu'on couche ensemble, ça ne t'a pas effleurée ?

— Je n'y ai pas pensé hier soir, pour tout te dire.

— Ah oui, c'est vrai, pour toi, coucher avec un mec ne signifie rien. Je suis le combientième sur la liste ? Numéro 232 ? 495 ?

Bérénice se décomposa.

— Tu es cruel.

— C'est toi-même qui m'as raconté tes exploits hier soir.

— Comme si tu n'avais pas couché avec des tas de femmes !

— Alors, pour ta gouverne, sache que je n'avais pas touché une femme depuis que ma femme est partie. Et que si on fait mon tableau de chasse — ce qui n'est pas le propos de cette discussion — on doit arriver péniblement à une quinzaine de nanas.

— C'est quoi, un concours ? Celui qui a le plus couché a perdu ?

— Non, c'est juste que tu débarques dans ma vie…

— Techniquement, c'est toi qui as débarqué dans la mienne.

— Tu me dis qu'on se connaît, poursuivit Aurélien comme si elle ne l'avait pas interrompu, mais je ne me souviens de rien, tu omets de me dire que tu es soi-disant amoureuse de moi et tu me caches que tu as avorté de mon enfant. Et si ça se trouve tu es une grosse mytho et tout ça est faux !

Bérénice eut l'impression d'avoir reçu un coup de poing dans le ventre. Elle fit un pas en arrière.

— Qu'est-ce que tu racontes ?

— C'est vrai, ça, après tout. C'est ta parole contre

la mienne. C'est quand même bizarre qu'on se soit croisés trois fois, qu'on ait même couché ensemble et que je l'aie oublié, non ?

— Mais tu as dit toi-même que tu prenais pas mal de trucs et que...

— Je sais ce que j'ai dit. Il n'empêche que c'est facile !

Ce fut la phrase de trop.

— Qu'est-ce qui est facile ? D'avorter quand on a vingt-deux ans ? s'emporta Bérénice. De voir le mec pour qui on a eu le crush le plus long de toute l'histoire des crushs faire irruption dans sa vie et de se rendre compte que parce qu'il a un putain d'Alzheimer précoce, il ne me reconnaît toujours pas, comme si j'étais la meuf la plus insignifiante et la moins intéressante de la Terre ? Vas-y, dis-moi ce qui est facile, là-dedans, parce que je dois être la reine des connes, mais je ne vois pas !

— Tu es trop compliquée pour moi, Bérénice. En ce moment, j'ai besoin de simplicité. Ma vie est déjà un véritable bordel, je n'ai pas besoin d'en rajouter. Je... il faut que je sorte d'ici.

— Mais...

Bérénice fit un geste pour le retenir mais Aurélien se dégagea. Il atteignit la porte en quelques enjambées, l'ouvrit et disparut.

C'est à ce moment-là que le Capitaine Haddock ouvrit un œil, gonfla son jabot et cria :

— Rrrrreviens ! Si tu rrrreviens, j'annule tout !

Bérénice le regarda, incrédule, partagée entre le rire et les larmes. Ce furent ces dernières qui l'emportèrent.

21

— Tu es sûre que tu vas bien ? demanda Juliette pour la douzième fois d'affilée.

— Ma réponse n'a pas changé depuis la dernière fois que tu m'as posé la question, il y a environ dix secondes. Je vais très bien.

— Je croyais que tu avais décidé d'arrêter de mentir.

— Je ne mens pas. Je me sens très bien.

— Mais bien sûr. Ta grand-mère attend les résultats de sa biopsie, ta mère est en mode machine de guerre, tu n'as toujours pas écrit une ligne, Aurélien t'a larguée et je te soupçonne d'avoir pris deux kilos ; je te trouve boudinée dans ton jean.

— Ah ben merci bien, répondit Bérénice en tournant la tête pour contempler ses fesses. Je ne vois pas comment j'ai pu prendre du poids : je ne mange que de la Cookie Dough de Ben & Jerry's arrosée de gewurzt.

— Mais à part ça, tout va bien.

— Parfaitement, oui. Ma grand-mère pète la forme et d'après les astres, elle va s'en sortir.

— Depuis quand tu crois aux astres, toi ?

— Depuis (Bérénice jeta un coup d'œil à son bracelet-montre) il y a exactement douze secondes. Il était temps, non ? Avec une mère voyante, ça aurait dû me venir dès l'enfance.

— Tu as bu avant de venir ? s'inquiéta Juliette en l'examinant de plus près.

— Il est 10 heures du matin !

— Et ? Quand on a un chagrin d'amour, on a le droit de picoler dès le réveil.

— Je n'ai pas de chagrin d'amour. Aurélien ne m'a pas « larguée » comme tu dis, fit Bérénice en mimant les guillemets avec les doigts, pour la bonne et simple raison que nous n'étions pas ensemble. On a couché ensemble une fois, on a décidé de ne plus se revoir, pas de quoi en faire tout un plat.

— Bon sang, ce que tu peux être obtuse ! Tu en parles comme si c'était un de tes coups d'un soir alors qu'il s'agit d'Aurélien, celui dont tu nous as rebattu les oreilles pendant des années, celui avec qui tu as traîné pendant trois semaines avant de coucher avec lui, et vas-y que je vais faire une expo, et vas-y que je vais dîner avec lui et son fils… D'ailleurs, tu ne m'as toujours pas raconté votre nuit, ce qui est bien la première fois, acheva-t-elle en brandissant un index triomphant.

— Et ?

— C'est bien la preuve que c'est différent, c'est tout. D'habitude, j'ai droit à un compte rendu en règle de tes nuits agitées.

— Je ne vois pas de quoi tu parles. Et sinon, toi ? Je te trouve meilleure mine.

— Valentine ne me réveille plus qu'une fois par nuit.

— Non ?! Depuis quand ?

— Quatre jours. Ne crions pas victoire trop tôt.

— Il faut fêter ça. Tout de suite.

— À 10 heures du matin ?

— Et ? Quand on a une bonne nouvelle, on a le droit de picoler dès potron-minet.

— Tsss. Je te propose de trinquer au café.

— Va pour un café, alors. Mais tu es petite joueuse. Je crains fort que la maternité ne t'ait définitivement perdue pour la cause.

Juliette se dirigea vers le minuscule coin cuisine, tandis que Bérénice restait assise et continuait de bercer du pied le maxi-cosi dans lequel Valentine papillonnait gentiment des paupières.

— On dirait qu'elle va s'endormir. Cette enfant deviendrait-elle normale ?

— Elle a sans doute senti que j'étais à deux doigts de la vendre, répondit Juliette en disposant deux tasses sur la table basse pendant que la cafetière gargouillait.

— Et côté boulot, tu en es où ?

— J'ai eu une idée géniale ! s'exclama Juliette en ouvrant une boîte de shortbreads.

— Je croyais que j'avais pris deux kilos et tu me files des biscuits à trois mille calories la bouchée ?

— Ce n'est pas pour toi, c'est pour moi. Au point

où j'en suis, ce n'est pas un shortbread de plus ou de moins sur mes hanches qui va faire la différence.

— Et cette idée géniale, alors ?

— Tu te rappelles que je sais parfaitement coudre, tricoter et broder ?

— Oui, madame. Je me souviens que ta mère t'a élevée dans une bulle spatio-temporelle coincée en 1950. Il paraît même que vous viviez en noir et blanc.

— Que tu es moqueuse. C'est très utile de savoir faire des choses de ses dix doigts.

— Je confirme, c'est un de mes nombreux talents du samedi soir.

— Tu vas me laisser finir, oui ? la gronda Juliette sur un ton faussement fâché.

— Je t'en prie. Je suis tout ouïe.

— Eh bien, figure-toi que les travaux manuels reviennent à la mode. Et que je me suis dit que je pouvais donner des cours !

— Euh, d'accord. Où ça ?

— J'en ai parlé avec le responsable de la Biocoop, tu sais celui qui ressemble à Johnny Depp en propre ?

— Le mec qui a un accent super sexy ?

— Voilà. Il est d'accord pour que je donne des cours de tricot et de broderie une fois par semaine. Je peux amener Valentine dans le maxi-cosi.

— C'est cool tout ça.

— Et puis ça m'a donné une idée. J'ai envie de lancer ma propre collection de fringues brodées. Après tout, mes parents ne m'ont pas payé une école de mode hors de prix pour que mon seul fait de gloire ait été de servir de serpillière à un designer hystérique. J'ai eu quelques idées, regarde.

Juliette se leva pour attraper un dossier posé sur le buffet. Bérénice s'en empara. Il contenait des dessins de T-shirts et de tote bags brodés.

— « Beer is good », lut Bérénice à haute voix. Mais c'est Buffy, ça !

— Je me suis inspirée de nos délires, expliqua Juliette en tournant les pages. Tiens, regarde, *Princess Bride.*

— « Buenas dias, yé m'appelle Inigo Montoya, tou a toué mon père, prépare-toi à mourir. » J'adore ! Juliette, c'est génial !

— Bon, ça ne parle peut-être qu'à nous, mais je me suis dit que je pouvais commencer avec de très petites quantités. De toute façon, à moi toute seule, je ne peux pas produire énormément. Et puis il faut aussi que Valentine me laisse du temps.

— « Madame Chardon », lut Bérénice. Oh ! mais c'est *Pentimento* ! Mais, Juliette, je crois que nous sommes les deux seules en France à avoir vu ce film.

— La vieille époque de ton crush sur Antoine de Caunes. T'as toujours eu des goûts bizarres.

— Mais enfin ! Il est ultra-sexy !

— Et vieux. Mais je te pardonne, va. Tu es ma meilleure amie pour la vie.

Bérénice sentit les larmes lui monter aux yeux.

— Arrête de parler comme si on avait encore douze ans et qu'on écoutait les Spice Girls.

— En parlant de Spice Girls..., fit Juliette en tournant une page.

— « Wannabe », lut Bérénice sur un T-shirt rose et sa voix se voila.

La chanson faisait remonter le souvenir du trajet en voiture vers Pornichet, et donc le souvenir d'Aurélien. Cette fois-ci, elle ne put refouler ses larmes et se mit à renifler. Juliette, qui était toujours debout à côté d'elle, se pencha et la prit dans ses bras.

— Je savais que ça n'allait pas bien. Je ne t'ai jamais vue boudinée dans ton jean, jamais. C'est d'ailleurs assez dégueulasse cette façon que tu as de ne jamais grossir.

— Faut croire que c'est parce que je n'avais jamais été malheureuse, répliqua Bérénice en essuyant ses larmes d'un revers de main.

— Tiens, fit Juliette en lui tendant la boîte de mouchoirs qui trônait sur la table basse.

— Je ne comprends pas pourquoi je pleure.

— Moi si. Très bien, même. Tu fais l'expérience des sentiments. De ceux qu'on ne peut pas contrôler. Moi qui t'ai toujours connue si mesurée, raisonnable et pragmatique... Être toujours d'humeur égale n'est pas normal, B., tu sais.

— Je ne voulais causer de problèmes à personne.

— Non, tu ne voulais pas causer de problèmes à ta mère. Nuance. Tu as toujours fait en sorte de la protéger. De la préserver. Enfant parfaite, adolescente tranquille, adulte indépendante et autonome...

— J'ai fait des bêtises, quand même. Cet avortement est entièrement de ma faute. Et je m'en suis voulu pendant longtemps. Je crois même que je m'en veux encore.

— Peut-être que cet avortement était une façon de dire à ta mère que tu n'étais pas que la fille sage qu'elle connaissait.

— Tu as pris un cours de psychologie accéléré pendant la nuit ou bien ?

— J'ai pas mal parlé avec Bernard quand j'étais enceinte, je te rappelle.

— Je m'en souviens très bien, oui, mais je n'avais pas l'impression que vous aviez parlé de moi.

— Que tu es bêtoune ! Bien sûr qu'on n'a pas parlé de toi. Mais il m'a beaucoup aidée et permis de mieux comprendre les autres, je crois. C'est vraiment un chouette type.

— Qu'est-ce que je vais faire, Juliette ? demanda Bérénice.

Elle comprit, en posant cette question, que pour la première fois de sa vie elle n'avait aucune réponse toute prête.

— Tu vas faire comme tout le monde, répondit Juliette en haussant les épaules. Tu vas improviser. Te planter. Tomber. Te relever. Et recommencer.

— J'ai l'impression d'être à une période de ma vie particulièrement affreuse. Ma grand-mère va peut-être mourir ; j'ai enfin compris ce que voulait dire aimer mais le mec pour qui j'éprouve quelque chose ne veut plus me voir ; je n'ai aucune idée de ce que ma carrière va devenir et j'ai pris deux kilos.

— Bienvenue dans la vraie vie, ma chérie. Elle pue des pieds, mais comme dit Michel Sardou, ce grand penseur du XXe siècle, « quand une étoile s'éteint, elle n'éteint pas le ciel ».

— Et ? Ça veut dire quoi ?

— Je n'en ai aucune idée, pouffa Juliette. J'avais juste envie de dire ça.

Bérénice ne put s'empêcher de rire à travers ses larmes.

— T'es vraiment débile, parfois. Et tu as vraiment, vraiment des goûts de chiotte en matière musicale.

— Je sais, ma biche, je sais. Mais c'est ton karma, t'es coincée avec moi.

— Et je n'en changerais pour rien au monde, affirma Bérénice. Ça, c'est quelque chose que j'avais compris depuis longtemps, tu sais. L'amitié est l'une des choses qui rendent la vie moins absurde.

— Comme disait Marc La…

— Tais-toi ! ordonna Bérénice en levant la main. Tu avais promis du café mais je n'en ai toujours pas vu la couleur.

— J'y vais, répondit Juliette en gloussant.

Elle s'éloigna en chantonnant *Un ami* et Bérénice sourit.

22

Le mois de mai s'acheva sur une bonne et une mauvaise nouvelle. La tumeur d'Ariane était bien cancéreuse, mais une radiothérapie suffirait normalement à chasser la maladie. Le spectre de la chimio, qui pesait sur elle comme une épée de Damoclès, s'éloigna brutalement, au grand soulagement des trois femmes. Bérénice organisa un dîner pour fêter ça et les trois femmes mangèrent des huîtres, même si le mois ne contenait pas de *r*, et burent du vin blanc tout en faisant des projets d'avenir. Ariane avait commencé à rédiger une *bucket list* et, à la grande surprise de sa fille, Cassandre l'avait imitée. Seule Bérénice rechignait à se plier à l'exercice. Elle avait peur, si elle couchait ses rêves et ses désirs sur le papier, qu'ils ne se réalisent pas. Elle se trouvait trop peu cartésienne mais elle avait fini par admettre ces dernières semaines qu'elle était sans doute plus superstitieuse que ce qu'elle avait bien voulu se faire croire pendant plus de trente ans.

Pour Bérénice, les semaines suivantes s'organisèrent autour des séances de radiothérapie de sa grand-mère. Elle l'accompagna tous les jours et s'occupa d'elle avec une constance qui finit par agacer Cassandre.

— Laisse-moi au moins lui faire les courses de temps en temps, finit-elle par dire au bout de quinze jours.

— Fais ce que tu veux, répondit Bérénice, mais ça ne changera rien pour moi. Je continuerai à lui faire les courses, le ménage et à lui acheter ses journaux.

— Mais pourquoi ? Pourquoi tu veux tout faire toute seule ?

— C'est comme ça, s'entêta Bérénice.

Comment expliquer à sa mère qu'elle avait l'impression, si elle ne faisait pas les choses elle-même, qu'Ariane allait mourir ? C'était tellement idiot qu'elle préférait ne rien dire.

Quand elle ne s'occupait pas de Moune, Bérénice prenait des notes pour un éventuel roman et laissait des messages à Aurélien. Elle avait laissé passer quelques jours après leur dispute — si tant est que ce soit bien ce qui s'était produit entre eux : elle trouvait la réaction d'Aurélien légitime mais aurait aimé qu'il lui donne davantage la possibilité de se justifier. Une fois qu'elle avait estimé qu'il devait être calmé, elle l'avait appelé. Plusieurs fois. Il n'avait jamais décroché, mais comme elle n'était jamais dirigée directement vers sa messagerie, elle en avait déduit qu'il n'avait pas bloqué son numéro, ce qui lui laissait l'espoir qu'il lui pardonne un jour.

Une fois acté qu'il ne répondait pas à ses appels, elle avait décidé de lui envoyer un texto de temps en temps, essentiellement pour demander des nouvelles d'Arthur. Il ne répondait pas davantage et elle finit par se dire qu'il l'avait rayée de sa vie. Elle avait enfin fini par y entrer pour mieux en sortir, ce qui lui causait plus de chagrin que ce à quoi elle s'attendait.

Un matin du début du mois de juin, alors que la pluie menaçait de s'abattre sur la capitale, dont le ciel couvert était particulièrement bas, Bérénice aperçut Aurélien et Arthur de l'autre côté de la rue. Ils sortaient de la boulangerie, suivis par une femme... que Bérénice reconnut tout de suite comme étant son ex-femme. Les sept années qui avaient passé n'avaient rien ôté à sa beauté. Elle se pencha vers Arthur à qui elle prit la main, et Bérénice sentit son cœur se serrer. Aurélien était-il revenu avec son ex ? Si c'était le cas, ce ne serait pas la première fois que ce genre de choses se produisait. Le retour de l'ex prodigue était relativement fréquent dans la vie ; et si, dans les romances historiques qu'elle avait écrites, c'était toujours un ressort narratif positif — les mâles alpha ne revenaient jamais avec leurs ex, qu'elles soient tenues pour mortes, disparues ou simplement répudiées —, dans la vraie vie il en allait différemment. Il n'y avait qu'à voir l'exemple de Juliette et Julien, qui s'étaient séparés cinq ou six fois avant de finir par convoler en justes noces avec passage devant monsieur le maire et méga-teuf.

Quand elle rentra chez elle un peu plus tard ce jour-là, elle tomba sur sa mère, qui sortait de chez Ariane.

— Ah, ma chérie, j'ai quelque chose à te donner, fit-elle en montant la volée de marches qui menait au premier étage.

Bérénice la suivit jusque dans le salon qui puait l'encens, comme d'habitude. Cassandre lui tendit un livre et Bérénice sentit son cœur se contracter violemment.

Son exemplaire illustré de *L'Île au trésor.*

— Que... ?

— Aurélien est passé me le déposer pour toi.

— Il est venu te voir toi ? Pas moi ?

— Oui. Je suis désolée, ma chérie.

— Mais...

Bérénice s'arrêta, incapable de formuler les pensées qui se bousculaient dans sa tête. Elle savait que le geste d'Aurélien était doublement symbolique : en lui rendant cet album, il coupait le seul lien qui la rattachait à lui par le biais d'Arthur ; et en étant venu le déposer chez sa mère et non chez elle, il lui signifiait qu'elle n'avait plus rien à attendre de lui. Elle n'était pas du genre à se livrer à des conjectures mais son ex était bien revenue dans sa vie. Le timing était trop parlant.

Elle déglutit et s'empara du bouquin qu'elle ouvrit sans y penser. Une page arrachée à un cahier d'écolier était glissée entre la couverture et la première page.

Chère Bérénice (c'est papa qui m'a dit que ça s'écrivait comme ça, j'espère qu'il s'est pas trompé),

Je te rends ton livre que j'ai lu plein plein de fois. Comme je connais les aventures de Jim par cœur (pour de vrai ! je te réciterai des bouts la prochaine fois que je te verrai), je lis un autre livre : Le Tour du monde en 80 jours. *Tu l'as lu ?*

Il me tarde de te revoir mais papa dit que tu es très occupée.

Bisous,

Arthur.

P-S : Comment va le Capitaine Haddock ?

Bérénice sentit sa vue se brouiller à la lecture de ce petit mot d'enfant. Arthur lui manquait vraiment, les textos qu'elle avait envoyés à Aurélien étaient sincères.

Elle se passa la main sur les yeux et sentit soudain que sa mère avait posé la main sur son bras.

— Sache, ma chérie, que parfois les choses se font lentement.

Bérénice regarda sa mère en reniflant.

— Hein ?

— Il y a des décisions plus longues à prendre que d'autres. Écris ton roman. Occupe-toi de ta grand-mère et de tes plantes. Aide Juliette. Laisse Aurélien aller à son rythme.

Bérénice hocha la tête. Elle n'était pas vraiment

certaine d'avoir compris ce que sa mère voulait dire, mais le programme ne lui déplaisait pas.

Ariane termina ses séances de radiothérapie au début du mois de juillet, au moment où Juliette mettait en ligne ses premières créations. Valentine faisait ses nuits depuis une semaine et personne n'osait s'en réjouir de peur que ça ne lui donne l'envie de se remettre à hurler. Bérénice avait commencé à rédiger quelque chose qui pour l'instant ne ressemblait pas à un roman, mais elle avait l'intuition qu'il pourrait en sortir quelque chose. Elle était en train de couper des brocolis en écoutant la radio lorsque sa mère entra chez elle après avoir frappé.

— J'ai pris la liberté de monter ton courrier, fit-elle en lui tendant une enveloppe.

Bérénice s'essuya les mains à un torchon coloré et s'empara de l'enveloppe. Son nom et son adresse y étaient rédigés d'une écriture qu'elle ne reconnut pas. Elle retourna l'enveloppe et comprit pourquoi sa mère avait pris la peine de lui donner le courrier tout de suite.

Le nom de l'expéditeur figurait en toutes lettres au dos.

Aurélien Froissart.

Elle palpa l'enveloppe, un peu plus grande et carrée que la norme. Elle contenait un papier rigide. Elle l'ouvrit d'une main un peu tremblante.

Il s'agissait d'un bristol formel, crème, un peu granulé.

Aurélien Froissart a le plaisir de vous inviter au vernissage de son exposition, « Visages de l'abandon », qui aura lieu le jeudi 6 juillet à 19 heures au bar des Alouettes dans le 10e arrondissement.

Sous le texte, Aurélien avait rajouté à la main :

J'espère vraiment t'y voir.

Cassandre lut le bristol par-dessus l'épaule de sa fille, puis leva les yeux vers elle.

— À son rythme, dit-elle, avant de déposer un baiser sur le front de sa fille, et de quitter la pièce, suivie par les cris du Capitaine Haddock, qui s'exclamait :

— Terrrrre en vue ! Terrrrre en vue !

Cassandre s'immobilisa et éclata de rire.

— Ce perroquet est beaucoup plus perspicace que nous toutes réunies.

Et elle laissa Bérénice à sa stupéfaction. Et à un curieux sentiment, un mélange de joie et d'espoir.

23

Bérénice regarda autour d'elle, nerveuse. Juliette avait promis de l'accompagner au vernissage, mais il était 19 heures passées et elle n'était toujours pas en vue. Elle avait demandé à Julien de rentrer plus tôt pour garder Valentine et avait assuré à Bérénice qu'elle s'était mise en route depuis un quart d'heure. Cette dernière attendait en face du bar sous un grand parapluie rouge, incapable de rentrer toute seule. Après un printemps estival, le temps était redevenu à peu près normal et juillet était pluvieux, comme une année sur deux. Bérénice consulta sa montre pour la énième fois. Ça faisait exactement une minute douze qu'elle l'avait regardée. Que fichait Juliette ? Elle éprouvait un mélange d'impatience et d'envie de fuir, et son ventre était noué comme si elle s'apprêtait à repasser l'oral des Mines.

Un mouvement attira son attention sur sa droite et elle vit Juliette sortir en courant de la bouche de métro et trottiner vers elle, sa veste tirée sur la tête pour se protéger de la pluie.

— J'ai oublié mon parapluie comme une conne,

s'exclama-t-elle en lui faisant la bise et en lui prenant le bras pour se couler sous son parapluie. Pourquoi tu m'as attendue dehors ? Tu aurais été mieux à l'intérieur.

Bérénice lui lança un regard incrédule.

— Il faut vraiment que je t'explique ?

— Inutile, tu as raison. Bon, on y va ou on prend racine ? Il pleut tellement qu'on se transformerait sans problème en rosiers.

Bérénice prit une profonde inspiration et… resta figée.

— Oh ! allez, ça suffit, tu n'as pas quinze ans.

— Bien sûr que si, j'ai quinze ans ! protesta Bérénice. C'est même la première fois de ma vie que j'ai quinze ans. Non, en fait, j'ai dix-sept ans. De nouveau.

Juliette leva les yeux au ciel et la tira par le coude pour lui faire traverser la rue. Elle poussa la porte du bar d'un geste assuré, Bérénice à la remorque.

— Bonsoir, claironna-t-elle en entrant. On vient pour le vernissage.

— À l'étage, répondit le barman avec un petit signe du menton en direction de l'escalier qui se dressait au fond de la salle.

Bérénice suivit Juliette, le cœur battant. Elle aurait voulu que ces marches ne s'arrêtent jamais, histoire de ne pas avoir à affronter ce qui l'attendait.

— Tout va bien se passer, murmura Juliette au creux de son oreille, comme si elle avait lu dans ses pensées.

Bérénice se contenta de hocher la tête et posa le pied sur la dernière marche. L'étage, qui avait été privatisé, était plein comme un œuf. Les gens bavardaient en petits groupes, un verre à la main, certains circulaient pour admirer les photos accrochées aux murs, d'autres se contentaient de discuter sans prêter attention aux œuvres.

— Ce n'est pas tout ça, mais j'ai couru comme une folle pour te rejoindre, j'ai soif. Je te rapporte un verre.

— Ne me laisse pas tom..., commença Bérénice, mais Juliette était déjà en train de se faufiler vers le fond de la salle où elle avait repéré le buffet.

Bérénice regarda autour d'elle : elle ne connaissait personne et Aurélien n'était nulle part en vue. Elle décida de jeter un coup d'œil aux photos, puisque c'était quand même la raison première de sa présence ce soir. Non, ce n'était que le prétexte, mais tant pis.

Elle se glissa près de la première photo. C'était le tirage de la bibliothèque au piano en Pologne, sobrement encadré en noir. La photo, qu'elle avait trouvée belle chez Aurélien, était saisissante ainsi mise en valeur et fixée sur ce mur de pierres sombres. Elle passa à la suivante : une usine taguée. Puis des rails. Elle avait vu la plupart de ces clichés chez Aurélien. Mais le sixième, lui, était nouveau. Un bout de ciel, une branche d'arbre qui frémissait, un oiseau flou en plein vol. Elle se pencha pour l'examiner de plus près et soudain, elle sut où cette photo avait été prise. Sur l'aire d'autoroute le jour où ils étaient allés à Pornichet. Elle se sentit saisie. Elle avait assisté à cet instant, elle l'avait vu prendre cet instantané avec son smartphone. Son regard passa à la photo suivante et elle se figea.

Cette photo, la dernière de l'exposition, ne représentait pas un lieu, mais un visage.

Le sien.

Elle dormait, les cheveux épars, une main sous la joue, une moue boudeuse aux lèvres.

La nuit à l'hôtel. J'avais les lèvres encore gonflées de ses baisers, songea-t-elle.

Elle ne savait pas si elle devait être en colère qu'il ait volé cette image d'elle ou émue de découvrir qu'il avait voulu l'immortaliser à son insu. Un peu des deux sans doute. Elle avait une drôle de boule dans la gorge. Elle déglutit pour la chasser, mais en vain.

— J'aurais dû te demander la permission, fit une voix familière à ses côtés.

Elle pivota lentement. Aurélien était tout près d'elle, égal à lui-même, dans son éternel T-shirt et son jean noirs, mais il avait les cheveux courts et la barbe taillée. Un éclat sérieux brillait dans ses yeux bleus et il ne souriait pas.

— J'espère que tu ne m'en veux pas.

— Je ne sais pas encore, répondit Bérénice. Est-ce que je dois t'en vouloir ?

— Certainement, oui, et pas que pour le cliché. Je suis désolé de ne pas avoir eu le courage de monter te rendre le livre. Mais j'avais quelque chose à demander à ta mère. Une conversation était restée en suspens entre nous depuis des mois.

— Ah. Et tu as eu la réponse à ta question ?

— Oui, se contenta de répliquer Aurélien.

Lorsqu'il avait sonné à la porte de Cassandre, l'album de Stevenson à la main, cette dernière n'avait manifesté aucune surprise. Elle l'avait fait entrer dans son salon trop rose où il s'était installé comme s'il était attendu. Ce qui, quelque part, était le cas.

— Vous m'aviez dit que le tarot pouvait me donner un conseil, avait-il rappelé lorsque Cassandre avait déposé devant lui une tasse d'où se dégageait une étrange odeur.

— Oui. Vous êtes venu chercher votre réponse ?

Il avait opiné en silence. Plusieurs mois plus tôt, lorsqu'il avait interviewé Cassandre, il avait refusé qu'elle aille au bout de la consultation. Mais les choses avaient changé à présent, et il était prêt à entendre quel conseil le tarot avait en réserve pour lui.

Cassandre s'était levée pour aller chercher ses cartes sur le guéridon. Elle avait battu le paquet en silence, avant de le couper et de l'étaler sur la table basse.

— Choisissez une carte. Main gauche.

Il avait hésité un instant avant d'obtempérer et de faire glisser une carte vers elle.

— L'Impératrice, avait fait Cassandre en la retournant. Une femme s'incarne. Ce qui est amusant, c'est que vous portez un prénom d'empereur.

Une impératrice pour un empereur, avait-il alors songé. Et la femme qui occupait ses pensées, Bérénice, portait un prénom royal.

Bérénice planta son regard dans le sien.

— J'aurais aimé que tu aies le courage de répondre à mes textos.

— Je sais. J'avais besoin d'un peu de temps. Tu m'as balancé plein de trucs à la figure à la fois, alors que moi j'étais en train de tom... bref. Je t'avais dit que ma vie était compliquée. Je n'avais pas tout réglé.

— Je sais. Je vous ai vus, ton ex et toi, la semaine dernière.

— Ah. J'ai fini par accepter de lui parler. Pour le bien d'Arthur. Et pour en finir enfin avec ce divorce que je faisais traîner.

Bérénice se redressa.

— Tu veux dire que vous ne vous êtes pas remis ensemble ?

Aurélien eut l'air sincèrement surpris, puis son sourire en coin illumina son visage.

— Ça t'arrive d'écouter ce qu'on te dit ? Je t'ai expliqué quand on était à Pornichet que je ne l'aimais plus.

— Parfois on ne dit pas ce qu'on pense.

— Pas moi.

— Parfois on se trompe sur ce qu'on croit ressentir.

Je sais de quoi je parle, je suis la spécialiste mondiale des mauvaises analyses sentimentales.

— Tu as bien fait d'arrêter d'écrire des romances, la taquina Aurélien.

— Je crois aussi.

Il plongea son regard clair dans le sien et elle y lut une intensité nouvelle.

— Je suis content que tu sois venue.

— Moi aussi. Comment va Arthur ?

— Bien. Il est là, d'ailleurs. Avec mes parents.

Comme pour appuyer ses propos, une tête rousse fit son apparition entre eux et deux yeux bleus, si semblables à ceux de son père, se levèrent vers Bérénice.

— Bérénice ! fit-il.

Cette dernière sentit Aurélien se figer à ses côtés.

— Qu'est-ce que tu as dit ?

— Bérénice ! Tu es là !

— Mais..., commença cette dernière. Il... ?

— C'est la première fois depuis des mois, répondit Aurélien, qui avait l'air sous le choc.

— Je suis très contente de te revoir, fit Bérénice en s'accroupissant pour se mettre à la hauteur du garçonnet.

Elle lui ouvrit les bras et il s'y blottit.

Quand elle se releva, Aurélien la dévisageait fixement.

— J'ai bien réfléchi depuis la dernière fois qu'on s'est vus.

— Oui ?

Le cœur de Bérénice battait la chamade.

— Alors, voilà, Bérénice Spyros. Je vous trouve charmante malgré votre tendance à la complication et vos manies bizarres…

— J'ai des manies bizarres, moi ?

— Tu parles à tes plantes et à ton perroquet.

— Tout le monde fait ça.

— Dans ton monde, oui. Et justement, ton monde me plaît. J'aime ton humour, ta garde-robe de parisienne bobo, ton rire, ta voix, j'aime boire des coups avec toi, t'embrasser et te regarder vivre.

Bérénice sentait un grand sourire étirer ses lèvres au point que ses joues lui faisaient mal.

— Comme ça tombe bien tout ça, fit-elle. Parce que figure-toi que j'ai rencontré il y a dix-sept ans un jeune homme charmant pour lequel j'ai eu un énorme crush qui a duré des années. Et quand j'ai retrouvé cet homme, après bien des péripéties, je me suis rendu compte qu'il était beaucoup plus compliqué que le jeune homme que j'ai pas mal croisé dans des sanitaires mais aussi beaucoup plus intéressant.

— Vraiment ?

— Vraiment.

— Tu serais prête à t'encombrer d'un divorcé avec enfant ?

— Je serais même prête à tomber amoureuse de lui, avoua Bérénice et cet aveu fit battre son cœur plus fort.

— Ce serait une grande première, fit Aurélien en l'attirant à lui.

— En effet. Mais il paraît qu'il y a un commencement à tout.

— Tu sais quoi ? murmura Aurélien tout contre sa bouche.

— Non, chuchota Bérénice.

— Je serais ravi d'être le premier.

Et Bérénice espéra, sans oser le dire, qu'il serait le dernier.

Épilogue

Juin 2017

— Je crois qu'on va être à court de champagne, annonça Aurélien.

— Déjà ? On a consommé les deux caisses ?

— Il y en a deux ? Je n'en ai trouvé qu'une.

— La deuxième est sous la cage du Capitaine Haddock.

Aurélien se fraya un chemin entre les invités qui avaient envahi le salon de Bérénice. Il dénicha la caisse, en sortit une bouteille et remplit les coupes vides.

— Je propose un toast ! fit Cassandre, qui avait le regard déjà un peu trop pétillant.

Bérénice se demanda en souriant combien de coupes elle avait déjà englouties. Elle aimait voir sa mère heureuse.

L'assemblée se calma et un silence tout relatif, entrecoupé par les rires des enfants, s'abattit sur la pièce.

— Merci à tous d'être venus aujourd'hui pour célébrer avec nous d'excellentes nouvelles.

Juliette poussa un « youhou » de joie et Bérénice gloussa.

— Je lève mon verre à la rémission de ma mère, Ariane, poursuivit Cassandre d'une voix qui trembla un peu.

— À Ariane ! cria Nathalie et tout le monde l'imita.

Cette dernière leva son verre aussi, un sourire éclatant aux lèvres.

— Je tiens à dire que j'ai déjà accompli une partie de ma *bucket list*, ce qui mérite des félicitations aussi, fit-elle en glissant le bras sous le coude de Daniel.

Elle avait trouvé son quinquagénaire. Ce dernier se pencha pour déposer un baiser sur sa joue.

— Je voudrais aussi féliciter ma fille, Bérénice, dont le dernier roman, *Juste quelqu'un de bien*, est en train de cartonner, poursuivit Cassandre. Je n'ai jamais douté de toi, ma fille.

— Merci, maman, articula silencieusement Bérénice qui sentit les larmes lui monter aux yeux.

— Et tant qu'on en est aux bonnes nouvelles…

Tous les yeux se tournèrent vers Bérénice et Aurélien, qui se tenaient côte à côte. Aurélien avait passé le bras autour de la taille de la jeune femme.

— Quoi ? s'étonna Bérénice.

— C'est pour quand ? s'enquit Sandrine.

— Quoi ? répéta Bérénice, perplexe.

— Le bébé ! s'écria Valérie.

— Quel bébé ? s'écrièrent à l'unisson Bérénice et Aurélien.

— J'ai l'impression que tout le monde pense que tu es enceinte, constata tranquillement Bernard.

— Mais pas du tout ! Pourquoi vous croyez tous ça ? J'ai grossi ou quoi ?

— Mais non, ma chérie, répondit Aurélien, dans un réflexe pavlovien d'homme moderne.

Bérénice lui lança un regard étonné et se contenta de sourire.

— Bon, quand vous aurez fini avec cette soi-disant grossesse, reprit Cassandre, qui attendait patiemment, je pourrai féliciter Juliette, dont la petite entreprise est florissante.

— Merci, répondit cette dernière, rayonnante. Je crois qu'on devrait tous se féliciter de quelque chose. Nous avons survécu à bien des tempêtes ces derniers temps et nous avons su garder le cap, fit-elle avec un regard entendu en direction de Julien, qui passa le bras autour de ses épaules et l'attira à lui.

— Bravo à ma femme d'avoir survécu à la maternité, dit-il en levant son verre. Et d'en être sortie plus belle que jamais.

— Merci, murmura Juliette et Bérénice remarqua qu'elle avait les yeux dans l'eau.

— Bravo à Aurélien d'avoir su venir me consulter il y a près d'un an de ça et d'avoir mis en pratique le conseil que les cartes lui ont donné, reprit Cassandre.

Aurélien lui adressa un sourire chaleureux et leva sa flûte à son intention.

— Bravo à Nathalie d'avoir enfin réussi un coq au vin digne de ce nom ! dit Valérie en riant.

Nathalie lui donna un coup de coude avant de prendre la parole à son tour.

— Bravo à Bernard d'avoir réussi à faire parler l'homme au costard !

— Non ? s'exclama Bérénice. Et vous ne m'avez rien dit, les filles ! Et notre pari, alors, qui a gagné ?

— Personne.

— Ah bon ? Pourquoi il ne parle pas, alors ?

— Il ne venait pas pour consulter.

— Je ne comprends pas, dit Bérénice.

— On a tous pensé qu'il venait consulter parce qu'il s'asseyait à la table de Bernard, commença Sandrine.

— Alors qu'en fait, il ne savait même pas que je suis psy, acheva Bernard. Non, ce qui l'intéressait, c'était la table.

— La table ? Comment ça ? demanda Bérénice.

— Figure-toi que, toutes focalisées que nous étions sur cet homme, nous avons négligé l'essentiel, expliqua Sandrine. Il venait trois fois par semaine, non pas pour voir Bernard, mais pour voir…

Elle s'interrompit pour ménager son petit effet. Tout l'auditoire était suspendu à ses lèvres.

— Pour voir qui ? demanda Bérénice.

— Marie.

— Qui est Marie ?

— Une nana qui vient aussi de temps en temps.

— Tu veux dire que…

— Oui ! intervint Nathalie. En réalité, il venait trois fois par semaine dans l'espoir de la voir, mais sans jamais oser lui parler. Mais il s'installait à la table de Bernard, parce qu'elle occupait souvent la table à côté. Il se contentait de la regarder.

— Et maintenant ?

— Ils s'asseyent à la même table depuis dix jours, dit Nathalie.

— Une histoire d'amour, donc, conclut Bérénice. J'adore !

La sonnette de la porte d'entrée retentit à cet instant.

— On attend encore quelqu'un ? demanda Cassandre.

Aurélien et Bérénice échangèrent un regard entendu.

— Oui, répondirent-ils en chœur.

Bérénice se dirigea vers l'entrée et ouvrit la porte du bas par l'interphone.

Deux minutes plus tard, Gilles faisait son apparition sur le palier, l'air un peu hésitant, une bouteille à la main.

— Je t'attendais, dit sa fille. On t'attendait tous.

Remerciements

L'idée de ce roman m'est venue en 2013 alors que je venais de mettre le point final à *L'Homme idéal (en mieux)*. Je venais de relire *Lettre d'une inconnue* et je me souviens m'être demandé à quoi, en ce début de XXIe siècle, pourrait ressembler l'histoire d'une femme amoureuse d'un homme qui ne la reconnaît jamais. Un grand merci, donc, à Stefan Zweig, pour m'avoir laissée emprunter sans protester cette idée à la fois merveilleuse et tragique.

Merci à Aragon d'avoir accepté de bonne grâce de me prêter les prénoms de Bérénice et d'Aurélien : c'est ma façon, bien modeste, de rendre hommage à cet écrivain qui a beaucoup compté à une époque de ma vie.

Après les morts, les vivants, et je me dois évidemment de commencer par mon éditrice, la formidable Karine Lanini, qui a accompagné toute l'écriture de ce roman avec son enthousiasme, sa rigueur et sa pertinence habituels. Merci de m'avoir dit un jour d'octobre après avoir lu les six lignes du pitch : « Je veux absolument lire ce roman » et d'avoir su si bien comprendre ce que je voulais en faire. Merci pour les textos, les coups de fil, les compliments qui lèvent les doutes, la proposition de venir me sauver des griffes des canards, merci d'être une éditrice aussi attentive et de m'aider à grandir.

Un immense merci à Jean-François Gleyze, mon ami de toujours, pour m'avoir écoutée parler de ce roman pendant des années, pour m'avoir encouragée tout du long, pour m'avoir fait découvrir Pornichet hors saison — et ses canards, hélas décédés depuis — et pour les tirages de tarot que nous pratiquons tous les deux depuis plus de vingt ans. Et surtout, merci pour le titre ! Bérénice est enfin écrite, mon ami, je vais pouvoir passer à autre chose.

Comme d'habitude, certains éléments de l'histoire m'ont été fournis par mon entourage, qui n'est jamais en reste d'idées brillantes. Un grand merci donc à Jean Banaix pour le perroquet marxiste, sans qui ce roman ne serait pas le même, et qui est certainement l'un des meilleurs personnages secondaires que j'aie jamais écrits, à Cécile Fortuit qui a trouvé le nom du bar, le *Va comme j'te pousse*, et qui m'a permis de lui voler le prénom de sa fille, Valentine, et à ma fille, Constance, à qui j'ai éhontément piqué le dialogue sur les pruneaux.

Merci à Léopold, qui a illuminé les quinze jours qui ont précédé la deadline par sa présence.

Merci à Hadda Djeribi et Yan Zhu qui ont facilité chacune à leur manière l'écriture de ce roman en m'aidant à résoudre des difficultés personnelles qui ont failli entraver mon travail. Grâce à elles, ce roman a été rendu — presque — dans les temps.

Ce roman ayant occupé mon esprit pendant de

nombreuses années, il a été le fruit de bien des discussions qui lui ont permis de se construire peu à peu : merci donc aux amis qui ont eu la patience infinie de m'entendre parler de lui — voire radoter ! Lilian Le Mouzer, Laurence Valentin, Karine Minier, Cécile Rousseau et Bertrand Guillot, vous avez tous contribué à faire de *Juste quelqu'un de bien* ce qu'il est devenu.

Les photos de lieux abandonnés d'Aurélien m'ont été inspirées par un autre Aurélien, le photographe Aurélien Villette, dont j'admire beaucoup le travail : sa photo de la verrière mangée par le lierre que je décris dans le chapitre IX trône dans mon entrée.

Ce roman est une façon de rendre hommage à mon quartier, cette toute petite partie du 11e arrondissement, dont, comme Bérénice, j'aime chaque arbre et chaque boutique. Il règne là une chaleur qui me frappe tous les jours et qui m'inspire. Et le 16 rue Saint-Sabin cache bien une impasse pavée et fleurie dans laquelle travaillent de nombreux artistes.

Je tiens enfin à présenter mes excuses à Marc Lavoine, qui est un peu malmené dans ce roman et que, contrairement à Bérénice, j'aime beaucoup. Un jour, j'irai courir dans les tournesols.

Découvrez tous les livres d'Angéla Morelli disponibles en format poche

Et si l'amour était l'ingrédient secret du bonheur ?

Ça a commencé quand Flore a fait brûler sa confiture de groseilles. Ou alors, quand son père l'a appelée à l'aide, coincé entre les branches du vieux pommier. En fait, non, ça a vraiment commencé quand ses amis l'ont inscrite au concours de confitures. Oui, c'est à partir de ce moment-là que la vie de Flore a pris un tournant inattendu. Car la jeune mère célibataire presque trentenaire doit faire face à un obstacle de choix : confectionner une confiture aux figues… sans figues. Mais si les précieux fruits ont déserté les étals des marchés du Sud-Ouest, on chuchote que Corto possède quelques arbres pour sa consommation personnelle ; Corto, le beau jardinier ténébreux que tous les habitants du village considèrent avec méfiance. Et pour cause : il est tatoué et dégage une aura de mystère et de danger.
Alors, oui, ça a commencé comme ça, avec un concours de confitures, une pénurie de figues et Corto.

Elle pensait être à l'abri de toute tentation… Elle se trompait doublement.

Un séjour détox. Voilà comment Louise envisage ses vacances dans la maison de campagne que lui a prêtée une amie : air pur et nature devraient l'aider à se déconnecter de sa vie parisienne survoltée. Mais, surtout, c'est l'occasion parfaite de débuter sa période sans homme ; au beau milieu de la Picardie, cela ne devrait pas être très compliqué de résister à la tentation. Du moins, c'est ce qu'elle pense avant de rencontrer Joffrey, son voisin apiculteur, et Arnaud, l'artisan chargé des travaux de la grange attenante. Deux hommes radicalement différents, mais qui ont un point commun : le danger qu'ils représentent pour ses bonnes résolutions. Parviendra-t-elle à tenir sa promesse ?

Le prince charmant existe. Il s'appelle Samuel.

Un joyeux bordel… Voilà à quoi ressemble la vie d'Emilie, 35 ans, mère célibataire, qui se retrouve à devoir squatter chez Clara, sa meilleure amie, en attendant des jours plus favorables. Cela dit, si elle n'avait pas emménagé chez Clara, jamais elle ne serait retombée sur Samuel Winterfeld, un homme qu'elle avait perdu de vue depuis longtemps, et qui allie deux qualités irrésistibles : être le sosie de Bradley Cooper, et avoir très envie de la revoir ! Evidemment, c'est pile le moment que choisit son ex, le père de sa fille, pour retenter sa chance avec elle. De quoi la mettre définitivement sens dessus dessous !

Composé et édité par HarperCollins France.

Achevé d'imprimer en septembre 2017.

BRODARD & TAUPIN

La Flèche

Dépôt légal : octobre 2017.

Pour limiter l'empreinte environnementale de ses livres, HarperCollins France s'engage à n'utiliser que du papier fabriqué à partir de bois provenant de forêts gérées durablement et de manière responsable.

Imprimé en France